静岡の作家群像

山本　恵一郎

静新新書

026

はじめに

本書では、近来のおよそ半世紀にわたる、静岡県の作家たちを紹介しています。

これまでにも県内作家について刊行された書籍は幾冊かありますが、それらはおしなべて世にでた、評価のさだまった作家たちを対象にしていて、世にでようと苦闘し、果たせなかった多くの無名作家たちが顧みられたことはありませんでした。

ここではそうした無名作家の埋もれた作品を掘り起こし、あわせて世にでた作家たちも紹介するという形をとって、陽のあたる水面上へおどりでた作家も、陽のあたらない水面下で書き続けた作家も、同等にひとつの氷山を構成する一員として尊び、その全体像を明らかにしようと試みたものです。

さいわい本県には、高杉一郎氏の呼びかけで昭和三十六年創刊の『県民文芸』、三十八年創刊の『文芸静岡』があり、ともに健在です。同人雑誌作家の作品は、この二誌を中心に、入手できた同時期発行の同人雑誌や、『文学界』等の同人雑誌評を読みかさねることで紹介しています。

作品の紹介方法は、作品自体に語らせるために、その作品の特色を生かして漁る要約を心がけ、作家については可能なかぎり、同人雑誌のコラムや後記などに書かれている消息を丹念に読んで、生活者としての人物像が見えてくるように心がけました。そのうえで一貫して心がけたのは、どの一行からも人生が匂うようなものにしたいということでした。

小川国夫、吉田知子の両氏も『文芸静岡』『ゴム』等の活動に関わりましたが、その初期に早々と中央へでて、多忙な作家活動に入られました。しかしその小川氏が今年四月、高杉氏も一月に逝去されたのです。当県の文学界をまばゆい光で照らして来た二つの大きな星が、相次いで消えてしまったのです。言いようのない虚脱感に襲われています。いまは両氏が、この「静岡の作家群像」を連載中ずっと、折々を回想しつつお読み下さっていたことを慰めとするほかありません。

『県民文芸』創刊時、高杉氏は〈静岡県に文学界と言いうるものを作りたい。世に出る作家を育てたい〉と熱く語っていました。その願いは、必ずしも青図の通りには運びませんでしたが、その活動に参加し、またその刺激によって書いた作家たちがここにつどったのです。その作家たちが、またその作家の心の支えとなった読者の方々が、こうした鳥瞰図を通して、同時代を生きた〈群像〉の内なる一人としての実感をもちえて下さるとすれば幸いです。

（本書は静岡新聞土曜付け夕刊「教養」欄に二〇〇五年一一月五日から〇八年五月三一日まで全百二十五回にわたり連載されたものに加筆・修正したものです）

目次

はじめに……3

1 『文芸静岡』草創期……15

後進育成に情熱―高杉一郎 15
静岡県文学連盟創設 17
『文芸静岡』創刊 18
「苛酷な夏」―小川国夫 20
メッセンジャーに加仁阿木良 22
第一回知事賞「寓話」―吉田知子 24
中さん大学―稲森道三郎 26
「出発」で詩から小説へ―谷川昇 28
地方意識―視野の違い 30
「にょしん」の原初的愛―小川アンナ 32
岩豊武勇伝―岩崎豊市 34
仏とびちる―杉村孝・野呂春眠 36

悩める編集責任者―冬木寛　37
作家育成の困難　39
水テーマに「生」を抱懐―島岡明子　41

2　人間探求の原点

人間探求の原点……45
敗戦を境に人間探求へ―三木卓　45
確かな文化、地域の文学―藤岡与志子　47
「反抗の文学」の原点―大賀溪生　49
「『途中』考序説」―小長谷静夫　50
丘浅次郎評伝を書きたい―小長谷静夫　53
同人誌『萌芽』で安らぎを―野沢喜八　54
日常は闇―高橋喜久晴　56
人は誰も浦島太郎―大畑専　58
こつこつやるのが一番―小川国夫　60
文壇文学などに目をくれるな―青山光二　61
同人に精神の仕事を期待―小川国夫　63
同人誌『暖流』ヒューマニズムの流れ―高杉一郎　65

ダンディズムの匂い―黒沢秀　67
同人誌『ゴム』己の文学を―吉良任市　69
同人誌『ゴム』不可思議の闇へ―吉田知子　70
胸中に戦死者のいる風景―広瀬木乃男　72
休学し甲板員に―川崎正敏　74
肉体がもたらす惨苦―藤枝静男　76

3　無頼をこのむ気風……79

同人誌『EX―VOTO』無頼をこのむ気風―茫博ほか　79
同人誌『EX―VOTO』金子光晴に私淑―茫博　81
同人誌『EX―VOTO』女性心理の機微巧みに―岩崎芳生　83
文学至上主義とヒューマニズム―小川国夫と高杉一郎　85
編集委員座談会―求めるもの　87
短歌から散文へ―桑高文彦　88
同人誌『紅炉』少年の闇―戸田昭子　90
同人誌『紅炉』女流新人賞候補作「射禱」―尾張とし子　92
同人誌『紅炉』場末の空気伝える―芦沢伊曽枝　94

同人誌『紅炉』藤枝静男の紹介—草部和子　96
同人誌『紅炉』異母姉妹の葛藤描く—高橋るい子　98
同人誌『紅炉』終刊し『釆』創刊—高橋・田中芳子　100
『県民文芸』昭和37～44年度—ナルシシズムの世界—芦川照江　102
同人誌『文学静岡』—『原野』と誌名かえ継続　104
同人誌『坂』多々良英秋・日鳥章一・荒尾守ら集う　106

4　揺れ動く青年

揺れ動く青年……109
『文芸静岡』7～17号—小説は静岡にだけ—興津喜四郎　109
『文芸静岡』最初の危機—財政赤字　111
『文芸静岡』18号—一人の理解者の存在—町田志津子　113
静岡新聞珠玉短編特集—8作家、掌編に作風鮮やか　115
静岡県の文学散歩—南信一・岡田英雄　117
現地に立ち作家と対話—菅沼五十一・中尾勇・鈴木邦彦　119
親子同人、近代文学の舞台へ—勝呂弘・奏　121
同人誌『静岡作家』憎門と娑婆、揺れ動く青年—有村英治　123
同人誌『静岡作家』注目された文体—山本恵一郎　125

同人誌『静岡作家』左翼思想に資産家の重圧―臼井太衛 127
同人誌『静岡作家』妄想の海逃れ自己模索―久庭行人 129
同人誌『静岡作家』死んだ兄の影に怯える―高田俊治 131
同人誌『静岡作家』少年の心の痛み―狩野幹夫 133
『文芸静岡』と五所平之助―胸裏にひそむ俳句　本宮鼎三 135

5 希望の光、小川国夫・吉田知子 …… 139

『新潮』昭和45年4月号「闇の人」小川国夫「無明長夜」吉田知子 139
『文芸静岡』28号―高杉一郎、東京へ転居 141
『県民文芸』昭和45～48年度―少女の不安定な心理―鈴木由美子 143
同人誌『主潮』教職者の心理を作品に―山野辺孝 145
同人誌『隕石』旅立つ前の故郷はなく―曽根一章 147
同人誌『隕石』中島敦との一ヶ月―田邊秀穂 149
同人誌『隕石』勤め人の日常を描く―桜井昭夫 151
同人誌『隕石』青春の風刺と自嘲―上野重光 153
同人誌『畢竟』同棲生活の終焉を描く―早川進 155
同人誌『畢竟』実験的作品と半自伝的連作―真木勁 157

同人誌『畢竟』虚無的青年の矛盾―石川忢ほか 159
同人誌『畢竟』問いの深さにおいて輝く―石川秀樹 161
同人誌『畢竟』諦観のあとの澄んだ視界―志賀宥次 163
同人誌『畢竟』肉体の充足とむなしさ―緒形直子 165
『県民文芸』昭和50～55年度―選者の見解に相違が 167
同人誌『亡羊』『浜工文学』―平山喜好の存在 168

6 文学めぐる時代認識

6 文学めぐる時代認識……171
『文芸静岡』35号―県内の児童文学を特集 171
『文芸静岡』と谷本誠剛―死の予感、再生の想像誘う 173
『文芸静岡』と粂田和夫―小川文学を論じる 175
『文芸静岡』と田中牧人―心象の闇を描く 177
『文芸静岡』41～45号―時代を反映する作品群 179
同人誌『未遂』美童春彦ら、書き手そろう 181
同人誌『独立文学』プロレタリア文学運動の継続 183
村松梢風・友吾・友視―文学の血脈と『中央公論』 185
榛葉英治―満州体験もとに『赤い雪』 187

大衆文学研究会しずおか―江崎惇を中心に本郷純子ら　189
同人誌作家座談会（1）文学めぐる時代認識問う　191
同人誌作家座談会（2）再生担う人材育成もくろむ　193
同人誌作家座談会（3）阿部昭の言葉　195

7　独自な世界への目

7　独自な世界への目……199
『県民文芸』昭和56、57年度―小説選者に三木卓　199
『文芸静岡』49・50号―パラドックスの妙手―杉山恵一　201
同人誌『YPSILON』震える手で紅を―北川圭子　203
『県民文芸』昭和58～60年度―趣味人とプロ作家の違い　205
同人誌『海鳴』―『城飼』の精神引き継いで　207
『文芸静岡』48～61号―川端賞「逸民」、原型は鳥の随筆　209
『県民文芸』昭和61～平成4年度―インドの混沌描いた藤浪隆司ら　211
同人誌『椅子』―『隕石』の熱気冷めやらず旗揚げ　213
同人誌『燔』作品がたまってしまう―曽根一章　215
同人誌『燔』酒と食と旅―加藤太郎　217
同人誌『谺』冊子で勉強会―講師に加仁阿木良　219

同人誌『谺』時代見つめた自伝的長編―竹内凱子　221
『県民文芸』平成5～8年度―夫婦の悲喜劇描く―秋元陽子ほか　223
『県民文芸』平成9～12年度―孤独な妻の変化描く―岡文子ほか　225
『県民文芸』平成13～17年度―我儘女の滑稽描く―宇田川本子ほか　227
『県民文芸』続・平成13～17年度―死越え生を実感―深沢恵ほか　229
同人誌『土砂降り』関西の文学を経て―小倉弘子　231
『文芸静岡』71・72号―或る受洗の背景を描く―白井小月　233

8　文学的吸引力……237

『風信』高柳克也の「小川国夫書誌」　237
『荒土』牧場廃業し文芸誌たちあげ―増田一郎　239
詩誌『岩礁』に発表の『本郷追分物語』―大井康暢　241
詩と詩謡と小説―後藤一夫　243
詩誌『馬』そして『鹿』―埋田昇二・溝口章　245
杉山市五郎「ノクターン」ほか　247
詩誌『しもん』「ジャカランダ」佐野旭ほか　249
同人誌『青銅時代』を小川国夫らと創刊―丹羽正　251

目次

文藝賞受賞2作家―小沢冬雄と渥美饒兒 253

9 県出身作家……257
木下杢太郎　芹澤光治良　小糸のぶ　井上靖
中村真一郎　川村晃　森瑤子　志茂田景樹
嵐山光三郎　諸田玲子　鈴木光司

10 県出身詩人……263
石原吉郎　大岡信　小長谷清美　伊藤聚
江代充　菊池敏子

市民運動から生まれた二文学館 265
『文芸静岡』表紙・カット画家 267
あとがき……269
索引

1　『文芸静岡』草創期

後進育成に情熱—高杉一郎

静岡県文学連盟といういかめしい称号の文芸家組織が創設されたのは昭和三十八年三月である。静岡大学教授の高杉一郎（本名・小川五郎）が県の教育委員会に働きかけて予算をとり、『文芸静岡』という雑誌を発行するために立ち上げた組織で、創刊はその年の十二月十日だった。よい書き手を育てたい、というのが彼の念願だった。

高杉は戦前、改造社で『文藝』の編集主任をつとめた人である。後進にみちをひらくには雑誌がちからを発揮することをよく知っていた。改造社は軍部に圧殺されるようにして解散するが、高杉はその直前に応召して満州へ渡り、敗戦とともにシベリアへ送られ、四年の抑留生活を経て、昭和二十四年秋、復員した。そして、抑留時代のシベリアにおける体験を『極光のかげに』と題して発表、ベストセラーとなった。

本作りをしたのは改造社時代、高杉の下で編集の手ほどきを受けた木村徳三だった。彼はこの時、目黒書店で『人間』の編集をしていた。「極光のかげに」はまず『人間』に連載され、その後に単行本で刊行されたのである。周囲は高杉が、この本を足がかりに作家活動に入るものと思ったようだ。しかし、彼は大学で教鞭をとるみちを選ぶのである。そして、改造社時代に培った編集者の目で、県下の書き手たちを見まわすのである。

高杉は文学連盟創設にさきだつ昭和二十七年に、やはり県教育委員会に働きかけて『静岡文芸』という雑誌を創刊している。これがやがて、ひろく県民から作品を公募する県芸術祭へ発展し、その入賞作品を掲載する『県民文芸』となって行くのである。

県芸術祭の発足は昭和三十六年度からだった。『静岡文芸』創刊からちょうど十年がたっていた。この芸術祭創作部門で第一回知事賞を受賞するのは吉田知子である。吉田はのちに「無明長夜」で芥川賞を受賞し、活躍の場を中央へ移して行く。

創作部門の選考にあたったのは高杉一郎と河内清の二人だった。このときの選評に高杉は以下のような所懐をそえている。

〈応募作品は、わりあい粒がそろっているだろうと期待していたが、案外だった。拍子抜けがした。やはり、継続的な文学運動と無関係に組織される作品募集というのは、ムラキなもので、ダメだと思った。もしこの県にも、本当の文学運動をおこそうという気があるなら、こういう一網打尽式のやり方をやめ、どんなにささやかなものでもいいから、定期的に発行される文芸誌を創刊して、そこでひとりひとりの才能を根気よく育てていくという方法にきりかえなければダメだ〉

静岡県文学連盟創設

高杉一郎は、芸術祭の選評に書いた思いを、翌昭和三十八年、すぐさま実行に移した。三月、静岡県文学連盟は創設され、彼は初代運営委員長に就任する。

当時、県民会館の地下に〈ラムプの間〉とよばれる一室があった。英語で文学、芸術、音楽、演劇の頭文字をつらねて高杉が命名した部屋である。そこがサロン風の場になり、県下で創作、詩、短歌、俳句をやっている人たちが集まってきた。それまでまったく交流のなかった地域の作家たちが顔を合わせたのである。そして、仲間意識からいっきに胸襟を開き、情報を交換し、遠慮のない文学論が展開されるようになって行った。

この集まりの場で、高杉は念願の文芸誌創刊を提案し、『文芸静岡』が創刊されることになったのである。作品を発表する紙誌を持たなかった者にとってそれは喜びだった。これによって県下の文学活動はいっきに盛りあがって行った。「静岡に文芸復興の雰囲気が漂ったのです」と後に小川国夫は当時を思い浮かべて述懐している。

その小川は、後年『朝日新聞』に連載した「悲しみの港」に、この頃の彼自身の内面を主人公に仮託して書いているが、都落ちしたような、憂鬱な気分で日々を過ごしていたらしい。東京大学を休学してソルボンヌ大学へ留学、夏季冬季の休暇にはヨーロッパ各地と地中海沿岸、北アフリカにまで単独単車旅行を試み、多様な文化を実感して帰国、東京大森で創作活動に入り私家版『アポロンの島』を刊行する。これが一部の作家、評論家から高い評価を受けるが、商業出版社からは声がかからず、昭和三十五年十月、藤枝に居を移していたのである。作品発表の場は『青銅時代』と『近代文学』だけだった。

文学を語りあえる友人はこの近くにはいなかった。そんな小川のところへ、ある日「静岡で文芸同人誌を創刊したいので」と参加を呼びかける電話がかかってきた。そのときの様子を小川は「或る過程」で以下のように書いている。

〈メッセンジャーの役を引き受けたのは加仁阿木良であった。電話口に加仁の翳りのある温かな声が聞えた。ほとんど囁く口調であった。突然のことで、私としては、自分が今も小説を書いていて、藤枝に住んでいることが、どうして判ったのだろうといぶかった。恐らくは高杉氏が察知したものだろうとは察した。しかし、こちらから委細を聞いてはみなかった。承諾して、二、三日して、所定の静岡市の〈ラムプの間〉へ出かけて行くと、そこに集まっていた人々は、これも恐らくは高杉氏の紹介が効いたのだろう、直ちに同志として迎え容れてくれた〉

『文芸静岡』創刊

『文芸静岡』の創刊号は本年（昭和38年）中に必ず出すことにしよう、そういう申し合わせのもとに、創作、詩、短歌、俳句の各部門から二名ずつ、編集責任者が選出された。

創作・冬木寛、野沢喜八、詩・布施常彦、茫博、短歌・高嶋健一、片山静枝、俳句・小林鹿郎、小宮山遠、の八名である。

　この編集責任者たちが、部門内の書き手に原稿を依頼し、推薦作品や寄稿をあわせ読んで掲載の可否をきめて行った。結社でやっている短歌、俳句は『文芸静岡』の創刊についても受けとめかたは冷静で、編集責任者の仕事振りも事務的だったようだが、創作と詩部門は、依頼原稿といえども水準に達していなければ掲載しない、という厳しい姿勢を初めから打ち出していた。こうした部門の編集者のとりくみ姿勢は、掲載された作品にはっきり現れている。

　特に、小川国夫の短篇「苛酷な夏」、同じく加仁阿木良の「酉の刻」、小川アンナの詩「わたしらの愛」は、四十年を経たいま読んでも色あせたところのない素晴らしい作品である。

昭和38年刊行された
「文芸静岡」創刊号

『文芸静岡』はその後、四十年間発行は途切れることなく続き、いまも健在である。しかし、大きな危機に直面したこともあった。その変遷についてはあとあとたどることにして、その時々を映す鏡の役割は、当然、創刊号に求めなければならない。

　この創刊号には、どこにも文学連盟創設や『文芸静岡』創刊に関する理念のようなものは掲載されていない。すっきりと作品が並べられているだけである。すがすがしい印象を受ける。一人でも多くの才能を育てたい、という高杉一郎の考え方が、編集責任者を、理屈ぬきでよい作品だけを掲載するという方向にむかわせたのだろう。

「後記」を見てみよう。編集の現場がその責任において書き記しているのも、より質の高い作品を求める姿勢である。

〈県内には、作品発表の場を持ち得ないまま個人的研鑽を続けている優れた資質を持った人々がいる。これらの人々を全県的に結集して、質の高い作品発表の場を作り、これを静岡県の文学活動の拠点にしたいというのが『文芸静岡』発行の動機である〉（冬木・野沢）

〈編集方針は依頼原稿によることを建前としているが、寄せられた作品がその人にとって高水準に達したものでなければ、採らないことにした。ご寛宥を乞う次第。というのもこの雑誌の水準を高めようとするために外ならない〉（布施・茫）

「苛酷な夏」―小川国夫

文芸雑誌に限らず、なんであれ明確な志を持って立ち上げられたようなものには、時を経ても冷めることのない熱情がいきづいているように思える。『文芸静岡』創刊号はそういう血のたぎりを感じさせる雑誌である。四十年を経たいまも清新な息遣いを伝えてくる作品が、幾篇も掲載されている。

創作部門では、高杉一郎が評論「歴史のなかの作家―イリヤ・エレンブルグと広津和郎」を、小川国夫が「苛酷な夏」を、加仁阿木良が「酉の刻」を、谷川昇が「アドバルーンと僕と」を、布施常彦が評論「閉ざされた美学―現代詩の難解性をめぐって」を、稲森道三郎が随筆「孔雀」を、詩部門では、小川アンナが「わたしらの愛」を、岩崎豊市が「寝室」を、埋田昇二が「生まれることのなかった子への悲歌」を、清水達也が「老いたる船の記憶の底に」を、大畑専が「風説」を、江間和夫が「河」を発表している。

高杉一郎の「歴史のなかの作家」は、恐怖の粛清で知られるソ連のスターリン時代を、スターリンにたくみにとり入ることで生きぬいた作家イリヤ・エレンブルグと、〈悔恨なく怠惰〉〈日本のゾラ〉などと自らを形容する広津和郎に不快感をしめし、その人間性について考察している。

小川国夫の「苛酷な夏」は、戦時下、用宗の造船所へ動員された学徒たちの話である。

武藤がホームを来て前方の客室へ入って行く。蟻喰は武藤に密告の疑いをかけられ、リンチを恐れていて武藤から目が離せない。武藤が女生徒の下腹部を殴り、それが先生に知れ、彼は退学を免除してやるから特幹か予科練へ行けといわれたのだ。したがえば戦死しかない、と武藤は考えただろう。そのやり場のない怒りと苛立ちのとばっちりを受ける蟻喰。造船所へ行けば武藤に呼び出しをうけることは判っている。しかし、蟻喰は、静岡へ行こうという〈僕〉の誘いを断り、廃船のなかで武藤に殴られる。そこは学徒や若い造船工の性欲の処理場でもあった。

小川はこの作品を改稿し、昭和四十五年『すばる』夏号に「翔洋丸」と改題して発表、後に短編集『彼の故郷』に収録している。そこでは貪欲に盛り込まれていた学徒のさまざまなありようがうまく整理され、主題がより明確になり、作品の印象は一段と鮮やかになっている。「苛酷な夏」では幾つかの試みがなされている。その一つは人事の葛藤が内面へ向けられ、小川文学の特徴である会話の描写がしぼりこまれていることである。これも改稿時に改められているが、こうした実験的な作品が発表されていることでも、この創刊号は貴重な一冊といわなければならない。

メッセンジャーに加仁阿木良

加仁阿木良は、高杉一郎のメッセンジャーとして小川国夫を誘い出し、彼を創刊同人に加えた。この時には電話で声を交わしただけだった。

加仁にとって特別に印象深いのは、『文芸静岡』創刊号の発行を記念して、創刊パーティーが行われたときだった。県民会館三階の大会議室での立食パーティーである。部屋の中央に白いカバーをかけた大きなテーブルが置かれ、料理が並べられていた。集まった人々は壁よりに立っていて、部屋の正面では高杉一郎がマイクを持って話していた。まだ乾杯のまえである。皆、静まり返って高杉の話に耳を傾けていた。その時である。小川がすっと壁際を離れてテーブルに近づき、ホークと皿を手にとって野菜を巻いている生ハムをほぐしてとりにかかった。加仁は固唾をのんで見まもった。どうしてこんなときに料理を取りに出て行くのだろう、そう思った。生ハムはなかなかほぐれない。その手元を見ていて、ふっと加仁はとてもおおらかな、大きな人間に出会ったと思った。そして、この人はインターナショナルだな、こういう人こそインターナショナルというんだと思った、と、これは筆者が『評伝小川国夫』の取材のために訪れたときに語っていた。小川は「或る過程」のなかで以下のように書いている。

〈翌日の昼前、私はまだ起きたばかりだった。戛々《かっかつ》と下駄を鳴らして、加仁がわが家へ来た。見れば、手には大きな鯛の尾のつけ根を摑んでいる。訪問しようと心にきめ、朝魚河岸へ行って買ってきたのだという。彼は焼津の住人であった。私はうれしくなって、一杯飲もうと誘った。彼も応じ、私たちは忘れられない昼酒を飲んだ〉

こうして小川と加仁の文学と酒の交流は始まるのである。

その加仁が創刊号に発表した「酉の刻」は、少年と少女の北朝鮮での平穏な日々が、敗戦によって一転し、引き揚げのため街を脱出、南下する途中におきた忌まわしい事件を書いたものである。幼馴染のその少女が、陵辱され崖から身を投げて死ぬ。少年は一人で土を掘り、少女を埋葬する。幼い頃、少年と少女は蝶を追い、蝶は井戸に逃げこんで消えてしまう。かけよってのぞくと深い井戸の底に青い空が見えた。少年は少女を意識するようになる。しかし、前途にあったのは悲惨な死だった。

この作品には、加仁の重い体験が書き込まれていると見てよいだろう。怒りと悲しみが深いところまで垂直に降りていき、井戸の底の青空をつきぬけてなお降りつづけて行くような、澄明無限の悲しみを感じさせる。

彼は北朝鮮で少年時代を過ごし、学徒動員などもそこで体験したらしい。

第一回知事賞「寓話」――吉田知子

吉田知子は「寓話」で、昭和三十六年度第一回静岡県芸術祭創作部門の知事賞を受賞している。

狂信的な崇拝者をもつ書家の桑木石道という人物を、どっしりとした重みのある文体で書いている。選者の高杉一郎が、本人が書いたものかどうか、賞を与えてよいものかどうか、不安になってさんざ迷ったあげく、諸方へ問いあわせて、どうやら本人の作品に間違いないらしいということで知事賞に決定した、と選評に書いている。

しかし、それでも一抹の疑念はあったようで、頭から離れなかったのだろう。四十年七月『紅炉』の同人になった吉田が、同誌六号に「東堂のこと」を発表、それが四十一年二月『文芸静岡』に転載されると、高杉はそれを読み、その確かな文体が知事賞の「寓話」の作者のものと変わらないことに安堵し、新しい才能を発見した喜びに浸るのである。

高杉はこんな手紙を『紅炉』主宰の島岡明子に送っている。

〈吉田知子さんの「東堂のこと」には感心しました。昔『県民文芸』に彼女が応募した「寓話」という作品を私は一番にスイセンしたことがあるのですが、あとになって彼女が二十七歳であると聞き、あまりにも大人の文章であるのをふしぎに思い、いままでずっと半信半疑でした。こんどこの「東堂のこと」を読み、「寓話」の文体まで裏書された感じで、たいへん感心しています。ジャーナリストをしていた私のカンがまだ鈍っていないとすれば、彼女はモノになりますね。（略）とにかく彼女を激励してあげて下さい〉（『紅炉草子』）

東堂は愛知県の古い豪農の家に生まれ、十六歳で陸軍士官学校へ入り、少将にまでのぼりつめた男である。その癇《かん》のつよい傲慢《ごうまん》な明治生まれの男の生涯を、吉田は冷徹な目でみすえて書いている。

しかし、吉田は「寓話」の石道や「東堂のこと」の主人公のような、癖のある人物の生きざまを書くところに長くとどまってはいなかった。予期しないところで、不意に人間がおちこむ不思議な空間に異常な興味をしめすのである。解からない、あまり居心地のよくない空間に。「ユエビ川」（『紅炉』19号）はそういう作品だった。以降、彼女は、鏡花や百閒がこころを遊ばせた不思議の世界の方向へ向かうのである。

昭和四十五年七月、吉田は「無明長夜」（『新潮』4月号）で芥川賞を受賞する。古山高麗雄との同時受賞だった。

中さん大学──稲森道三郎

安倍郡服織村新間（現・静岡市葵区新間）の中勘助の仮住まい〈杓子庵〉は、いま復元されて同地に建っている。中はここに昭和十八年十月十五日からおよそ一年半住み、その後の三年間を服織村羽鳥に暮らして、二十三年四月五日に東京へ帰っている。四年六ヶ月の滞在だった。戦火を避けての疎開だったように伝えられていたが、稲森道三郎の証言で正しくはそれが転地静養であったことがわかっている。当地へ来てから戦乱は急をつげ、赤坂の留守宅も空襲で焼失してしまい、終戦後すぐに帰ることができず、この日に至ったものだった。

二十歳を過ぎたばかりの稲森道三郎は、ここで『銀の匙』の著者中勘助と出会う。この二人は、およそ四十歳の年齢差にもかかわらずぴたりと呼吸が合い、以降深い交流が続くのである。特に中の服織村時代は、稲森は中の住居を中サン大学と呼んで、暇さえあれば愛馬に、また愛馬を手放してからは自転車にまたがって通った。悲しいこと、嬉しいこと、何か変わったことがあれば中サン大学へ通い、酒が手に入れば持ってかけつける、といったふうだったと彼は『服織の中勘助』に書いている。

そして、〈僕は自分の一生の幸せが此の時から始まったと思っている〉と。中のほうも羽鳥のことを書いた随筆の中で〈どうか私のところが人びとの憩いの宿であるように〉と書いている。訪ねて行けないときは手紙を書いた。すると中もすぐに細かい字を一杯詰めた返事

羽鳥時代の中勘助（右）と稲森道三郎

をかえしてよこす。そこには未発表の歌や俳句や詩が書き記されていた。稲森はここで深い文学の海に出合うのである。しかし、この大学は堅苦しい大学ではなかった。酒量が大体同じぐらいだった。〈僕は少しの酒にすっかり化けの皮をはいで本来のヤンチャ坊主の正体を出してしまい、この礼儀正しい先生の前で高鼾で一寝入りしてしまう程になってしまった〉という。

昭和三十一年、稲森は高杉一郎のすすめで、静岡大学の『文化と教育』という雑誌に、中との濃密な交流のようすを『服織の中勘助』と題して連載した。それは中勘助に関する資料としても第一級のものである。

稲森と高杉の交流は以降もつづいて、いよいよ『文芸静岡』創刊となったときに、彼はそこに随筆「孔雀」を発表している。稲森の随筆の特徴は、題材を舞台にのせてたくみに小道具を配し、語るという方法である。そしてそれは、粋であらねばならず、ひたすら美しいものに入れこむ、というところにあるが、「孔雀」もそうしたおもむきのもので、そこに立原正秋を想わせる滅びの美をからませ、随筆というより小説といいたい魅力的な作品に仕上げている。

「出発」で詩から小説へ――谷川昇

谷川昇は学生時代、静岡大学の文芸サークルに入っていた。ここの先輩には加仁阿木良、冬木寛らがいて、高杉一郎が顧問のような役割で顔を出していた。文学を熱く語る場があったのである。高杉がかつては『文藝』の編集者で『極光のかげに』のベストセラー作家であることを考えれば、谷川にとっては近づきたい人の一人だっただろう。谷川は小説「出発」で第二回県芸術祭知事賞を受賞している。

当時の静岡大学には、国学者の江頭彦造、国文学者の岡田英雄、事務課長の田邊秀穂、事務係長の大畑専らがいた。江頭と大畑は詩人である。谷川も学生時代は詩を書いていた。そんなことからだろう、谷川は酒好きの江頭に声をかけられ、しょっちゅう居酒屋で相手をさせられたらしい。江頭が詩部門の編集責任者になると実務は谷川にまわってきて、江頭はなにもしないで谷川の編集作業が終わるのを待っていて、飲みに行こう、と言うようなことだったという。しかしそれは、創刊号から幾号か経過したのちのことである。

谷川は創刊号の頃は、詩から小説へ関心が移りつつあったときではなかったかと思う。短篇「アドバルーンと僕と」を発表している。内容はおよそ以下のようなものだった。

アルバイト学生の〈僕〉は、ビルの屋上で終日アドバルーンの番人をしている。風がなければアドバルーンはおとなしく空に浮いていて、特にすることもない。寝転んで本を読んでいればいいのだ。しかし、それも何かものたりない。侘びしくもある。そんなところへやって来た洋子。これが恋愛というものだろうか、とぼんやりした感想をいだく〈僕〉の淡い恋愛感情を、リズム感のあるさらりとした文体で書いている。

谷川はこの時点で、詩から小説へ表現方法を変えた、ということでもなかった。その後も詩を書き、小説を書き、カミングズの詩の翻訳をやり、熊谷静石、愛子夫妻について俳句をやり、といったふうで、要するにその時々胸中にあるものを、谷川自身が適切と思う方法で表現するということをしてきたのであって、彼にはそれが、多分、自然なのだろう。

しかし、彼はこんなことも言っている。三号の短詩型特集で行われたアンケート「現代文学における短詩型の位置をどうお考えですか」に答えたものだが、〈短歌や俳句を作っている人たちは、そういう形で現実を切りとることに、どのような息苦しさを感じているのだろうか。意地悪く言えば、それらの人たちは、短詩型のなかに自己をはめこむことに、マゾ的な快感を味わっているのではないだろうか。短詩型に執着する人たちは、いくぶんマゾヒストではないだろうか、と僕は考える〉。その谷川が最近は、俳句がいいね、と言っている。いろいろやってきたがマゾ的快感にいきついた、ということでもないだろうが。

地方意識―視野の違い

少し寄り道をしておきたい。先に、立原正秋を想わせる稲森道三郎の「孔雀」について書いたが、その立原が世に出る直前の昭和三十七年二月、同様に冬の時代の只中にいた小川国夫を藤枝の自宅に訪ねている。『文芸静岡』創刊に加わるように、と加仁阿木良が高杉一郎の命をうけて、小川に誘いの電話をかけるおよそ一年前のことである。

立原は当時鎌倉の笛田にあった小さな借家に住んでいて、近くに住む本多秋五をしょっちゅう訪ねて会っていた。そこで、まだ無名だがいずれかならず世に出るに違いない小川国夫という作家がいると知らされ、『青銅時代』や私家版『アポロンの島』を見せられ衝撃をうけるのである。立原は本多を介して小川に近づき、『青銅時代』の同人会をのぞいてみたり、親しく手紙の交換をするようになって行った。そして、藤枝へ訪ねてきたのである。

小川が「アポロンの島と八つの短篇」を『青銅時代』創刊号に発表したのは、昭和三十二年六月だった。本多はこれを読んで強く印象に残ったのだろう。直後の『群像』の合評会で〈近頃の若い人の作品にはよいものがない〉という発言をうけて〈小川国夫という人が『青銅時代』に「アポロンの島と八つの短篇」という作品を発表していますが、これには感心しました〉と応じているのだ。この本多を初めとする『近代文学』の作家、評論家たちのほかにも、高く評価する声はあがっていたが、それらは文芸誌の同人雑誌評などの片隅の声とし

無名時代の立原正秋（右）と小川国夫＝昭和46年6月、立原邸

てあまり目立たず、小さな声としておしやられていたのである。

この本多の発言から六年の後、前述のように「苛酷な夏」は『文芸静岡』創刊号に発表されるが、この作品も『文芸静岡』の作家、評論家たちのあいだではほとんど評価されていない。二号の誌上で、一号の編集責任者による座談会（合評会）が行われているが、そこでも文学作品の評価より、方言をもちいるなどの地方性について疑問視する発言が勝っている。〈中央に直結する地方文学なんてものが果してあるのか〉という発言もあり、それはこの時代の当地の文芸家の志向を反映したものでもあっただろう。文学に対する感性の違い、その差違の大きさにはちょっと驚かされる。

小川はその二号に、はからずも「文学の地方性に関して」と題して、ノォークナーについての短いエッセイをのせている。そのなかで彼は〈土地の心裡に人間が言葉の泉を掘り当てた感じ〉とその地方性について書いている。視野の違いを感じさせずにはおかない。

立原はこのときの小川家訪問のあと、短篇「合わせ鏡」と、エッセイ「小川国夫との出逢い」を書いている。前者は藤枝が舞台、後者は焼津が舞台である。やがて彼は「白い罌粟」で直木賞をとり、小川よりひと足はやく世に出て行く。

「にょしん」の原初的愛―小川アンナ

小川アンナは、文学連盟なるものが創設されることを、県詩人会の高橋喜久晴から聞いて知った。創刊号にふさわしい詩を一篇用意しておいて下さい、という言葉を添えて。

アンナは、三年前（昭和35年）の夏母親を亡くし、その浄めの行為をとおして、生命を生み出す女性の〈性〉の実相を正面から見すえる「にょしんらいはい」という素晴らしい詩を書き、詩人として注目を集め始めていた。その「にょしんらいはい」を発表した翌年、高橋喜久晴、大畑専らによって結成された県詩人会にも名をつらね、更にこの昭和三十八年には、島岡明子の呼びかけによって創作同人誌『紅炉』が創刊されたが、その同人にも加わっている。そして、『文芸静岡』への参加だった。

この一九六〇年代は、世界中があらゆることで躍動期にあった時代である。『文芸静岡』に結集した県下の文学者と文学愛好家たちもみな活気づいていた。小川アンナも人後に落ちない。特に『紅炉』への参加は、詩に加えて創作でも世に問うてみたいということだったのだから。

そのアンナは『文芸静岡』創刊号に、「わたしらの愛」という詩を寄せている。

わたしらの愛はちちをもんでかなしくせまる／ならわしをもっています／ですからそれはいつもちょくせつ的です／ちぶさからしたたりおちるわたしらの愛を／こどもはごくごくのみほします／どうしてかちちにおしつけてくる愛を享け入れてしまうよわさをわたしらはもっています／わかいおんなたちはそれをまっています／よそのこがさらわれたといってわたしらのちちはいたみ／愛している男がキリストのようにみえる時でも／わたしらのちちはぎゅっとせつなくいたんできます／そうキリストがもし女だったら彼はきっと万人に自分のちちをのませたでしょう／わたしらはかなしい時でも／それがちちをもんでせまってくるなら／それを愛だと感じています／わたしらの愛がたとえせかいにたいするときでも／なんだかちちをもんでなやむのがわたしらのならわしです／秋になると／ちぶさを深くつつんで／つつましい心になるのが私は大好きです

さまざまな場における刻々の愛を〈にょしん〉は生理そのものとしてうけ入れる。愛と生理は一体のものなのだ。感覚は常に官能を帯びて〈いつもちょくせつ的〉である。そして〈にょしん〉の愛はでき得るものなら〈万人に自分のちちをのませたい〉と感じている存在であるという。アンナはこうした〈にょしん〉の原初的愛を、以降、ずっと見つめて行くことになる。

岩豊武勇伝―岩崎豊市

「わたしは焼津の岩崎豊市といいますが、ここには岩崎姓の人は岩崎芳生君とか、ほかにもおられるようですので、私のことは苗字と名前をちぢめて岩豊と呼んでください」

岩崎豊市は初対面の人の多い会合などで挨拶をするとき、たいがいこんなふうに話し出す。それで誰もすぐに、あの人が焼津の岩豊か、と親しみをもって覚えて、十年の知己のように「やあ、岩豊」などと遠慮のない声をかけて近づいて行くようになる。

彼は、焼津の海辺に近い水産加工業の人たちの家がならぶ通りに生まれ育ち、いまもそこに住んでいる。そのあたりでは日常「やい、おめえ、ばかやろう」というのが挨拶言葉で、それが腹をぶちまけた最も親しみのこもった挨拶なのだという。

そういう言葉遣いを日々の暮らしの中で人への温かい接し方として使っているのである。それで岩豊は、しばしばがらっぱちに見られたり、豪放磊落《らいらく》に見られたり、ときには喧嘩相手に恐れられたりもするが、やはりこの人は繊細な詩人である。岩豊というのも、魚屋をやっていた祖父の代からの屋号で、祖父への思慕の念もあって岩崎家は岩豊と呼ばれることを誇りにしてきたのである。

詩集『ほの昏きわが港』の「酔徒有情」には、奔放な文学仲間との交流のようすが書かれている。岩豊武勇伝としてすでに伝説化している次のような話も載せている。

小川国夫の家へ、茫博、岩崎芳生らと、手土産に小樽に入ったかつおの塩辛を持って出かけ、酒の肴にと皿へ移そうとして畳にまけてしまい、「まあ、ええわ、ええわ」とそのままにしてその塩辛を囲んでつまみながら酒を飲んだ、とか、その帰りには小川国夫と毛筆で書かれた表札をはずして持ってきてしまい、二十年も自分の家の書斎に飾っておいた、というような話である。

そして、岩豊はちょっと言い訳がましくこんなことを書き添える。〈その頃小川さんは「焼津の衆は、朝まで付き合ってくれるでええなあ。普通の衆は、もう夜が明けるなあとかいって、恨めしそうな顔で俺を見るでなあ」などといったこともあった〉と。

前出の詩集のなかの「焼津」は以下のようにはじまる。〈問わなければ／問わなくとも過ごせたかもしれないが／問い続けなければ／自分自身が納得しなかった／なぜ私がここに立ち／そしてその烙印が／なぜ　焼津であるのか〉。そしてそれは「突堤」の〈湾のなかへおれは突き出た／にがみのきいたしぶきは舞い〉をへて、「幻覚、浜辺の町が干からびる」の〈ある日／焼津の町が干からびてしまうのかと思った〉という恐れにいたるのである。

己を意識したとき、焼津を意識した。突き出ようとしたこともあったが、いまは〈ぼんやりと夕暮れを見つめているだけだ〉と、岩豊は自分のいる港の風景を書いている。

仏とびちる――杉村孝・野呂春眠

石に彫る仏とびちる葛の花

この句は野呂春眠が、藤枝の滝ノ谷不動峡にある石彫家杉村孝のアトリエを訪ねたときによんだ句である。野呂が初秋の山道を登っていったとき、杉村は石材が雑然とつみあげてあるアトリエのまえで淡い日を浴びて一心に地蔵菩薩を彫っていた。

野呂は立ち止まり、じっとその杉村の手もとを見つめる。石に彫る仏、とびちる葛の花。〈葛〉はとびちる石片の屑にかけられている。その屑を葛にするところに、春眠俳句の神髄はあるのだろう。洒脱で、粋で、しかも、とびちる、には生き生きとした生命の躍動感があり歓喜がある。見えたままの眼前の光景が単純にうたわれていながら、美しく力強い。

杉村が彫っている地蔵菩薩は、人工と自然の合作からヒントを得た〈美〉の像だった。長いあいだ村里の路傍にあって、風雨にさらされて風化し、鑿《のみ》のあとも目鼻立ちもはっきりしなくなった地蔵菩薩からヒントを得た、いやしの象徴とでもいうべきものだった。人の手が彫ったそれに、自然が手を加えたことで、生臭さが消え、完成された優しさ、美しさを体現している。その風化美をとりいれて、彫っていたのである。それは村里の路傍からすでに遠く離れてしまった現代人の心を癒すものだった。野呂の、

桑の実は追憶に満ち赤と黒

に通じる世界である。ともに同じ村里に見られた懐かしい風景である。

石を彫る、という行為と、俳句をよむという行為には、似ているところがあるのかもしれない。句作のときの目の置きどころについて、野呂は〈物を究めて知に到る〉と言っている。そして〈そこに情をこめないで何かを見抜いていく〉（対談・42号）のだと。

共通点もある両者だが、しかし、杉村の場合は、風化美の世界によって人々とむすばれながらも、彼自身はそれによって癒されることはないのではないか。それとは別の石彫家としての精神世界で、風化美からははかり知ることのできない造形の課題と格闘しているのだろうと思う。

一方の野呂は自由人である。彼は俳句をよみながら、自由人としての生きかたをまもってきたと言っている。『文芸静岡』二号に、評論「芭蕉の前途感」を発表しているが、そこで論じているのも芭蕉の生きかたである。

芭蕉は〈現実への絶望を未来への相望にふりかえることによって生きる力を求めていった〉と書いている。

悩める編集責任者―冬木寛

冬木寛は『文芸静岡』の創刊号から六号まで、創作部門の編集責任者をつとめている。誌上でみるかぎり、この間、最も精神を高揚させた同人であったように思われる。

先にも少し触れたように、彼は静岡大学では谷川昇の先輩で、加仁阿木良らと文芸サークルで活躍していた。当時、静岡大学には文理学部に文芸誌『哭』が、教養学部に文芸誌『暖流』があった。文理学部で国文学を学んだ冬木寛は『哭』がその舞台だったが、文芸サークルは『哭』と『暖流』の双方をつつみこむ形でつくられた討究の場だった。

勿論、ここにも高杉一郎は顔を出し、作品を批評したり、中央の情報を伝えたりしていた。のちに文化人類学者として静岡大学へもどってくる前山隆も、谷川らとここで熱い血をたぎらせた一人である。

教養学部で教鞭をとっていた高杉と、文理学部の学生だった冬木の接点は、この文芸サークルと、昭和二十七年から高杉がやってきていた『静岡文芸』にあった。こうした関係から、さらに『文芸静岡』草創期の創作部門編集責任者の仕事もまた、高杉にゆだねられたのであろう。冬木と野沢喜八がその任にあたった。

詩部門は前年県詩人会が発足し、書き手の顔ぶれはわかっていた。短歌、俳句部門には結社があった。これらの部門では、創刊号のための作品の依頼先にこまることはなかった。しかし、創作部門にはどういう書き手がいるのか、冬木も野沢もあまり把握できていなかったのではないかと思われる。

とりあえず創刊号には、小川国夫、加仁阿木良の二人と、芸術祭に応募してきた文理学部の後輩谷川昇の三人に原稿を依頼し、充実した立ちあがりを見せることができた。しかし、二号については依頼したい人がいなかったのか、冬木自身が小説を書き、もう一作を『紅炉』創刊号に掲載された戸美あきの短篇「葦の間」を転載することでしのいだようである。〈ようである〉と、推測で書くのはどうかとも思うが、同じ静岡市内でほぼ同時期（『紅炉』の方が早く、『文芸静岡』創刊より四ヶ月前に創刊されている）に発行された同人誌から作品を転載するということは、やや特異な事情か、編集責任者に特別の考え方があったからだろうと思うからである。

「葦の間」は『文芸首都』でも転載の声があがったようだが、そこでは編集会議で〈同人誌作を推薦転載することは「屋上屋を重ねるごときもの」の理由で否決された〉と島岡明子（『紅炉』主宰）は「『紅炉』私記」（『紅炉草子』）に書いている。『文芸静岡』は当初、年間四冊を発行していた。編集責任者は気がきではなかっただろう。締め切りはたちまちやってくるのである。

作家育成の困難

冬木寛が二号に発表した作品「谷の音」は、おおよそ以下のようなものだった。

作家志望でいまは翻訳で食いつないでいる江波は性的不能者で、妻を満足させることができない。欲情をもてあます妻は彼の友人黒田のもとへ去ってしまう。江波はいらだちから芸妓葉子と親しくなるが、劣等意識から彼女との関係をなかなか深めることができない。しかし、やがて彼女との結婚を決意する。

こういう物語を冬木は、登場人物それぞれの独白を組みあげる方法で書いている。

一方、同号に『紅炉』創刊号から転載された戸美あきの「葦の間」は、離婚した女が小舟を買って、川中の葦のなかにおき、そこで暮らしはじめる、という話である。夢幻郷に逃避する実在感の希薄な女の話だが、実話にもとづいたものらしい。

風にそよぐ葦の音や、舟底をたたく水音の描写がよい。この作品は好評だったようだが、その理由は、多分、この描写にあるのだろう。

『文芸静岡』創作部門の編集責任者は、前述のように冬木寛と野沢喜八だった。

野沢は静岡女子商業高校の教諭で、校内の同僚たちと同人誌『萌芽』を発行していた。この『萌芽』は、昭和三十四年の創刊で野沢はその代表者だった。同人には他に、大賀渓生、小長谷静夫、渡会一平、山村律、大野敬三、山内賢二、そして、戸美あき、がいた。戸美もまたここの教諭だったのである。彼女の作品「葦の間」の『文芸静岡』への転載は、野沢から戸美へ持ちかけられたものだったのだろう。

創刊号の編集会議では、掲載する作品は編集責任者が依頼するものとするとして、依頼原稿を中心に編集することをはっきり打ち出していた。そのうえ、たとえ依頼原稿であっても水準に達していないと判断すれば掲載しない、という姿勢も明確にしていたのである。それがこの二号の編集後記には、〈(二号では)評論特集を計画したが、依頼した原稿が思うように集まらなかった〉と書かれていて、特に創作部門の原稿が集まらないことを嘆いている。

高杉一郎が、静岡県の文学運動を盛んにして才能を育てたい、と言ったとき、彼は創作部門を念頭においていた。発表の場をつくって、よい小説の書き手が育つことを期待したのである。しかし、それはなかなか厳しい道程であることがはやくも予感された。

この号には、冬木寛同様、野沢喜八も評論「成熟への道　小林秀雄ノート」を発表している。そして次号の三号にいたって、はじめて原稿募集の告知が出されるのである。

水テーマに「生」を抱懐―島岡明子

島岡明子は新聞記者をしていた昭和二十一年頃から、静岡大学の教授だった三枝康高が創刊した総合雑誌『東海人』に寄稿したり、座談会に参加したりしていた。そして、二十七年頃からはこの『東海人』の編集を担当するようになる。こうした経過をたどったあと、昭和三十五、六年頃から『文芸首都』に入会する。

『文芸首都』の誌上には新人の寄稿をつのる呼びかけと、創作研究会の規定がのせてあった。寄稿の場合は創作、短篇、掌篇、詩のいずれかで、優れた作品は『文芸首都』に掲載し、筆者を同人に推薦する。一方、創作研究会の場合は、原稿を送るさいに〈乞批評〉と朱筆し、批評用の原稿用紙を添付、返送用の封筒と料金を同時におくる。

料金というのは指導料のことである。短篇十五枚以内は百円、それ以上は五十枚を一単位として、最初の一単位は二百円、以降五十枚増加ごとに百円ときめられていた。もり、かけそば、が四十円、映画館の入場料が二百円の時代である。安い指導料だった。

島岡は創作研究会の方を活用した。そこでの丸茂正治の批評とアドバイスは懇切丁寧を極めていた。原稿用紙三枚にびっしり、例えば〈お作の文章、描写が少なく説明が多い。描写とは登場人物の動きが読者に生き生きと見えるよう（映画のように）工夫して書くことです（ゴーゴリやチェホフの諸作参照されたし）〉といった具合だった。

また島岡はこの頃、佐藤春夫の『わが小説作法』にも出合っている。そしてそこに書かれていた〈小説は何をどう書いてもいいものである〉という一行に目からうろこが落ちた思いがしたという。

効果はすぐに現れた、というべきだろうか。目があいて姿勢がきまった島岡は水をテーマに書こうと思い立つ。水泳が好き、高飛込みが好き。そして短篇「大浜公園プール」を書きあげる。ほとんど同時期に、ラジオドラマのシナリオ「私は夏の空と水を抱いた」を書いた。前者は『文芸首都』へ送り（昭和37年12月号）掲載され、後者は第二回県芸術祭放送劇脚本部門に応募し知事賞を受賞した。

〈二つの作はいわば双生児〉と島岡は言っている。彼女は〈彼女にとっての水〉を、異なる二つの方法で表現したのである。しかし、このラジオドラマのシナリオは、当時の静岡放送局の技術では〈水音の頻用が難〉ということで放送されなかったという。

そこには死と隣あわせの高飛び込みの恐怖と快感が書かれている。〈それは、水と空のあいだの永遠の存在であるかもわからない。ダイヴィング、というひとつのスリル、冒険による生の快感は、生の確認でもある〉と。

2　人間探究の原点

敗戦を境に人間探求へ――三木卓

　昨年、暮れもおしつまった二十八日、静岡江崎書店の会長江崎千萬人さんが亡くなられた。筆者は同郷だというだけで用事もないのにしょっちゅう事務所へお邪魔していたが、そんなある日である。

「三木卓さんて知っているだろ。今度、芥川賞を受賞した作家。先日、挨拶によってくれたんだが、初めわからなくてさ。いや、店の内線で三木さんという方がお見えになっていますが、というんだ。三木さんて知らないなというと、芥川賞を受賞されてそのご挨拶に見えられたそうです、というんだね。そんなわけで事務所へきてもらったら、それが富田三樹君なんだ。

　いや驚いた。よく本を読む子でね。静岡高校時代。いつも店に来て立ち読みしている子がいて、聞けば学校の図書室や図書館の本は読んでしまって、もっと読みたいけど買って読む余裕がないから、というようなことだったんだね。お母さんがご挨拶によってくれたこともあったりして。それで、立ち読みでは疲れるから読みたい本を家に持って行って、読み終わったら元の棚へ置いてくれればいいからってね。その富田君がよってくれてさ。うれしかった」

三木卓が「鶸」で芥川賞を受賞したのは昭和四十八年七月である。だからこの話を聞いたのは多分、その年の八月か九月頃だったのだろう。

「鶸」は三木文学の根幹に位置する作品で、敗戦直後の旧植民地満州での体験を核に書かれている。生活費を稼ぐために露店でタバコを売る少年。そのタバコを強奪していくソ連兵。父親は国家保安部に追われているといって逃げまわり、発疹チフスになって戻ってくる。そして町には、占領軍はちかく町を去り、あとはこの国の共産党と保守党の内乱だというう わさが流れている。兄と家財道具を売りに行くがいいように買いたたかれ、あげくに売上金は騙し取られてしまう。

少年は鶸を飼っていた。お前の持ち物も全部売れ、その鶸も売れ、と兄からせまられる。少年は深夜、みなが寝静まった部屋で鶸を握りつぶし、殺してしまう。愛するものを身近に置くためには殺すしかない、そういうところまで少年は追い詰められていく。

三木は敗戦で、身をおいていた世界が崩壊したことによって、はじめて幸福だった時代が他人の犠牲のうえに成り立っていたことを思い知る。そしてそこから、深く人間探求へ向かっていくのである。

城内中学二年で早くも「疲れ果てたる人々」(『灯』)を、静岡城内高(静岡高)二年で「ジェリコオの筏にて」、三年で「この露路の暗き涯を」(共に同校文芸誌『搭』)を書いている。これらは高杉一郎、島村民蔵、小出正吾らの目にとまり、『静岡文芸』（28年度版）で〈実り多い将来を想わせる〉（高杉）、〈地方的作家で終わらせたくない〉（島村）、〈作者の将来に望みを嘱しその大成を期待する〉（小出）と絶賛を浴びるのである。

確かな文化、地域の文学―藤岡与志子

藤岡与志子は小説「扉の前」で、昭和三十八年度の静岡県芸術祭創作部門知事賞を受賞している。この人は滋賀県湖北の生まれで、京都で学生生活をおくった。

作品は、演劇をやりたい沢村エリという娘が、劇団五月座の研究生の試験を受けるところからはじまり、厳しい稽古と仮借ない人間関係のなかで、徐々に演劇人としても女としても成長して行くようすを書いている。

彼女自身が別のものに書いているところによると、この作品は大学在学中にしばらく籍を置いていた劇団研究生の体験を下敷きにしているという。そこでは魅力的な女性との出会いもあって、それらを組み合わせて一篇に仕上げたのだと。そして、やはり在学中から参加していた同人誌『碧』へ発表した。その後、いったん創作から遠ざかり、静岡市へ移り住むが、ここで、この作品に手を入れて芸術祭へ応募、知事賞を受賞する。この時の選者は藤枝静男と高杉一郎だった。

藤岡はこの受賞をきっかけに島岡明子と知り合う。そして、島岡に誘われ『文芸静岡』の

編集を手伝うようになる。三十九年、藤岡は『文芸静岡』三号に短篇「犬」を発表している。島岡のすすめによって書いたものだったのだろう。

この頃の藤岡は小説より短歌のほうに熱心だったらしい。彼女は歌誌『短歌個性』に所属していた。彼女が再び小説を書き始めるのは二十四年後である。この間に滋賀県大津市へ移り住むが、『紅炉』の島岡とは頻繁に連絡をとりつづけていた。そして、昭和六十三年『紅炉』56号に伊吹知佐子の筆名で「うぐいす」を発表する。以降、61号に「骨の行方」、62号に「華の宴」、という具合に次々に島岡のところへ作品を送って、『紅炉』で再び健在ぶりをしめすのである。

長いブランクのあと彼女が書きはじめるのは、戦中戦後の厳しい時代を生きぬいた家族やその周辺の人々を、少女の目でみた物語だった。

こうした島岡と藤岡のような関係は、地域の文学の場においてすら、もはや遠い過去の話だろう。本来は孤独な作業であるべき文学が、種の概念を寄りどころに声をかけあい、呼吸していたときが確かにあったのである。いまはもう、多分、なくなってしまったに違いないこのような文学活動のありかた、島岡明子が『紅炉』ではたしたような文学の場でのありようは、確かなひとつの文化であった。

「反抗の文学」の原点―大賀溪生

静岡女子商業高校で生物を教えていた大賀溪生は、校内の同僚たちとやっていた同人誌『萌芽』にエッセイを書いていた。そんな大賀に県芸術祭での作品募集は大きな目標になった。彼は応募し、昭和三十八、九年度、第三回と第四回の二回、連続して、静岡県芸術祭評論部門の最高賞を受賞する。第三回は「欠落した時代について―道元覚書」が知事賞に、第四回は賞名が知事賞から芸術祭賞に変わって「武田泰淳の文学」がそれを受賞したのである。

彼が『文芸静岡』に登場するのは、昭和四十二年、十四号からである。この号では「文学における現代性とは何か」という特集がくまれ、岡田英雄が「文学における現代性について」を、江頭彦造が「リルケと村野四郎」を、高嶋健一が「短歌における現代性について」を、平井寛志が「俳句における現代性について」を、そして、大賀溪生が「反抗を超えて」を書いている。

この「反抗を超えて」で大賀は、家父長制度の絶対権威のもとで個中心の生きかたなどできなかった時代から、個の時代へかわっていく過程で登場する、鷗外の「護持院ヶ原の敵討」における宇平の離脱や、荷風の批評的作家から江戸的戯作者への遁走《とん》という消極的な生きかたをあげて、そうした消極が行動に反転するところに反抗の文学が生まれると書いている。そして彼は、時代が向かうさきに不安を感じとり、自己を生かす秩序を考えなければならないと提言、〈人間を相対化する力は宗教ですから、文学は一層宗教とかかわりを持つことになるでしょう〉とも書いている。

大賀の最初の受賞作「欠落した時代について─道元覚書」は、これが道元について書いた最初のものかどうかは判らないが、清水八木間見性寺の住職でもある彼にとっては、道元は生涯の研究テーマであって不思議はない。しかし、すっと道元に近づけたわけではなかったらしい。

父親が亡くなり、学校につとめながら寺を継ぐことになった彼は、法事のたびに経文や『修証義』に触れることになるが、その意味するところはほとんど承知できなかったと『道元禅　無常の中を行く』の「あとがき」に書いている。そんな時、『萌芽』代表者の野沢喜八から、唐木順三の「道元─中世芸術の根柢」(『中世の文学』)をすすめられて読み、無常だからこそ生きるにあたいすることを教えられる。のちに彼は個人誌『樹林』を発行し、そこで『正法眼蔵』を読みこみ、道元に深く入っていくが、その端緒は文学の仲間のすすめたこの一冊であったという。

「『途中』考序説」─小長谷静夫

小長谷静夫も大賀溪生同様、静岡女子商業高校で生物を教えていた。職員室でも机を並べていたし、彼もまた『萌芽』の同人で、そこに詩や小説を発表している。

小長谷は授業に必要な植物があると、大賀が住職をつとめる見性寺の裏山へ登って採集し

談笑する（写真左から）本宮鼎三、岡田英雄、（2人おいて）小長谷静夫、島岡明子、（後列）谷本誠剛、岩崎芳生

ていたらしい。大賀夫人の話である。寺の庭から裏山をみると誰か山へ入っている気配がして、ああまた小長谷先生がなにか採集に来ているのかしらと思う。案の定、しばらくすると小長谷が下りてきて、はにかむように笑いながら、これ採らせてもらいました、といって手の草花をみせ、お茶を一杯飲んで帰って行く、そういうことがよくあったという。

筆者が清水の日の出埠頭に近い事業所にいたときにも、彼はよくたち寄ってくれたが、そこは静岡市内にある勤め先の学校から海岸道路をきて、見性寺へむかう道筋のちょうど中間地点だったから、植物採集に行く途中のときもあったのだろう。

ある日、いつものようにたち寄った彼は、冗談半分に筆者に質問した。セールスマンに成績を上げさせるにはどうするの？　ゲーム感覚でゴールを意識させ続けることですかね。途中を意識すると考え込むから、途中は意識させないようにして。ふーん、と彼は聞いていたが、しばらくしてまたやって来たとき、このあいだ京都の方へ旅行したら、終点なんだけど〈途中〉というバス停があってさ、とにやにや笑って、こんな詩ができたんだけど、といって原稿用紙をひろげてみせた。「『途中』考序説」という詩だった。そのあたりを途中峠といって、大原からバスに乗ると、そのバスは〈途中〉が終点で全員そこで降ろされてしまう。〈途中〉で降ろされるわけね？ そう。困っちゃうね。そして、二人で笑った。

この詩は彼の最後の詩集『日々の跡地』に収められている。

小長谷の詩は、さりげなく日常をうたいながら、ふっと非日常に裏返える。そして、その日常と非日常のあわいに、疎外感や不安、恥じらいや諦観といったような、言葉では説明し難い現代人の気分のようなものを、確かな批評性をともなった心象として示すのである。

どこにも／落ちる穴はない／わずかな崖くずれもここにはない／たんたんとした／日常の道に／季節はずれの造花のバラと／人造の果実が／じつに／みずみずしくころがっているだけだ（『習作・十六の小さな歌』より）

彼が『文芸静岡』に登場するのは四号、「秋に」という短い詩からである。

丘浅次郎評伝を書きたい――小長谷静夫

小長谷静夫についてもう少し書いておきたい。彼は『萌芽』『文芸静岡』詩誌『狼』『しもん』『鹿』などへ作品を発表しながら、『習作・十六の小さな歌』（『萌芽』の会）、『キタ村より』『地中海を見に行こうよ』『ハイヌーン以後』『坂の日』等の詩集を刊行、H氏賞の有力候補になったこともあった。しかし、どうしても書きたい評伝があって、五十三歳で静岡女子商業高校の教諭を辞し、講師となった。そして、静岡大学教養学部の聴講生となり、二年間、生物学概論、科学史、生物学を受講するのである。

書きたい評伝、それは進化論学者丘浅次郎についてだった。東京教育大学農学部出身の小長谷は、そこで生物科学系動物分野の創始者といわれる丘浅次郎を知り、『進化論講話』『生物学講話』などの著書からしだいにその魅力にとりつかれ、彼の世界に入って行く。特に『生物学講話』はのちに『生物学的人生観』と改題されるように、丘の人生観を反映させたもので、詩人の魂をもつ小長谷が魅せられるに充分な魅力を備えていた。

小長谷は講師としての授業をこなし、静岡大学で聴講しながら、丘についての資料を集め始めた。磐田市竜洋町の丘家の墓や、東京・谷中の浅次郎の墓にもお参りをしてきた、とも言っていた。そして、試みに「丘浅次郎小伝」を書くのである。これは『静岡の文化』八号に掲載されている。

こうした経過を筆者は、前述のように清水の日の出埠頭に近い事業所にいた頃、そこに寄ってくれる彼からつぶさに聞いていた。彼は筆者が書いた『評伝小川国夫』に興味を示してくれ、自分も丘浅次郎の評伝を書きたいと思っていて、目下その準備に入っていると話し、筆者が評伝や年譜等を書くときに用いた方法について参考にしたいと言った。筆者は喜んで話した。詩人の彼が、評伝のような調査や資料収集で苦労をともなう仕事を、職を辞してまで時間を作ってとり組もうとしていることが嬉しかった。ともすれば創作に打ち込む立場の人は、そうした調べものの価値を認めたがらないからである。

「小長谷さんが丘浅次郎を単に評伝の素材として選んだということなら、やめておいた方がいいと思いますよ。心底、惚れこんでいるのでなければ」「勿論ですよ」「よかった」そんな会話もかわしたことがあった。そして、おおかた資料がそろったから、いよいよ書き始めようと思うのでしばらく寄らないかもしれない、と言って帰って行き、ぱたりと寄らなくなった。しかし、彼は書き始めたわけではなかった。体調を崩して入院し、永遠に帰らぬ人となってしまったのである。五十七歳だった。

同人誌『萌芽』で安らぎを―野沢喜八

『萌芽』は昭和三十四年三月、野沢喜八の呼びかけで創刊された静岡女子商業高校の教諭たちによる同人誌である。創刊の目的は、通常の同人誌のそれとは少し違っていたようだ。この時代の同人誌には、例えば『紅炉』のように作家として世に出たい者の野心や、思想の傾きが顕著にみられるものなど、一癖あって読ませるものが多かったと思うし、読者もそれに期待したと思うのだが、『萌芽』にはそういうものはなかった。

大賀溪生はそれについて次のように答えている。〈職場のぎくしゃくする人間関係のなかで、ただ職務をまっとうするだけでは疲れるばかりですから、こころを遊ばせる場をつくりたいという野沢さんの呼びかけで集まったのです。ですから、同人は当初から校内で募って、外部へは働きかけなかったのですね〉

大賀のこの言葉を裏づけるように、野沢は創刊号のコラムで、この誌は〈何でも言いたいことを言い、書きたいことを書く〉雑誌にしたい。それ以上の意味は持たせないというようなことを書いている。外の世界へ思想を発信するものとしてではなく、職場内のストレスを解消する場として創刊された同人誌だったのである。後に『紅炉』に同人として参加する戸田昭子は、当初、『萌芽』への参加を希望して野沢を訪ねている。しかし、校外の人は入れないという理由で断られているのだ。

その野沢は、評論「故郷喪失」で、第一回県芸術祭評論部門教委賞を受賞している。また『文芸静岡』一一号には、評論「成熟への道　小林秀雄ノート」を書いている。これらを読むと、彼の本質は博識のロマンチストで、座談のうまい人だったのではないかと思わせられる。作品は評論というより随想風で、博識者の座談のような面白さが特徴のようだ。きっと野沢のこうした話に耳を傾けるのも『萌芽』の会員たちの楽しみだったのだろう。

小長谷静夫が他校から移ってきて『萌芽』に加わるのは十号からである。小長谷はこの号に〈学校の中にこんなによい人間関係の場があるなんてこれまで思ってもみなかった〉というようなことを書いている。その小長谷が前述のように教諭を辞し、大賀が退職したあと、野沢は『萌芽』を解散し『季節』を発行するが、これもすぐ終刊にして『昏』を立ちあげる。

この間、野沢の姿勢は一貫していて、ひたすら安らぎの場としての同人誌を志向しつづけるのであるが、不思議に思えるのは、当初、安らぎの場の象徴であったはずの『萌芽』という明るく活力に満ちた誌名が、『季節』となり、更には『昏』という暗い印象の誌名に、どのような理由があって変わって行ったのかということである。

日常は闇──高橋喜久晴

高橋喜久晴は昭和三十四年九月、江頭彦造、杉山市五郎、町田志津子、大畑専、茫博らと静岡県詩人会を発足させ、事務局長、会長をつとめている。そして、昭和三十七年四月には大畑専と第一次「静岡県詩をつくる会」をたちあげる。ここには詩に関心のある多くの人が集まり、詩作の指導を受けた。その現場のようすをつまびらかに聞いたことはないが、知の人である高橋と、情の人である大畑のことを思えば、受講者はその二極の方法を同時に学ぶよい機会に恵まれたのではないかと思われる。この会は一度とじられ、第二次が昭和五十八年八月に再開されて現在にいたっている。

高橋は『文芸静岡』二号に、詩「闇の中では」を発表している。以下はその冒頭の一連である。〈闇の中でつまずくな／と　きみはいうが／闇の中をめぐり／闇の壁にぶつかって／かたつむりは　かたい殻に身をとじこめる／とじこめた身の重さに耐えかね／涙を粘液のようにうしろにひきずっている〉

この〈闇〉は、あるときは〈日常〉と呼びかえられる。〈私たちの階段は／すでに腐臭を発していたと／気づく朝すら／すでに日常に属している〉（「日常」）

〈闇〉の中で〈壁にぶつかる〉不安や危機と、〈日常〉の〈私たちの階段〉の見えないところで進行している腐敗の不安や危機は、同質のものであろう。こうした高橋の不安感や危機感はどういうところから来るのだろう。

自筆年譜によると、苦学し、十九歳で終戦、結核で肋骨を七本切除、と厳しい少青年時代を過ごし、二十三歳のときにカトリックの洗礼を受けている。こうした過程で高橋の〈日常〉はしだいに〈闇〉と等価になって行ったのだろう。

彼の文学への関心は、十七歳で短歌同人誌『花がたみ』を創刊、二十歳で詩誌『蒼茫』『詩火』に参加、その後『静岡詩抄』等々と発展していく。そして、昭和二十七年『静岡文芸』創刊号に評論「似而非《にてひなる》近代の近代―日本現代文学の近代性についての小論」を発表。三十六年には「樵夫よ」で第一回県芸術祭詩部門知事賞を受賞している。そこではまといつく〈闇〉を、信仰の力によって激しく打ち砕こうとしている。

〈きこりよ　はげしく樹をきりたおせ／おがくずを　血痕のようにまきちらして／（略）／きりひらかれていくいのちのさわやかな断面を／もしも　あなたが望まれるなら／もう　悲鳴をあげて飛びちることはいたしませぬ／（略）ひとひきごとの苦痛に耐えて／一本の樹をきりたおす／そのお仕事に力をあわす〉（「きこりよ」2）

人は誰も浦島太郎―大畑専

高橋喜久晴と「静岡県詩をつくる会」をたちあげた大畑専は、静岡大学に勤める文部事務官で事務係長だった。このときの課長は後に文芸同人誌『隕石』をたちあげる田邊秀穂である。田邊は樋口一葉の親友伊藤夏の子息で、終戦直後はしばらく出版社の編集部にいて、菊池寛や大仏次郎の原稿をとったこともある文学通だが、事務室ではそんなそぶりは見せないで職務に専念していた。しかし、その下にいた大畑はどうもあまり仕事熱心ではなかったらしい。

大畑は、教養学部にいて文学活動にことのほか熱心だった高杉一郎に協力して、どちらかといえば大学の仕事より文学関係の仕事の方を優先してやっていたようである。忙しくて困ったこともあったようで、田邊が嘆いていたのを知っている。大畑も田邊もすでに故人だが、裏舞台はどこも意外と人間臭いものである。

確かに大畑の詩には、存在の場での居心地の悪さや、たえず彼を裏切る時間にたいする怒

りが顕著である。「流速」をみてみよう。〈私は何者に羽搏きを抑えられているのだろう／流れは速くなる／日増しに速くなる〉

そして、彼が最後の詩集『狐の森』の最終ページにおいた「新御伽草紙」は、以下のようなものだった。〈竜宮城へ行って／生胆でも心臓でも献上するから／なるべく長逗留をとお願いした／乙姫様が望まれるなら／大事なものを切り取って差上げてもよい／一週間ほどして地上へ還ったら／数十年が経っていた／殺してやりたいほど憎かった男の墓／裏切って去っていった女の墓／それらの墓を巡りながら／思いきり杖で叩いて歩く／それが老いの愉しみの日課である〉

大畑らしい、人生にたいする落着のつけかたと言うべきか。つまるところ大畑は、人はだれも浦島太郎だといいたいのだろう。白髪をみて知る人生、残された時間に、生きてきたことを実感できる行為とはなにか。

大畑自身が残した著作目録には、『砂の墓地』『風説』『遠い存在』『狐の森』等の、われわれが眼にすることのできる詩集のほかに、第一詩集として『水の歓び』があった、とある。

この詩集は印刷所の火災で灰燼に帰し、残っていたゲラ刷りも、彼が、中国、パラオ、ラバウル、フィリピン群島と戦線を彷徨しているあいだに、空襲で跡形もなくなってしまった。いわば幻の詩集である。彼がそれを著作として記録するのも、火災、空襲という不条理への怒り、己を賭けた時間への執心、そしてなによりも〈幻〉となった生への愛着なのだろう。

こつこつやるのが一番——小川国夫

『文芸静岡』四号には、小川国夫の「樟」が巻頭におかれている。

小川はその「樟」に〈或る自伝的小説の補遺〉という副題をつけ、故郷の出来ごとを小説に書く動機を説明している。〈だれも子供の頃には祖父母の思い出話を聞かされる。そして、老年に入れば今度は孫連中の希望の仲間入りをする。つまり五代に跨り、百年乃至百二十年の歳月を生きることが出来る。そうホフマンスタールは手帳に書きとめた。僕には彼がいうように五代に渉る年月を閲《けみ》することは適わないかも知れないが、出来たら、僕の時代の僕に属した土地の年代記だけは、自身の手で記録に留めたいと思う〉

故郷における時代の証人になりたいといっているのである。

この「樟」という短篇は、小川が創刊号に発表した「苛酷な夏」の結末部分、用宗駅前の樟について書いた部分の後日談として、Kという男との会話をきっかけに始まっている。そして、その結末もKとの想像の会話で終わる、という構成になっている。

この作品は昭和四十五年六月、大幅に改稿、題名も「彗星」と改められ、季刊『すばる』夏号に発表、後『彼の故郷』に収録されている。そこでは、書く動機や、Kとの会話の部分などは削られ、樟を探索に行くことによって想い起こされる動員時代の部分だけが生かされ、書き込まれている。

小川国夫の文体の美しさ、深さについてはいまさら言うまでもないが、その文体はどのように作りあげられてきたのか。作家に直接聞きただすことはできないだろう。文体こそが作家の唯一の固有財産なのであるから。しかし、文体のことは文体自体が語るのである。「苛酷な夏」が「翔洋丸」に、「樟」が「彗星」に改稿されて『彼の故郷』に収録されたのちは、名作として多くの読者に読まれ感動を与えている。そしてわれわれには、この改稿前と後の作品を、『文芸静岡』四号と『彼の故郷』を並べて、同時に読む機会が与えられているのである。何を削り、何が書き込まれて行ったのかは、双方の文体が雄弁に語っている。

「樟」におけるKは加仁阿木良である。この頃の小川は、連日連夜といっても誇張ではないほど加仁を訪ねて焼津へ行き、共に酒を飲み、文学を語り合っていた。

加仁はその頃のことを思い出してこんなことを言っていた。

「国夫さんがね、言うんですよ。どんなものでもよいものは必ず認められる。こつこつやっているのが一番だよ、といってね。きっと自分に言い聞かせる言葉だったのでしょうね」

文壇文学などに目をくれるな―青山光二

『文芸静岡』四号は、再び、創刊号のような精彩を放つのである。

確かに、二号では評論特集を、三号では短詩型特集を組んだと編集責任者は記している。

しかし、二号では評論を依頼した人から原稿が届かず、戸美あきの小説「葦の間」を『紅炉』から転載してページをうめ、三号の短詩型特集では、散文作品は藤岡与志子の小説「犬」があるだけという寂しさで、雑誌としてはいかにも魅力に欠けていた。

こうした早々におとずれた危機を打開するためだろう。四号からは編集責任者が大幅に増員されている。創作部門・冬木寛、野沢喜八、小川国夫、加仁阿木良、島田好逸、詩部門・布施常彦、茫博、清水達也、短歌部門・高嶋健一、片山静枝、藤田三郎、俳句部門・小林鹿郎、小宮山遠、本宮夏嶺男。特に創作部門ではいっきに三名の増員である。こうして四号は、再び雑誌としての体裁を整え、内容も充実して魅力あふれるものとなった。

表紙裏三ページ見開きの目次を、並び順に紹介しておきたい。

創作A・「檣」小川国夫、「青い儀式」黒沢秀、「春雷」西田正敏、俳句・「白髪」染谷十蒙、「北海道ところどころ」藤波銀影、「病気」加藤太郎、「冬そこに」平井寛志、「東京オリンピック」佐野蒼魚、詩・「ノクターン」杉山市五郎、「流氷」尾崎邦二郎、「水晶の頭蓋骨」C・レイン（佐藤健治訳）、「秋に」小長谷静夫、「傷、他一篇」堀池郁男、「青い馬」山田実、「けし」大林美沙緒、随筆・「詩人の誕生」江頭彦造、「間というもの」塚山勇三、「口固めの盃」安池敏郎、「詩人との交遊録」内山つねを、「食物文章」大畑専、「ロシアの森で」高杉一郎、「職業作家」青山光二、「朝顔記」茫博、「賠償」加仁阿木良、評論・「野村英夫論」高橋喜久晴、短歌・「母型」谷口芳子、「ケニヤ独立」上田治史、「星」勝呂弘、「朝の厨」花井千穂、「葦原」水城孝、「石階」藤岡与志子、「農の歌」薊六郎、「巨いなる歩み」野原公子、

「片翳り」田中正敏、「街灯」谷ゆき子、創作B・「看護婦日記」小川アンナ、「殻」島岡明子、「街道の裔」広瀬木乃男。こういう豪華な顔ぶれと作品である。

触れておくべき作品には後々触れることにするが、青山光二の原稿は誰がとってきたのだろう。彼は〈菊池寛が有能な代作者をもっていたことは公然の秘密、彼ほど腹のすわった大物は以後現れない〉、最近は〈何篇もの連載長編を併行して進行させている小説工場〉がある、などといったことをおもしろ可笑しく紹介したあと〈これから文学をやろうとするような人たちは、いわゆる文壇文学などに、目をくれてはならない〉と書いている。一九一三年生まれの作家はいまも現役で、〇三年「吾妹子哀し」で第二十九回川端康成賞を受賞している。この時の選考委員の一人は小川国夫である。

同人に精神の仕事を期待―小川国夫

『文芸静岡』四号から創作部門の編集責任者に加わった小川国夫は、次のような編集後記を書いている。〈『文芸静岡』も満二歳となり、昭和四十年はその性格をきめるべき大事な年であると考えられます。私どもはこの雑誌に、太い骨格と鋭い神経、豊かな肉づけを願っていますが、勿論このことは編集者のみがよくなし得るものではありません。（略）その採否は私どもにご一任願いたいが、作品、意見をどしどしお送り頂きたいのです。（略）果てしない晦渋と非条理こそ現実です。われわれは片々たる論理に逃げ途を見出してはならない。

暗さを怺え、恐らくは何の結論も導かない現実を深く想像する精神、こうした精神も現代は要請しているのではないでしょうか。こうした精神の仕事を『文芸静岡』に期待するのは荷が重すぎるでしょうか〉

この「後記」は創作を志す者に、二つの大切な問題を投げかけている。一つは作品の質について、もう一つは〈論理に逃げ途を見出〉そうとする一部の軟弱な姿勢について。

二号、三号の段階では、特に創作部門の会員のあいだには、まだ共有できる明確な方向性はなかったように思える。小川国夫が編集責任者に加わり、〈何の結論も導かない現実を深く想像する精神の仕事〉という表現をもって、文学にとりくむ覚悟と方向性を示し、同時に彼自身も「檣」を発表、自らの〈精神の仕事〉を誌上に問うたとき、ようやくこの雑誌に、鞭で打たれたような緊張が走ったはずである。

高杉一郎の熱意によって設けられた文学作品発表の場は、こうして四号に至って、初めて向かうべき方向の一つが示されたのである。しかし、それが文学である以上、これが一つの指標ではあっても、それぞれの書き手の向かう方向を制約するものではありえない。指標は小川が自ら目指す方向を開陳したということであろう。そしてそれは、この「後記」の意味するところを、少数かもしれないが真摯に受けとめた書き手にとって、作品に対する一つの価値基準となったことは確かだろう。

しかし、小川国夫、加仁阿木良らを加えて一挙に十四名になった編集責任者は、四号と五号の編集をおえると交代して、六号では六名になり、七号以降十一号までは各部門一名の四名に、そして、十二号からは再び小川国夫がはいって五名で編集を行っていく。加仁阿木良は四号と五号は小川と一緒に編集責任者をつとめたが、彼はあまり組織立った環境は好きではなかったらしい。当初は「小川さんがやるのなら私もやります」というようなことだったようだが、十二号から再び小川が編集に戻ったときには、彼は加わらなかった。

同人誌『暖流』ヒューマニズムの流れ―高杉一郎

黒沢秀は「父と子」という作品で、昭和三十六年度第一回静岡県芸術祭創作部門奨励賞を受賞している。主人公の少年は、自分の好意が原因で友人が目に怪我をしたことを重く受け止め、苦しんでいる。父親はふさぎこむ少年をみて優しく声をかけ、話をきき、立場を理解して一緒に解決にのぞむ。そういう内容のさらりとした短篇である。

彼は終戦の年に旧制清水中学（現・清水東高校）に入学するが、この頃にはもう詩を書いていて、詩誌『東海詩人』『詩神』の同人となり、やがて静岡大学教育学部に入学するとすでに学部内にあって盛んな活動をしていた同人誌『暖流』に参加する。

この『暖流』という誌名は、高杉一郎が命名したものだった。高杉は『征きて還りし兵の記憶』で以下のように書いている。

〈一九五一年の四月、私たちは静岡市に引越した。（略）その小さな家を最初に訪ねてきたのは、私の『極光のかげに』を読んだという静岡大学教育学部の数名の学生たちだった。これから文学同人誌を出そうと思っているが、何かいい名まえはないでしょうかというのである。私は「マイナス五〇度になることもあるシベリアの冬を四度も越してきた人間にとって、ここではなにもかもが暖流のなかにあるような気がするよ。『暖流』はどうだ」と言った。彼らはやがて、その名まえの雑誌を出した。

『暖流』復刊一号後記にも〈先生（高杉）はその命名の理由を、この静岡の地の沖合いをとうとうと流れる黒潮を温かいヒューマニズムの流れととらえ、この地に暖流の流れをという思いを込めて名づけたと説明されたことを記憶している〉と書かれている。

『暖流』の創刊は昭和二十六年七月である。創刊号に高杉は「私小説から脱けだすために」というエッセイを書いている。ほかに同号に執筆したのは、藤間生大、望月誼三、服部仁、吉永愛司、江馬知夫、平野進、高村和江、苫米地康文、三枝康高、柴田俊、千秋純夫、太田正純、等だった。黒沢秀は四号から参加している。加仁阿木良も八号からここに小説を発表している。

黒沢は高杉一郎にいわれ、冬木寛等と『文芸静岡』の創刊に加わっている。しかし、冬木が創刊号から編集責任者として役割を負ったようには、黒沢はその中心には関わらなかった。この頃、静岡大学教育学部の職員となっていた彼は、同学部の機関誌『文化と教育』の編集を担当していた。『文芸静岡』の編集を手伝う余裕はなかったのかもしれない。

その黒沢は『文芸静岡』四号に「青い儀式」を発表している。心中しようとする男女が、昔、自分たちを裏切った男に手紙を渡して列車に乗る。手紙は二人の遺書で、それが開封されたとき復讐は成就する、という内容のものだった。

ダンディズムの匂い──黒沢秀

黒沢秀の文体にはどこかダンディズムの匂いがまといついている。生き方にもそういうところがあったようである。彼は文学連盟のなかにいくつか伝説を残した。それが『文芸静岡』草創期の人間模様にいろどりを添えてもいる。そうした伝説のうちから、一つだけ書きとどめておきたい。彼が旧制中学時代から詩をよく書いたことはすでに述べたが、その頃の一時期、演劇にも熱中していたという。しかし、少年時代から始めて、終生かかわったのは空手道であったようだ。五段の腕前と聞いている。勤めのかたわら清水市（現・静岡市清水区）に道場を構えて、多くの弟子たちを鍛えあげた。

昭和四十二年十二月、静岡市の割烹料理店あなごやで、文学連盟の有志によって忘年会が催された。表向きは忘年会だったが、内実は〈小川国夫を励ます会〉であった。この年、小川は七月に審美社版『アポロンの島』を刊行。同月「海からの光」を『群像』に、「或る過程」を『南北』に、八月「地中海の漁港」を『文学界』に発表。十月には『生のさ中に』を審美社より刊行し、中央に大きく一歩を踏み出したときだった。

小川を囲んで飲み、語り、その勢いにあやかりたい。そんな思いが寄り集まった〈励ます会〉でのことである。広い畳の部屋で、膳がそれぞれの前に並んでいた。会は進んで、世話人の一人だった黒沢が余興に空手の型を披露すると言い、部屋の中央へ出て、やっ、とう、とやった。それまでうつらうつら居眠りをしていた岩崎豊市が、気合に起こされて黒沢を見た。そして、起き上がりざま目の前の膳を蹴り上げたのである。「やいてめえ、ここは道場じゃねえ。ブンガクをやるものが集まっているんだ。どたどたホコリをたてるんじゃねえよ」

当時の岩崎は相撲で鍛えた筋骨隆々の大男だった。皿が飛び散り、膳は主賓の小川国夫の膝元へ飛んで行った。すっと黒沢が岩崎に近づいた。と、岩崎の巨体が宙を舞って座敷の中央へ落ちた。膳が飛んだ先にいた小川は泰然自若として口へ盃を運んでいた。岩崎を投げた黒沢も涼しい顔をしていた。これには後日談もある。が、それは省略しておく。

黒沢は一時期、中央文壇へ打って出るための足がかりとして、東京の出版社への就職を模索していた。そういうことと関連があったのかどうか、昭和三十四年二月、黒沢自身が著者代表となり、冬木寛、井出孝の三人で小説集『賭ける男』を刊行している。作家として立つことに賭ける気持ちからだったのだろう。奥付には「賭ける男たち」として三人の名前が掲げられている。

同人誌『ゴム』己の文学を——吉良任市

『文芸静岡』四号に「春雷」を発表している西田正敏は、浜松で昭和三十八年八月、吉良任市、吉田知子によって創刊された『ゴム』の同人である。

「春雷」は、大学生修吾と大学受験をひかえた幸子という女子高校生の悲劇的な結末を迎える恋愛を描いたものだった。清澄な愛を内に育てる若者の恋愛からは、相手との開かれた交流は生まれず、閉ざされたあいまいな関係のまま揺れ流されて行く。

『ゴム』での西田は、二号に細江澪の筆名で「驚愕」を、三号では西田正敏に戻って「パシィ」を、と毎号旺盛な執筆活動を行っている。そして、七号に石黒重の筆名で発表した「ミュンヘンの女」は、昭和四十二年『新潮』十二月号の〈全国同人雑誌推薦小説特集〉に転載された。『ゴム』が創刊された年には、前述のように静岡では島岡明子によって『紅炉』が創刊されている。奇しくも、同じ年の同じ月であった。

それは吉田知子が「寓話」で、第一回静岡県芸術祭創作部門知事賞を受賞した翌年のことだった。このとき同じ創作部門で、「乾いた日々」という作品で教委賞を受賞したのが吉良任市だった。吉田と吉良は夫婦作家である。吉田は名字の吉良の良を田に変えて筆名にしていた。その吉田と吉良は芸術祭で知事賞、教委賞を受賞すると、腰をすえて書くための場をつくるために、同人誌創刊の準備にとりかかるのである。

この『ゴム』という同人誌は、ほかの同人誌、例えば会員、準会員をおいた『紅炉』などとは少し運営形態が異なっていたようだ。二十三号の「『ゴム』に関する備忘録」をみると、〈規約は一切ない。『ゴム』に作品をのせたときから同人となる。会費も不要。ただし印刷分担金を必要とする。作品を掲載したページ分を自己負担する。『ゴム』に一回でも書いた人はすべて同人。作品が集まったとき発行する。脱会も自由である〉とある。

確かに号を追って奥付を見ていくと、号毎に同人名が変わって行く。来る者拒まず、来た者縛らず、去る者追わず、である。すべてが参加者の意志においてという形の同人誌だった。個に徹し、己の文学を貫け、ということだろう。

ここに名を連ねたのは、主宰吉良任市、同人吉田知子、山田明、梶野満、西田正敏、山田純栄、折金紀男、谷以余子、平松激人、小城誠彦、大石国行、菅沼浅代、広瀬ます江、秋山兼夫、林亮一、三叉門太郎、倉野庄三、斉藤璃々子、桜井薫、太田洋子、尾崎千和子、内山悦子、尾関忠雄、中山幸子、葦苅利恵、三重野留美子、栩木泰、石津広美、石木幸子、西岡まさ子、安井叔子、海野はる子、大野晴久、三好文明、前川抱一郎、岡田和与、等だった。

同人誌『ゴム』不可思議の闇へ——吉田知子

『ゴム』創刊号に発表された吉田知子と吉良任市の作品は共に興味深いものがある。吉良が最初期の段階でしめした作風と文体の吉田への歩み寄りや、吉田の場合の、その後の作品への転換点ともいえる作品の発表、という意味において。

すでに述べたように吉田は知事賞を受賞した「寓話」で、癖のある人物を筆太のどっしりした文体で書いていた。そこでは、芸術家とそれを取り巻く人間の本質のちがいを端的に暴き出すために、風刺をこめた寓話の方法が用いられたのである。

一方、吉良が教委賞を受賞した「乾いた日々」は、失業男の怠惰な日常を書いたものだが、男の生きかたはすべてについて受身で、行動は周囲に現れる人間によって決められひたすら流されて行く。そういう作品を書くのに、吉良は登場人物の心理は書き込まず、行動のみを追っていわばハードボイルド風の文体で書いている。

吉田の筆が人間の説明できない不可解なところへ向かって降りて行きたがるのに比して、ここでの吉良の文体はあまりにも平明で想像力を喚起しない。

ところがこの翌年に創刊された『ゴム』に吉良が発表した「白い森」は、コジュケイ猟に行き道に迷って崖から転落した男が、タイムスリップしたような不思議な集落へ迷い込み、殺人犯にしたてられて殺されることになるという話で、不条理を不条理のまま受け入れるしかない男の諦観が、吉田がやった寓話の方法で書かれている。

このあと吉良は七号に「白い崩壊」を発表するが、この作品は昭和四十二年の『文学界』四月号に〈同人雑誌推薦作〉として転載された。

一方、吉田はこの創刊号に「ビルディング」という作品を発表している。「寓話」からがらりと文体を変えて少年の語り調子で書いているが、それが少年の幻想と言ってしまえない現実味を帯びて立ち上がってくるのは力量だろう。

吉田は日常にひそむ不可思議、不条理へこの作品から踏みこんで行ったのだと言える作品である。わけの判らないことが真実味を帯びてくるおかしみ。ビルディングのなかの人間の日常を反転させて、非日常を日常的に再構成する面白さ。その象徴としてある「穴」。けして目的地へ到達できないビルディングは、カフカの『城』を想わせもする。

現実と幻想をたくみに往還して闇にひそむ何物かと向き合おうとする吉田にとって、跳躍台となった作品と言ってよいだろう。このようにして吉田は、カフカ的世界へ狂気をもちこむ、あたらしい襞《ひだ》へ踏みこんでいく。

三号には折金紀男の「『地下生活者の手記』論」が発表されている。この『ゴム』は昭和五十七年六月、二十五号で終刊となっている。

胸中に戦死者のいる風景—広瀬木乃男

広瀬木乃男は『文芸静岡』四号に「街道の斎」という中篇を発表している。彼には戦時下の山村を舞台にした作品が多いが、これもそうした作品の一つで、遠い戦場で血肉を分けた者たちが戦っていた頃の茶畑のある山村が舞台の物語である。

〈たびにん〉と村人から呼ばれ、定住させてもらえない善良な朝鮮人家族。その子供金虎夫と村の子供善作との交流。出征して行く青年。戦死して帰ってきた兵士の白いのぼり旗の葬列。虎夫の姉の朝鮮人娘を追いまわす村の男たち。そうした者たちが繰り広げる物語の向こうで、戦争が行われている。人間のいやらしさ、卑小さ、そして、被差別者の諦観。そうした村を作り出した不毛の時代に対する憤り、それらが、しかし、気負いない牧歌的な筆でむしろ淡々と描かれている。こうした小説作法が広瀬の特徴だったのだろう。

広瀬は織田作之助に私淑していた。関西人の飲み食い道楽に憧れていたとも聞く。酒が好きで、加仁阿木良や川崎正敏ら親しい文学仲間と飲むと、きまって織田作之助の話をし、〈人は人情で救われる〉〈世の中、嘘があってもいい。正論だけでは固くなる〉〈書くものは江戸戯作でいい。浪花節でいい。中間小説でいい〉と言っていたという。彼が心底伝えたかったことは、こうした話といくつかの作品で明らかである。

彼は小説を書くかたわら、大衆芸能の研究にも熱心だった。特に日本人の心をとらえ、癒す話術に関心を寄せ、落語や浪花節が好きだった。そして、田舎のヘルスセンターなどへ来る旅役者が好きで、そういう〈たびにん〉に憧れを抱いていたという。『文芸静岡』の作家のなかでも異質な存在だったかもしれない。

広瀬が十一号に発表した「影絵の季節」もまた、戦時下の山村の物語である。大畑専の詩「砂の墓地」より引いた〈もうこの焼けただれた部落に／再び帰ってくる人はいないだろう／ゴミ箱を漁っている孤児たちも／やがて／それぞれの倫理のなかで成長していくに違いない／凶《わる》い季節の記憶を／喪章のように胸に結びながら〉をプロローグとして置いている。

ここでの広瀬の〈人情〉は、無知で非情な巡査に対する怒りとなってあらわされている。不条理をおしつける巡査を告発する術もない虚しい村人の現実を前にして。

広瀬は六号に随筆「わが住む町は―」を書いている。〈人が良すぎる人々、親兄弟を戦争にかり出され、殺されても怒らず、ひっそりと新しい笑顔をつくり出す人々は、酒屋のコップ酒に酔って、今夜も軍歌を唄っていた〉と。戦死者のいる風景が心を離れなかった作家なのだろう。時代の傷跡をみる思いである。

その広瀬は六号と十二号の、創作部門の編集責任者をつとめている。

休学し甲板員に―川崎正敏

昭和三十九年の秋、明治大学の学生だった川崎正敏は、書き上げたばかりの小説三篇を持って、県民会館の〈ラムプの間〉へ『文芸静岡』の編集責任者を訪ねて行った。『文芸静岡』へ作品を発表したいのなら、本部が〈ラムプの間〉にあるから行ってみなさい、と静岡大学の岡田英雄教授に言われたからだった。

その時〈ラムプの間〉にいたのは、加仁阿木良と広瀬木乃男の二人だった。広瀬は翌年三月発行予定の、六号の創作部門の編集責任者だった。「読むから置いて行きなさい」と言われて、川崎はその三篇を預けて帰った。その時、住所と電話番号を書いておいてきたが、一週間ほどして、加仁から電話が入り、「炎帝の序曲」を六号へ載せる、ということだった。

そして、あとの二篇は返却するから、焼津駅前の大和食堂へ来るように、と言われた。加仁はその大和食堂の二階に下宿していたのだった。当時は川崎も焼津に住んでいて、言われてみればそこは目と鼻の距離だった。

川崎が出向くとそこには小川国夫もいて、加仁、広瀬の三人で酒を飲みながら文学を論じ合っていた。若い川崎はたちまちその場の熱い雰囲気におぼれて行った。

「炎帝の序曲」は、山崎という学生が大学生活に慣れるにつれて、何にともない不安や焦燥にとらわれるようになり、そこから抜け出そうと、大学祭、恋愛、学生運動等に自分を投入して行く。そうした日々の行動と揺れ動く心を描いた作品で、この時代の若者のありようと心理がよくとらえられている。

川崎は大学四年のとき、休学して遠洋漁業船第三松友丸の甲板員になり、九ヶ月間マグロを追って海洋へ出て行く。ハワイ、マンサニオン、メキシコ沖、パナマ沖、バルボワ、パナマ運河、チリ沖、カラカス諸島、等々。入港すると船での必要なものを仕入れる漁船員について市場などをまわり、英語の通訳もやった。バルボワでは船が後退した際、船尾を他国船にぶつけてしまい、その示談の通訳もやったという。彼はこうした海洋での体験を書いた短篇「海から海へ」を、後に『静岡作家』創刊号に発表している。

また、小川国夫の「行く者残る者」(『南北』昭和41・10)に登場する、遠洋漁業船にのる学生島津は、この時の川崎がモデルである。

平成十六年、川崎は「閃光の海」で静岡県芸術祭後援者賞（産経新聞社賞）を受賞する。ビキニの水爆実験で被爆した第五福竜丸の漁船員たちが、焼津の病院に駆け込んだときの様子を入院中の記者の目で書いたものだが、昭和二十九年三月のこの時、少年だった川崎は盲腸で同じ病院に入院し、ベッドで漁船員たちの様子を聞いていた。

肉体がもたらす惨苦―藤枝静男

『文芸静岡』創刊の頃には、すでに作家として名を成し、世に出ていた藤枝静男も、同誌の創刊同人として名を連ねている。高杉一郎から声をかけられ、名前だけの参加だったのだろうと思われるが。藤枝は、その前年の三十七年から四十年までの四年間、静岡県芸術祭創作部門の審査員を高杉と二人でつとめている。これも高杉からの要請に応じたものだったのだろう。第六回以降は久保田正文と交代している。

藤枝静男の本業は眼科医である。彼は医院を経営し、毎日大勢の患者を診ながら、しかし、頭の中はいつも文学で一杯という文学医師だった。当然多忙で、書き手を育てることが目的の、全県規模の同人誌、という趣旨には賛同しても、深く関わることはできなかったはずである。

彼が文学のみちに踏みこむのは、昭和二十年、三十七歳のときからである。通信の途絶えていた旧制第八高等学校の同級生本多秋五から、『近代文学』発刊の挨拶状をもらったのが

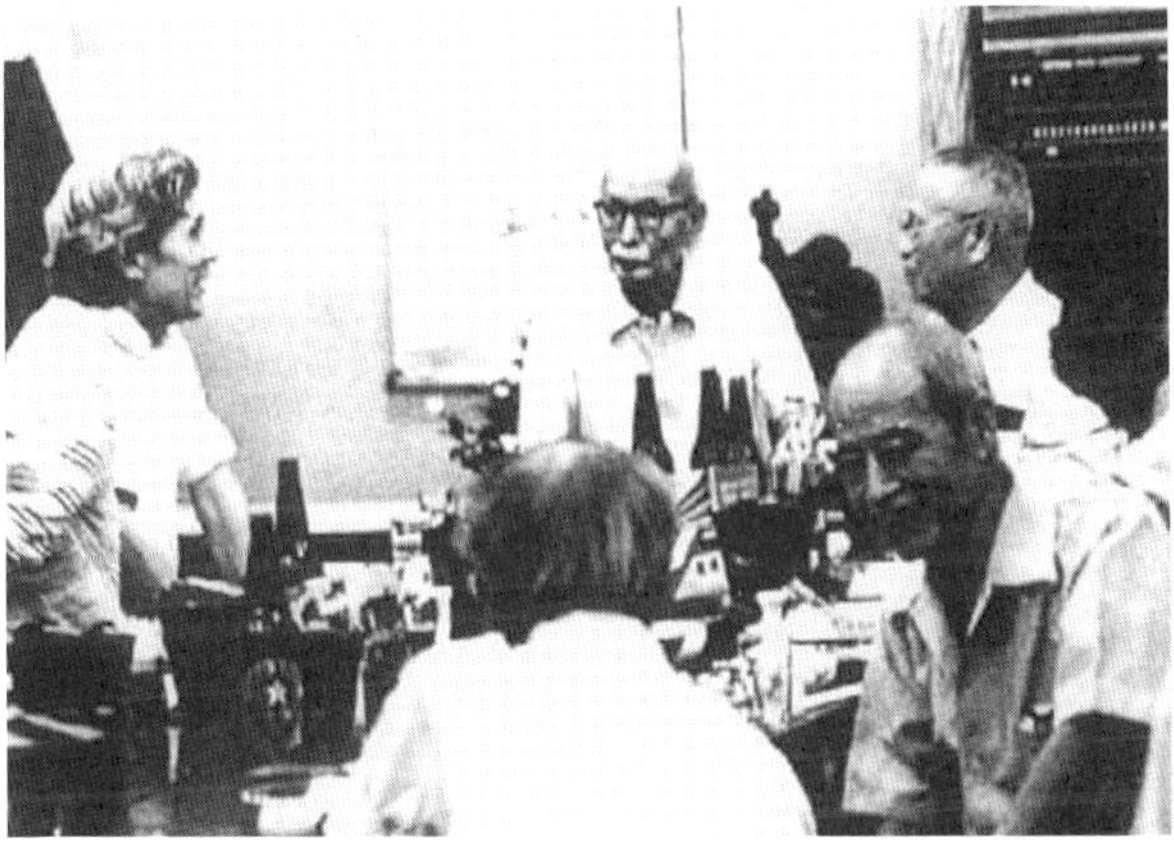

浜名湖会で談笑する藤枝静男（中央）と小川国夫（左）
（「静岡の文化」84号より）

端緒だった。翌年、本多は平野謙をともなって浜松へきて、藤枝に小説を書くようにすすめる。そして二十二年、藤枝の処女作「路」が『近代文学』九月号に掲載されるのである。

このあと二十四年、同誌三月号に発表した「イペリット眼」と、三十年同誌十一月号に発表した「瘦我慢の説」、翌年の同誌十二月号に発表の「犬の血」は、ともにその年の芥川賞候補作となっている。「犬の血」は三十二年、『文藝春秋』三月号に転載され、六月には文藝春秋社から刊行された。

藤枝は、生身の人間にとって逃れるすべのない、肉体という厄介ものがひきいれてしまうさまざまな問題を、正面から受けとめ格闘した作家だった。過剰な性欲も家族の病も、犬の血をつかう生体実験もまた、肉体がもたらす惨苦である。彼はそこから逃げなかった。

そしてそのことが、やがて『田紳有楽』という、意識が肉体を離れて自由を獲得しさまよう、独特の作品世界を生みだすことにもなって行くのである。

この藤枝を昭和三十三年四月、当時、東京大森で創作活動をしていた小川国夫と、彼の旧制静岡高等学校時代の同級生で袋井出身の丹羽正が訪ねて行く。小川と丹羽は前年、金子博、三光長治、吉田仙太郎、飯島耕一らと『青銅時代』を創刊していた。そして、同誌に発表した作品を中心に、小川は『アポロンの島』を、丹羽は『海の変化』を、ともに私家版で刊行し、藤枝には郵送で贈呈してあった。二人はその感想を聞きに行ったのである。

この訪問のとき小川は、藤枝に「志賀直哉に会ってみてはどうか」と言われ、紹介状を書いてもらう。そして、同年五月、渋谷常盤松に志賀直哉を訪ねている。

藤枝は毎年六月に〈浜名湖会〉という集まりを催していた。『近代文学』の盟友たちが弁天島の旅館に集まり、一泊二日の歓談を楽しむ会だった。それは昭和四十一年にはじめられ、六十三年、藤枝が八十歳になるまで続けられた。

3　無頼をこのむ気風

同人誌『ＥＸ―ＶＯＴＯ』無頼をこのむ気風―芪博ほか

芪博は『文芸静岡』創刊号から詩部門の編集責任者をつとめ、五号に詩「届かない手紙」を発表したあと、その仕をしりぞいている。その芪が、岩崎豊市、岩崎芳生らに声をかけて、『ＥＸ―ＶＯＴＯ』を創刊したのは昭和三十九年十月だった。県内の文学活動は、連盟による会員組織の『文芸静岡』をのぞけば、一般同人誌では『紅炉』『ゴム』などによって勢いを増していたが、『ＥＸ―ＶＯＴＯ』がこれらに続くものとして名乗りを上げたのである。

しかしここには、『紅炉』における島岡明子、『ゴム』における吉田知子、吉良任市といったような、世に問うべき作品の創作を前面におしだし、ひたすら前進しようとする意志を明確にして、自らも書き、周囲も鼓舞する主宰者のような役割を負う者はいなかった。

小説の書き手が岩崎芳生一人で、芪も岩崎豊市も詩人だったということが、『紅炉』や『ゴム』とは異なる性質の同人誌にしたのかも知れない。創刊号の発行人は同人のなかでも最年少の岩崎芳男（芳生）で、発行場所も彼の自宅の静岡になっている。芪と岩崎豊市は焼津の住人だから、実質的な拠点は焼津だったのだろうが、この辺りにも旗手を定めない、自由といえば自由な同誌の姿勢が見えるのである。

「EX―VOTO」とはラテン語で、祈願のための奉納物のことだが、転じて絵馬のことを指すのだという。創刊号の表紙裏にこんな詩が置かれている。〈神殿への／奉納物／または絵馬／浮き彫りをほどこした／だが／悪魔へのそれかも知れぬ／あるいは／とりわけて人間への／EX・VOTO〉。そして、〈編集MEMO〉にはこう書かれている。

〈人間たちが自ら生きようとするには、支離滅裂への積極的な転身しかない。（略）私たちは、著しい弱点を内包したまま出発する。（略）近年、文学の同人といっても、ばかにギシギシとした硬さが目について、血の通いが乏しい。忘れられた文人気質に活を入れ、ワイワイガヤガヤの騒ぎの中で、人と人とのめぐり合いにハッと己に気づいていく作業をやらねばならない。私たちに清く正しく美しい姿勢はいらぬ。優等生とか一流文学とかにも無縁でありたい。あくまでも、只の人間になり切ろうとするところの文学でよい。みっともなく生きることに徹する道を歩んで行きたいと思う〉

書くという行為について言っているわけではない。作家としての生き方や人間探求の方向性について言っているのだが、『紅炉』や『ゴム』とは異なる、どこか無頼の風をこのむ気風が感じられる。同人は、岩崎豊市、茫博、片桐安吾（岩崎芳生）、長谷川伸夫、小笠原淳、伊藤勉、加藤太郎、尾崎邦二郎、近藤昭蔵、千葉はじめ、等であった。同人ではないが四号には、小川国夫がシュペルヴィエルの「大西洋の波」を翻訳している。同誌は六号で終刊となっている。

同人誌『EX―VOTO』金子光晴に私淑―茫博

茫博という詩人は、金子光晴に私淑し、金子光晴のようでありたいとこいねがい、遂には金子光晴に同化した詩人だったように思える。詩について話すとき、よく〈実情〉〈活写〉〈異議申し立て〉ということを言ったが、それは金子光晴から学んだ詩論だった、と茫とは三十年の詩友になる岩崎豊市が「茫博とその時代」に書いている。

彼は陸軍の高射砲隊で終戦を迎える。二十歳だった。そして、伊城曉の筆名で詩を書きはじめ、詩誌『純粋詩』『造形文学』『列島』『新日本文学会』などに参加、その後、茫博の筆名で『時間』に、次いで静岡の詩誌『粘土』『狼』『EX―VOTO』『航程』へというように発表の場を移して行った。

実生活では実兄の経営する鉄工所を手伝っていたが、その兄が亡くなるとあっさりと仕事から手を引いて、ルンペンになってしまった、と岩崎は言っている。詩作に没頭するためだと言っていた、というが、食に事欠く場面もあったらしい。

その茫は「聖家族」という詩で、〈種〉と〈愛〉の永遠をうたっている。

〈ふねは誰の司令にもかかわりなく進んだ。もし位置を知ろうと欲するなら、何千年を生きてきた長老であろうと、彼らは女たちの下腹部に耳をおしあて、胎児にそれをきかねばならない。（以下略）〉

金子光晴に私淑、「ルンペンになってしまった」と話す茫博（中央立ち姿）

一九六〇年頃、茫は浜松で〈金子光晴を囲む会〉に出席した。自己紹介の番がまわってきて、茫が「ここへ来る前に、ついつい女の子がこうする（尻をまくる仕草で）ショウを見ていたので、遅刻してしまって済みません」と言ったところ、光晴が「へへ」と笑った。そして「私は金子さんの『人間の悲劇』を読んだら、ルンペンになってしまった」と続けたら、「それはそうだろうよ」と光晴が答えたという。そして散会後、光晴が寄ってきて、「キミ」といって握手をして別れたと、これは岩崎が茫から聞いた話として「私にとっての二つの『くらげの唄』」に書いている。

その、二つの「くらげの唄」。一つは光晴の詩集『人間の悲劇』（No.8）所載のそれである。〈ゆられ、ゆられ／もまれもまれて／そのうちに、僕は／こんなに透きとほってきた。／（略）／心なんてきたならしいものは／あるもんかい。いまごろまで。／はらわたもろとも／波がさらっていった。／僕？　僕とはね。／からっぽのことさ。／（以下略）〉
そして、茫は絶筆「くらげの唄」で〈しぼんでは／また／ひらき／くらげは／およぐ／なにもかも捨て果てた／骨なしの／僕の生涯／（以下略）〉とうたったのだった。

同人誌『EX―VOTO』女性心理の機微巧みに―岩崎芳生

『EX―VOTO』の同人で同誌へ小説を発表したのは岩崎芳生だけである。六号で終刊になるが、三号に随筆を書いたほかはすべて小説を発表している。しかしこの間、彼は予告も事後説明もなく筆名を変えている。読者は別人と思ったのではないか。二号までは御器屋巖、三号以降は片桐安吾である。

この二号までの駿府城の御用商人のような筆名は、名のとおり城の御器を作る職人の町、御器屋町からきている。彼の家はこの地で元禄時代から木工を生業としてきた。土地と家業に対する思い入れがつけさせた筆名なのだろう。その御器屋巖が、なぜ三号から片桐安吾になったのかは判らないが、この方がしゃれた感じではある。彼が好んで書く、ちょっと崩れたところが魅力の女性のイメージは、確かに安吾の筆名の方が似あうようだ。後に、本名の岩崎芳男に戻して、〈男〉を〈生〉に変えて、岩崎芳生を筆名に定めるまで、片桐安吾は長く使われた。

筆名はなぜ三度も変えられたのか。その問いに答えている余裕はないが、彼の人間探求の方向性は最初期から一貫していて、筆名を変えて望まなければならない必然性は見当たらない。二号に発表した「季節の迷い」には、結核の微熱やストレプトマイシンからくる不快感や妄想が、性欲からくる妄想や行為とともにたくみに描かれている。更にこの作品では、彼の物語をつむぎだす手法が明かされてもいる。後々の作品の方向をきめるうえで大切な作品だったのではなかろうか。

このあと四号で彼は、絵のうまい娼婦幸子に魅かれて、ひたむきに娼家へかよいつめる少年良一をとおして、暗く行き場のない青春を描くのである。娼家を逃げ出そうとする幸子に手を貸し、一緒に夜汽車に乗るが、心中に失敗して別れ別れになる。しかし、しばらくすると、幸子はもとの娼家に戻っている。良一と幸子はよりを戻すが、やがて幸子は姿を消してしまう。「幸子覚書」という作品である。

この四号は昭和四十一年十二月の発行だった。その前年岩崎は、片桐安吾の筆名で「不意に曇りの下で」で、第五回静岡県芸術祭創作部門芸術祭賞を受賞している。ここでは、虚無的な気分に支配されている主人公と、少年院を脱走し車を盗んでうろついている少年の不思議な交流を描いている。

岩崎は卓抜したストーリーテラーである。しかし彼は、この時期に見せた最も特異な方法を脇へおいて、異質と思える〈文学〉の方向へ思いを向けるのである。そして、彼は幾度も転進を試みる。『文芸静岡』に登場するのは十七号からである。

文学至上主義とヒューマニズム——小川国夫と高杉一郎

静岡県文学連盟の会合の席に、ある日、突然、文学活動とは無縁の問題が持ち込まれた。昭和三十九年、東京オリンピックの年のことである。〈ランプの間〉で、文学連盟の運営委員会か、『文芸静岡』の編集委員会が開かれていたときのことだった。

「駿府城のお濠を埋めたて、駐車場を作る工事が始まっています。貴重な文化遺産を守るために、有志による反対運動が展開されていますが、我々文学連盟でもこの運動の趣旨に賛成して支援したいと思います。いかがでしょう」高杉一郎からの提案だった。

高杉はこれより前、県芸術祭美術部門の受賞記念パーティーに出席、そこで当時、静岡県文化財保護審議委員長の小川龍彦と同審議員で元葵文庫館長の加藤忠雄から、文学連盟も〈お濠埋め立て反対運動〉を後押ししてもらえませんか、と頼まれていたのだった。

〈ランプの間〉にいた者たちは、高杉からの提案なので、皆、当然運動に賛成し、具体的にはどのようなことをしたらよいのか、という顔で高杉に耳目をかたむけた。

その時、小川国夫が「私は反対です」と言って、次のような意見を述べた。

「私は長年同人雑誌（『青銅時代』）をやってきて、今度またここで『文芸静岡』を始めるというので誘われ参加しましたが、同人雑誌にはキラリと光るものがなければ目を向けてもらえません。しかし、キラリと光るものを生み出すのは並大抵のことではないんです。あれもこれもやるというようなことで出来るようなことではありません。反対運動は『文芸静岡』としては趣旨が違うのでやめてください。賛成の方は、この問題を『文芸静岡』には持ち込まないで、独自でなさってください」

高杉は正面切ってこのようなことを言われたことはなかったのだろう。非常に驚いた様子だったという。これは、多くの書き手に作品発表の場を与えることを目的に、『文芸静岡』を創刊に導いた高杉の根底にあるものと、書くという行為、その一点に身を賭す作家の、立場の違いを象徴するできごとだったと言ってよいだろう。

よい作品を書いて人に生きる勇気を与えたい、と考え、文学至上主義を貫き、創作に打ち込むために個に徹しようとする小川と、ヒューマニズムを信奉する高杉のあいだに生じた齟《そ》齬《ご》であったと言えるからである。

埋め立て工事はつづいていた。昭和四十二年一月十五日の『新風』を見ると「特集・文化遺産と市民の立場」として、高杉一郎、稲森道三郎、大畑専、望月利八、岩崎豊市の五人が〈お濠埋め立て反対〉の理由を書いている。なにが決断を促したのか、やがてこの工事は中止になっている。

編集委員座談会―求めるもの

　同人雑誌には〈キラリと光るものがなければならない〉という小川国夫の言葉は、独自の文学を持ち、それを信じて、長年同人雑誌を足場に真摯《しんし》に作品を発表し続けながら、なお〈冬の時代〉にあった作家の苦渋の声と聞くべきだろう。〈キラリと光るもの〉に応答してもらいたい先は、究極のところ中央の商業出版社の編集者や、そこへ〈光〉を橋渡しできる作家、評論家ということになるはずである。しかし、そこまでの意識を持って日々文学に身を賭していた者が『文芸静岡』の同人のなかに何人いただろう。

『文芸静岡』の創刊号は、前述のように編集責任者と作家の熱意が合致したよい出来栄えの雑誌になっていた。しかし、県下の作家たちをこの一誌を頂点として集合させようとする試みには難しい問題もあって、それが徐々に見えてくるのである。

　創作部門でいえば作家間の力量と意欲の差、ということになるだろうか。まずは創刊号をこえる雑誌、それに匹敵する雑誌を作らなければならない。内容が劣れば読者はついてこない。難しい問題だった。同じ作家に限ってページを割くわけには行かない。発表の場さえ作ればよい作品が先を競って集まってくる、ということではなかったのである。

　編集責任者は創刊号の反省をふまえて「編集委員座談会」なるものを開催、これを二号に掲載して、会員の理解と協力を要請している。そこには『文芸静岡』の性格についておよそ一頁半の議論のあと、混迷をかくさない以下のようなやり取りもある。

茫「やっぱり何かほしいよ。やる以上は。だから編集方針はって言ったんだ。実際僕たちまだそこんとこ今のところ判らないんだね」布施「三百部位しか出さないのに、それでも出さなきゃいけないいってのは何ものかが、やっぱり表現上あるわけでしょ。出すことに対して」茫「作者にね。作者としてでしょ」冬木「だからね、この雑誌の編集委員というのは商業雑誌の編集者のように、どう読者に与えて、どう反響を買うなんてそんなもなあ考える必要ないんだ。すぐれた作品を出すってことでいいんだ。すぐれた作品がどういう読者層をつかむかというのは我々の関知したことじゃないんだ」

この座談会を昭和三十九年八月『文学界』同人雑誌評で林富士馬がとりあげ、「普通の同人雑誌ではないところに、効果をあげるための、編集の複雑さと難しさが想像できる」と書いている。この前年、小松伸六が同誌で「清新な作品を期待して読んだらまず絶望で、九十パーセントの同人雑誌は読めなくなる」と言って話題を投げたが、この頃から全国的に大きな組織の同人雑誌が増えてきていて、いまにして振り返えれば『文芸静岡』もこうした潮流にのっての出航であったのかもしれない。

短歌から散文へ――桑高文彦

『文芸静岡』五号には桑高文彦が「突堤のある風景」を、清水勉が「いらだちの日々」を、加仁阿木良が「埴輪」を発表している。ともに『暖流』の同人であるが、創刊同人ではなかったようで、清水の名が『暖流』誌上に登場するのは四号から、桑高と加仁は八号からである。そこでは、清水と加仁は一貫して小説を発表しているが、桑高は短歌を発表しただけで小説は書いていない。しかし、桑高は『文芸静岡』五号に小説を発表したあと、七号から十一号まで創作部門の編集責任者を務めているので、この昭和四十一、二年頃は小説を書いていたものと思われる。

〈中学時代から短歌の近くにいた〉と桑高は「わが歌の原点」に書いている。父房治が『アララギ』の会員で、「静岡県アララギ月刊」の編集にも携わった歌人だったから、それはむしろ自然なことだったろう。静岡大学一年の五月に『アララギ』に入会、四年の時には父のいた「月刊アララギ」に入会している。『暖流』に短歌を発表したのはこの頃である。

しかし、長続きはしなかったようで、〈短歌の形式に呪詛のような恐れを感じて〉遠ざかり、詩と散文の世界へ入っていく。彼が『文芸静岡』に短篇「突堤のある風景」を発表したのは、『暖流』で始めた短歌からのがれて散文へ向かいはじめたこの頃だった。そして、彼が再び短歌へもどるのは父房治が逝ってからである。「月刊アララギ」に再入会し、再び短歌を作り始める。

〈形式に呪詛のような恐れを感じた〉ということと、歌人である父親の存在はどうかかわっていたのだろう。しかし、こうして再び始めた短歌も、一年後には〈ある種の危惧と奇妙な疑問に支配される〉ようになる。はたして短歌とは、彼にとっていかなるものだったのだろう。では、彼は、小説を書くことで癒されたのだろうか。それに触れて書いたものは見当たらないが、詩歌集『揺らぐ木の影』の「あとがき」には〈呪詛のような恐れを感じた〉後、〈専ら自由に小説を書いていた〉と書きしるしている。

「突堤のある風景」は焼津を舞台に〈一流と五流の芸術家〉を集めて〈グリニッチ・ヴィレッジ〉という会をつくる若者たちの話で、汽笛や小刻みなエンジン音を主調韻律に複数の相手と交渉をもつ奔放な女照子と、宮口という男の実りのない恋愛を描いている。

一方、清水勉の「いらだちの日々」は、高校受験をひかえ学力が伴わず、授業についていけない少年大場が、特殊学級の生徒茂に、自分の不甲斐なさを鏡に映すように見てしまい、いらだちをつのらせ暴力をふるう話で、近年のサカキバラセイト事件を思わせるような、少年の心の闇を描いたものだった。桑高はのちに文芸同人誌『文学静岡』と『原野』を立ち上げる。清水もそこに加わって書くことになる。

同人誌『紅炉』少年の闇―戸田昭子

浅丘ルリ子主演の「十七歳の抵抗」という映画をご記憶の方はもう少ないかもしれない。原題は「可奈子」。『婦人生活』が募集した懸賞小説の当選作で、作者は当時京都大学文学部英文科一年の十八歳、戸田昭子だった。彼女はその後広島で『安芸文学』に参加、ここを拠点に創作活動を行い、『中国新聞』が募集した〈懸賞短篇小説〉では「伏見柿」が〈一席の該当作品がなく）最上位だが第二席を受賞している。

　やがて彼女は静岡に移り住む。そして、野沢喜八が主宰する『萌芽』に入会を希望して訪ねていく。しかし、『萌芽』は静岡女子商業高校内の同人誌で、外部からの参加は受け入れていないと断られ、次に島岡明子を訪ねて、昭和三十九年六月『紅炉』に入会する。当時『萌芽』には島岡の兄渡会一平がいたから、彼の紹介で『紅炉』を訪ねたのかと思ったが、それは葵文庫の紹介だったらしい。

『紅炉』に作品を発表するのは四号「アレキサンドロフスキー」からだが、彼女は懸賞小説にも積極的で、昭和四十四年には第二回『小説ジュニア』新人賞（集英社・審査員＝石坂洋次郎、佐伯千秋、津村節子、富島健夫、三浦哲郎）を受賞、同誌八月号に受賞作「枯葉の微笑」が掲載された。そしてこの後、しばらく同誌にジュニア小説を書いている。

　静岡県芸術祭にも第五回から七回まで連続して応募し、第五回「除虫菊の島」が奨励賞、第六回「鷺のいる村」が芸術祭賞、第七回「その河の歌」が奨励賞を受賞している。

　この頃までの戸田の作品には、はっきりと一つの傾向がみてとれる。前述の清水勉の作品にも通ずるものだが、心に闇を抱えて絶えず現実に対抗しいらだつ少年の心理や、予期しがたい行動を描くという傾向である。映画「十七歳の抵抗」の原作「可奈子」は読んでいないが、題名から想像してこの作品もそうしたものだったのだろう。

「除虫菊の島」は、学科試験が通らずバイクの免許証が取れない、殺虫剤をつくる工場の少年工が、いらだちから彼をしたって付きまとう幼児を殺してしまうという話で、黄緑の除虫菊の花の咲く静かな島での悲劇である。「鷺のいる村」は、大学卒業を目前に帰省した浜子が、子供の頃一緒に遊んだ褐色の肢体の美しい白痴の混血少年に再会する。浜子が少年に感ずる性意識と、少年のこころのなかで浜子と鷺が同化し、鷺に象徴化された少年の性意識が幻想的に描かれて行く。しかし、二人の前に浜子の恋人が現れると、少年は最愛の鷺を殺してしまう、という話で、清澄な感覚をきらめかせた知的な構成が際立っている。

その戸田は『文芸静岡』十四号に「漂失」を発表している。

同人誌『紅炉』女流新人賞候補作「射禱」―尾張とし子

尾張とし子が『紅炉』の同人になるのは、戸田昭子より十年あとの昭和四十九年からである。東京人の彼女は、静岡に来るまえの昭和四十三年、『婦人公論』女流新人賞(選考委員＝伊藤整、大岡昇平、曽野綾子)に応募し、最終予選通過三篇の候補作に残る「射禱《しゃとう》」という作品を書いている。この時には惜しくも賞を逸したが、それから六年、友人に紹介されて静岡の『婦人文化新聞』に佐津川美代をたずねたとき、「文章をお書きになるなら」と『紅炉』の島岡明子を紹介され、同人に加わった、というようなことであったらしい。

新人賞候補作については、島岡明子が「『紅炉』私記」に、大岡昇平の選評を載せているので孫引きすると、〈「射禱」は、明治人である剛毅な祖母の日記によって、古い貴族の家庭

「紅炉」の同人たち。左から４人目島岡明子。１人おいて小川アンナ、尾張とし子＝平成５年９月

にある秘密（同性愛）が、推理小説的に明かされて行くという構成を取っている。感覚や手法において三島由紀夫、糸魚川浩の作風を模したもので、これまた現代のムード文学の一面を代表している。ただ明治人の日記を構成するのは少し作者の手にあまったようであり、人物の肖像は類型的、図形的である〉というものだった。

尾張の『紅炉』での最初の作品は「ペドロと鶏鳴」で二十八号である。この号がでた頃、尾張から候補作のことを聞かされた島岡は、活字にしないで埋もれさせるのは惜しい、是非とも次号に発表するようにとすすめ、「射禱」は『紅炉』二十九号に発表された。

明治という新時代への黎明期は、江戸時代を徳川の威光のもとで過ごした者にとっては〈斜陽〉であった。その〈斜陽〉のなかで産声を上げ、数奇な運命を生きた〈祖母〉の日記を軸に、時代が時代なら〈姫〉と呼ばれるはずの〈ふよう〉という女性を通して、家系に倒錯した性をみる退廃の物語である。

当時、中央公論にいた村松友視が担当記者と一緒に六本木に近い尾張家へきて、発表号に載せる写真を撮ったという。尾張は骨格のしっかりした物語を書く、巧みなストーリーテラーである。以降、彼女は一貫して『紅炉』へ作品を発表し続ける。

尾張が加わった昭和四十九年には、本郷純子と藤奈緒子も『紅炉』に入っている。藤は「赤い椿」「九月」などの短篇を書くが、在籍は三年と短かった。

本郷は昭和四十五年静岡県芸術祭随筆の部で奨励賞（窪田純子）を受賞し、翌四十六年には第十四回全国学芸コンクール（旺文社主催文部省後援）小説部門教師の部で、大津皇子挽歌を書いた「磐余落日《いわれらくじつ》」が入賞、その後、小説を書くようになった。歴史に材を取った読み物「蟬丸遺文」（『紅炉』に連載）を改題した『蟬丸異聞』では、地域の賞、タミヤ文学賞を受賞し、やがて足場を大衆文学に移していく。

同人誌『紅炉』場末の空気伝える―芦沢伊曽枝

芦沢伊曽枝も『紅炉』の創刊同人である。昭和三十八年夏、島岡明子に誘われて静岡市八幡のヘルスセンターで行われた初会合から参加している。少女の頃、「遠い晴れた日々」という作品を『少女画報』の懸賞小説（選者＝龍胆寺雄）に応募して当選、大人になったら小説を書く人になりたい、と思ったという。

芦沢は語り上手である。たっぷりと人生経験を積んだ女性の目が、鋭く細部にまで届いている語りで、いまはもう失われてしまった、人に身を捨ててつくす〈場末〉の空気も語りこめる語りである。静岡の弁天横丁で酒房〈道草〉を営んでいたが、そういう経験がにじみ出ているのだろう。

『紅炉』二十九号の「猫師」は、下宿屋を営んでいる〈私〉のところへ、〈襲来、という感じで〉喋りに来るトクさんこと徳丸蓮子という女の話である。凝り性で、座敷で生き物を飼うが、それが金魚、鈴虫、猫と次々に変わっていく。何もかも放り出して世話をするので炊事もできなくなった蓮子と娘は外食し、入り婿の夫は自炊を始める。無論、夫婦のいとなみも途絶えている。やがて蓮子は猫の交配を請負うようになるが、しばらくすると夫はオス猫に、蓮子はメス猫に同化してしまい、じゃれ合ううちにおかしなことになってしまう。そのいきさつを夫が、嬉しそうにきまりわるそうに〈私〉に告白に来る、というドンデン返しの落ちのついた話である。

四十五号から五十二号にかけて発表した連作「ヨコハマ・ヨコスカ・イエスタディ」は、終戦直後の軍港ヨコハマ・ヨコスカを舞台に、米兵相手の娼婦やダンサー、ヒロポン常習者の世界を描き出している。

昭和四十九年、芦沢は「ある夏の朝」で静岡県芸術祭小説部門奨励賞を受賞する。この作品は神経科医院に入院している快癒期の女性の心情を独白によって書いたものだが、ぼうようとした意識のなかに次第に身近な人々の姿がたち現れてくる不思議な美しさをもった作品である。

鈴木藤子が『紅炉』の同人になるのは昭和四十六年で、二十三号に「変化」を発表したところからだった。彼女は「炉辺」に、〈私のルンペン生活とお人善し根性〉という書きだしで沖縄から帰るときのようすを書いているが、定住を好まず、沖縄や奄美大島での暮らしが長かったようで、作品もそうした島での体験を核に書いたものが多い。

「海辺の生活」「浮き沈みの島」「風の柱」「冬の海」等々には、貧しい暮らしから抜け出せない人間の荒々しい日々が、むき出しの姿で描かれている。「あの人はヒッピーなのよ」と島岡明子は言っていたが、いまは指宿にいるらしい。

同人誌『紅炉』藤枝静男の紹介―草部和子

女性だけの文芸同人誌の誌名を『紅炉』と命名したのは太田京子である。〈紅炉上一点雪〉からとったものだと聞いている。

太田は独立書人団に所属する書家で、表紙の題字も彼女の手になるものだった。九歳で沖六鵬に師事し、長年、静岡大学で書道と書道史の講師をつとめた。自詠の短歌を書にする歌書一体が高く評価され、また、良寛を敬愛し、良寛を題材とした作品も発表している。

その太田は同誌に、創刊号から評論「和泉式部ノート」を二十回連載し、昭和四十八年に脱会している。書きたかった評論を書き終え、本業も忙しくなったので、ということだったようだ。

このほか「鳳仙花」、評論「深尾須磨子ノート」等を書いた水郷三輪子、「葛布」「顔」等を書いた山村里子、「父の『病牀六尺』」等を書いた高橋るい子、「涙」「破壊」等を書いた英不二子、「訪問者」「夕明かり」等を書いた宇野梗、「出発」、評論「啓蒙家としての蘇峰」等を書いた泉草路、「その命のそばで」「不思議な友」等を書いた桜井喜和子、「師走」「湧水」等を書いた山本その子、「ある夏の記」「ゆらぎ」等を書いた山本ちよ、「恋絵巻」「封印」等を書いた草部和子がいる。また、同人ではないが、三木卓の母富田てるが、五十一号と六十一号に随筆「白萩の頃」と「心臓病棟日記」を書いている。

草部の在籍期間は短く、昭和五十五年から五十七年までの二年間だった。彼女を『紅炉』に紹介し、島岡明子に引き合わせたのは藤枝静男である。

草部は昭和三十六年、「硝子の広場」で第二回〈近代文学賞〉を受賞している。立原正秋との同時受賞だった。この賞の賞金を匿名で出していたのは藤枝静男である。ちなみに第一回の受賞者は吉本隆明だった。『近代文学』は昭和三十九年終刊になる。仮に同誌が継続していたら、草部の『紅炉』入会はなかったのかもしれない。東京人の彼女は、東京と静岡を往復する生活をし、静岡のビアレストランでピアノ伴奏のアルバイトなどもした。

入会の年、草部は『紅炉』四十一号に「恋絵巻」を発表する。和歌山県日高郡の天音山道成寺をたずねた〈私〉が、安珍・清姫像の前で、虚空をさまよう二つの像が語る幻の声を聞くという設定で、女の妄執の哀れさを訴える作品である。翌五十六年、草部は短篇「石神譜」を『すばる』に、五十七年には「日高川の清姫」を『歴史の旅』（秋田書店）の〈女人伝説特集〉に発表する。

『紅炉』はこの大型同人に刺激を受けて活気づき、期待したが、草部はこの年、『紅炉』四十五号に短篇「封印」を発表したところで脱会してしまう。東京、静岡間の往復に疲れたのだろうか。

「封印」は、離婚して故郷の町にもどった三十過ぎの女と、甥の家庭教師の大学院生とのかみあわない恋愛を描いたものである。いまにもどこかへ行ってしまいそうな男の非情と、女の男の肉体への執着や焦燥感がうまく描かれている。

同人誌『紅炉』異母姉妹の葛藤描く——高橋るい子

高橋るい子が静岡に移り住むのは昭和五十八年。『紅炉』に入会するのは六十一年である。ある日彼女は、静岡谷島屋書店でたまたま『紅炉』四十六号を手にとる。そして、そこに短編「劇場」を発表している戸田昭子の名まえをみつけて目を見張る。「あの戸田さんかも知れない。そうなら一度お会いして話をしてみたい」

高橋は同誌の合評会に飛び入り参加した。勘はあたっていた。戸田昭子は、あの〈とだあきこ〉だったのである。山口県生まれの高橋は広島大学二年のとき小林淳子の名まえで、中国新聞社が募集した〈昭和三十九年度・第十四回・新人登壇文芸作品〉に「ある心の譜」を応募し、第三席に入賞していた。この時は第一席がなく、第二席が前述のように戸田昭子の「伏見柿」だった。戸田はこのときにはもう静岡にいて、当地から応募していた。その時の名まえは平仮名で〈とだあきこ〉となっていた。

広島に住む学生だった高橋は戸田とは面識はなかった。しかし、賞を競った戸田の名まえはしっかりと覚えていた。この入賞の後、高橋は広島の文芸同人誌『函』に参加し、同誌十三号に「ある心のかたすみに」という二百三十枚の作品を一挙に発表して注目をあつめるのである。

母親を異にする適齢期の姉妹妙子と明子は、互いに山村という一人の青年の愛を得ようと、彼をめぐって陰湿な戦いをくりひろげる。明子は山村とひそかに結婚の約束をする。それを知った妙子は、自分の醜い容貌やいこじな性質に自己嫌悪をおぼえ、激しい嫉妬にかられて山村を誘惑、予期しない妊娠をしてしまう。妙子は精神錯乱状態におちいって家に放火し、そのショックで流産をする。

こうした一連の事件の背景には、実母と、外に女のいる義理の父親との冷たい関係もあって、それが異母姉妹のこころにもう一つの暗く冷たい翳をおとしている。妙子が逆上するにいたる環境はこうしてととのえられ、その微妙な心理を追究する高橋の筆致は執拗である。高橋が『紅炉』五十九・六十号に発表した「囚われの春」(前・後編)にも異母姉妹が登場する。ここでは妹みず枝の性的トラウマがテーマで、それは姉咲枝の性的事件にまつわるみず枝の記憶から発している。

この高橋が田中芳子と出会うのは、『紅炉』終刊号の合評会の席上である。田中は静岡の出身だが長く関西にいて、大阪の同人誌『八月の群れ』で書いていた。静岡に戻ったとき『紅炉』への入会を希望し、短編「坂」の原稿をたずさえて島岡明子を訪ねていく。

しかし、それは島岡が『紅炉』の終刊を決意した直後で、田中の希望はかなえられなかった。遅れてきた同人というわけである。島岡は「坂」を読んで『紅炉』に掲載できないことを残念がり、「芸術祭に応募してみてはどうか」と提案する。田中は島岡のすすめにしたがって応募し、平成五年度県芸術祭創作部門芸術祭賞を受賞するのである。

同人誌『紅炉』終刊し『浳』創刊─高橋・田中芳子

田中芳子の県芸術祭賞受賞作「坂」には、特にストーリーらしいものはない。急な坂道の途中にある四階建てのマンションに、二歳になる希と住んでいる玲子という未婚の母の日常が淡々と描かれているだけである。玲子には希との暮らしのほかに何もすることがない。田中はそうした玲子の日々を、生活感情から派生する意識を書き込むことによって、次第に彼女が引きずっている過去の全貌がたちあがるように描いていく。

読みどころは玲子の現実と意識のあわいに出現する微妙な空間にある。玲子は自己を放棄した、あるいは喪失した未婚の母である。それは彼女の母親が、幼稚園児だった彼女をおいて突然出奔したことに起因している。父親は彼女が高校生になったある日、彼女といくつも違わない顔立ちのきれいな女を連れてきて一緒に住むようになり、子供ができる。彼女は家から遠い西のはずれの町の大学を選んで家を出、以来一度も帰っていない。その間に、単身赴任でその町にきていた男と親密になり、彼が転勤したあとで妊娠に気がつく。

しかし、玲子に深刻な問題意識は生じない。「わたしにも一人家族ができたの。ちびだけど、ちゃんと血のつながった家族よ」そういって父親に電話をかける。父親からは二人分の生活費が振り込まれてくる。大学の先輩が町へ戻ってきて求婚されるが、普段は思い出しもしない希の父親の顔が浮かんできて断ってしまう。自分の将来を案ずる気持ちなど幽かにもわいてこないのである。

そんなある日、若い男と暮らしていたらしい母親が交通事故で亡くなったという知らせを受ける。すると、それまで霧の向こうだった母親のことが急にはっきりしてきて、幼い日に母親に触れられたときの感触がよみがえってくる。死がなにを覚醒させたのか、はっきりと自分を取り戻すのである。彼女は自分のうちにそれまで感じたことのない勇気があふれてくるのを意識し、明日から何か仕事を探そう、と自立を決意するのである。

田中は前述のように『紅炉』の最後の会合に出席している。入会はできなかったが、島岡明子にいわれて終刊号となる三十周年記念号の合評会に飛び入り参加し、隣り合ってすわった高橋るい子と親しくなった。年齢が近かったこと、二人が関西の同人誌を経験していることなどから話題は尽きなかった。そして、以降も幾度か会って話しているうちに、どちらからともなく、発表の場が欲しい、同人誌を創刊しよう、ということになって行った。

やがてこの二人は、文芸同人誌『釆』創刊の準備にとりかかる。平成八年十一月『釆』は創刊された。女性だけの二人誌である。誌名の『釆』は〈サイという言葉の響きの美しさ、彩り、釆を投げる、という言葉のもつ緊張感〉などから決めたものだという。創刊号に田中は掌編三編「滝にて」「布団」「電話」を、高橋は「タイラント」を発表している。

『県民文芸』昭和37～44年度―ナルシシズムの世界―芦川照江

昭和三十七年度から四十四年度までの『県民文芸』に、作品を掲載された県芸術祭創作部門入賞者のうち、まだ紹介していない作家と作品について見ておきたい。

三十七年度、村章子「葬式屋」教委賞、土屋幸代「六月のはじめ」奨励賞。以下同賞。三十八年度、勝亦孝「堆積」、三十九年度、山口政彦「白い道」、四十年度、倉野庄三「暗い道」、四十一年度、那須田浩「夏の終り」、四十二年度、須磨一子「びわのなる家」、増田良一郎「ぼくらの城」、四十三年度、多々良英秋「駒形」、臼井太衛「山草と廃屋」、四十四年度、狩野幹夫「友へ」、草原恵子「黴《かび》」、小巻庄郎「落ちない柿」。

芸術祭賞は四十二年度に桜井喜和子が「美しい手」で、翌四十三年度は芦川照江が「麻の葉」で受賞している。この二人はともに島岡明子が主宰する『紅炉』の同人で、芦川照江は先に詩「わたしらの愛」の詩人として紹介した小川アンナその人である。詩人としては小川アンナ、小説や随筆などの散文は芦川照江で発表していた。

桜井喜和子の「美しい手」は、父が五年越しの喘息の悪化で医者から見離され、東京住まいの〈私〉は見舞いに帰るが、医者の言うことを信じて父をあきらめ、枕元で冷ややかに見つめながら葬式のことを考えたりする。そんなところへ、親友の弟で、温和な性格のせいで子供の頃からみなに馬鹿にされていた龍司が見舞いに来る。龍司は苦しむ父を見て患部に掌をかざす療法で喘息を沈め、快癒させる。〈私〉は冷淡な自分をかえりみながら、患部にかざされた龍司の手の美しさを思った、というものである。

一方、芦川照江の「麻の葉」は、結核で自宅療養をしている二十四歳の〈私〉のところへ、猟の好きな、心も体も健康ないいなずけが、仕留めた小鳥やうなぎなどを持って足しげくやってきては料理し、いつも何かを夢想し物語のなかにいるような〈私〉に食べさせる。そのやさしい男に、しかし、〈私〉は心を開くことが出来ず、やがて、出征することになった男は、〈私〉の両親に婚約解消を申し出、戦場へ行き、かえらぬ人となる。なぜあのときに彼を受け入れてやらなかったのだろう。男は〈私〉を欲して部屋へ忍んできたのだ。その悔恨のなかで揺れ動く女心が、遠くなった時代を思うたび影を濃くして〈私〉を苦しめる。美しい日本語の流麗なリズムを生かして描き出したナルシシズムの世界である。

芦川には『紅炉』や『文芸静岡』に書いた「看護婦日記」や「富士公害と私」のような作品もあるが、「麻の葉」はナルシシズムを描ききって、作家の資質をうかがわせる興味深い作品である。大正の詩人生田春月に同名の詩集があるが、題名はあるいはそこから取ったものかもしれない。

なお、平成九年「拾う神」、十年「二年を五年で」、十一年「心の中の東京」で奨励賞を受賞した芦川龍之介は芦川照江の子息で、二人は『文芸静岡』の親子同人である。

同人誌『文学静岡』―『原野』と誌名かえ継続

前章紹介した奨励賞受賞者のうち、勝亦孝と草原恵子は、ともに昭和四十九年二月、桑高文彦によって立ち上げられた文芸同人誌『文学静岡』の創刊に参加している。この同人誌は五十二年、九号まで出たところで休刊、五十六年に『原野』と誌名をかえ、号は継続して十号から再刊、平成十二年に二十三号まで出して終わっている。

同人は他に、太田千鶴子、渡辺妙子、今川靖彦、宇都宮万里、加藤博之、近藤多門、三枝法子、杉浦靖彦、野川百合子、間遠洋子、松田宏、和久田雅之、岩崎裕美子、大塚和子、そして先に「炎帝の序曲」で紹介した川崎正敏、「いらだちの日々」で紹介した清水勉らであった。草原は五十八年には「三人の少年」で、松田宏も六十一年「雪の重み」で芸術祭賞を受賞している。

渡辺妙子が『文学静岡』二号に発表した「K病院にて」は、強度の薬物ショックで入院した〈わたし〉と、派出看護婦志村の葛藤を描いて読ませる。絶対安静の時期を過ぎ、自由に歩きたい〈わたし〉は、志村の目を盗んで廊下へ出るが見つかり、ベッドへ連れ戻され、高熱と悪夢に逆戻り。そんな耳に志村が掃除婦にもらす我侭な病人への不満がきこえてくる。

松田宏は『原野』十号に「抗う季節」を発表している。両親を失い、五歳のときから祖父母に育てられてきた修二。金銭に細かい祖父とのいさかいは、進学問題をかかえて激しくなっていく。同じ十号に草原恵子は「父の最期」を発表している。食道ガンにかかった父親の手術から葬儀までを、鰹節屋として生きた業績や思い出をまじえて書いている。先に紹介した奨励賞の「黴《かび》」はこの父親の生涯を書いたもので、草原の父親に対する思いが伝わってくる作品である。題名の〈黴〉は鰹節に生える灰緑色の繊毛のような黴からきている。

太田千鶴子の「観覧車は止まる」は六十二年度に奨励賞を受賞した作品で、『県民文芸』には峯千鶴子の名前で掲載されている。弓子と賢二という二人の高校生の子供をもつ孝夫と結婚した品子。ある日、弓子をたずねて十七歳の快が玄関へくる。不安を感じた品子は、快をそとへつれ出し歩きながら話す。母親のいない快は母性愛を求めていた。やがて快と品子は遊園地で会うようになり、快は観覧車の中で品子の唇を奪う。二人は観覧車が止まり、係員が扉を開けたのにも気づかない。家に帰ると「品子ママ。わたしの大切なものを盗ったでしょう」と弓子にせまられる。

その夜、品子は夢を見る。快と同じ十七歳になって走る夢。その快の顔が、夫、孝夫の顔に変わる。魘《うな》される品子。「魘されていたね」といいながら孝夫は汗ばむ品子の顔を両手ではさみ、そこから、すべての合図になる彼のしぐさが始まる。他に行きどころのない品子のからだが、にわかに火照って孝夫の腕のなかへおちていく。難しい家族構成のなかへ〈性〉をすえて女性を見つめた作品である。


同人誌『坂』多々良英秋・日鳥章一・荒尾守ら集う

「駒形」という作品で昭和四十三年度静岡県芸術祭創作部門奨励賞を受賞した多々良英秋は、四十五年度、「天秤」で芸術祭賞を受賞している。「駒形」は赤線地帯のまんなかにある教会の牧師が、頭のおかしな女信者によってさまざまな現実の問題、セックスや刃傷沙汰、ビキニの灰をあびた彼女の夫のこと、繁華街をいく学生デモなどに引きずりこまれて右往左往するさまを描いた作品である。信仰者の内面が外の世界とのかかわりで描き出されていく過程はどこかユーモラスでもある。

一方の「天秤」は、十六歳で天竜の奥から川尻の町へ出てきた〈父〉の一代記である。雑貨屋の丁稚となり、そこであつかっていた度量衡器に愛着をもち、専門知識を身につけ、独立してはかり屋の店を出す。しかし、召集令状で戦場へひきだされ、復員後は靴の出張修理で食いつないでいく。

この「天秤」が芸術祭賞で「駒形」が奨励賞というのは、二作を読みくらべると不思議に思えてくる。「駒形」のほうがよく書けているからである。多々良が「駒形」を出したとき芸術祭賞をしとめたのは芦川照江の「麻の葉」だった。多々良の自信作は運悪く更に出来栄えのよい作品と競合して、二番手にまわらざるを得なかったということだろう。しかし、翌々年応募した「天秤」は競う作品がなく一番になっている。作品のよしあしは賞位では判断できないということだろう。

多々良英秋は静岡市役所の職員による文芸同人誌『坂』(「創作と詩の会」)の同人である。発行者は谷口求巳だった。多々良以外の主な同人と作品を紹介すると、荒尾守「熊野」、日鳥章一「夢の路」、渡辺昇「蜩の森」、片山進「神々の国へ―ギリシア美術紀行」、小沢幸吉「思い出の流れのなかで」、青木一九「栂池から」、上松憲之「黄色い季節」、松本礼治「湖底の譜」、新出八郎「陽溜り」、松島邦男「青春の光と影」ということになろうか。

昭和五十八年発行の十四号に編集者荒尾はこんなふうに書いている。〈創刊は昭和三十四年七月。この二十四年間に十四号出した。極度の不定期刊で、インターバルたるや、最短は三ヶ月、最長は八年(略)。しかし、概ね二年に一号は発刊の岸に漕ぎ着けている〉

日鳥章一の「夢の路」は丘の上の高層アパートに住むセールスマンが、仕事に疲れてねむり夢のなかで夢をみる。潜在意識を超現実的な視界へ引き出して見せた作品である。そして、荒尾守の「熊野」は、治人という少年が母親と弟の三人で熊野の佐野へ祖母の見舞いに行く話である。そこから治人一人で海のそばの天満の従兄弟の家へ遊びに行くが、その間に祖母は死んでしまう。少年の心の動きと熊野の自然が見事にとらえられている。熊野は荒尾の生まれ故郷である。冒頭に「帰って来たぞ。ぼくの熊野に」という一行があるが、筆者は荒尾の案内で谷本誠剛、岩崎芳生、曽根一章らと熊野へ行ったときにもこの言葉を聞いている。

4　揺れ動く青年

『文芸静岡』7～17号――小説は静岡にだけ――興津喜四郎

『文芸静岡』七号には伊藤昭一が、疑うことを知らず、ひたすら落ちていく女を描いた「夢のように」を、杉井省一が「清掃」を、八号には倉野庄三が「危険な遺産」を、十号には若林朝子が三十女の不倫を描いた「木枯らしのある風景」を、十六号には山本千恵が、中国春秋時代、言行録「論語」をのこした孔子の貧しい少年時代を書いた「春秋」を、十三号と十七号には興津喜四郎が「モービルフィッシュ」と「指輪」を、十七号には新鋭特集として片桐安吾（岩崎芳生）が「病める庭」を発表している。

また十三号には小笠原淳が「小川国夫私論」を書き、小川のソルボンヌ大学留学の研究テーマが「西鶴とモリエールの比較文学の研究」だったことを報告している。『好色一代男』を書いた西鶴と、喜劇『女房学校』を書いたモリエールはともに十七世紀の作家である。

伊藤は平山喜好が主宰する『亡羊』の、倉野は『ゴム』の、若林は『暖流』の、片桐と小笠原は『ＥＸ－ＶＯＴＯ』の同人である。

興津喜四郎は藤枝の出身だが、『文芸静岡』に参加してしばらく後、横浜へ転居したらしい。〈東京にいて、同人会で自分がしゃべると、何人かがにやっと笑って「また静岡か、あなたは静岡の作家のものしか読まない、他には小説がないみたいなことを言う」といわれた。（略）小川国夫や藤枝静男のものばかり夢中で読んでいたから〉と書いている。

その興津の「モービルフィッシュ」は、下宿住まいの男の退屈で憂鬱な日常を描いたものである。〈ぼく〉は四畳半の部屋にモービルフィッシュを買ってきてつるす。下宿は十一部屋。皆それぞれ趣味を持っているが〈ぼく〉にはなにもない。寝転んでモービルフィッシュを見ているだけ。窓から遠くに横浜の港、すぐ下でビルの工事。押入れのダンボールには去って行った信子の手紙がある。捨てなければと思うが、そのつど迷ったあげくもとの場所へもどしてしまう。伯父に紹介されたK子に会いに上野へいき、彼女と美術展をみるが、ここでも憂鬱な気分だけが残る。そんな何事も起こらない日常を書いているが、落ち着いた筆で主人公の青年に存在感があり読ませる。

「指輪」は、特別情熱もない遅い結婚をする男が、婚約指輪を買うところで祖父の情人がはめていたという大きなダイヤの指輪にまつわる話を思い出す。男はさめた感情で男女の関係を考えている。女は早く〈家庭〉を掌中にしたくて、行動にそれとないあせりがちらつく。男と女を結びつけるものは何か。興津の二作はそういう問いを自らにも読者にも発している。

片桐は「病める庭」で、結核で入院している〈私〉の怠惰で不安定な青春を描いている。入院生活を喜んでいるわけではないが、積極的に退院したいとも思わない。外ではかつて関係のあった女性が結婚し、内では将棋相手の患者が自殺する。自分の居場所はどこに、という自らへの問いにも、答える声は聞こえない。

『文芸静岡』最初の危機―財政赤字

高杉一郎が目指した県文学界共通の広場としての同人雑誌『文芸静岡』に最初の危機が訪れるのは、創刊から三、四年経過した昭和四十一、二年頃である。内実がともなわず計画だけが先行して、発行は大幅に遅れ始めていた。原因は短詩系と違って書き上げるのに時間のかかる創作部門の原稿の遅れと財政赤字だった。この頃には県からの助成金も打ち切りになっていたのである。

桑高文彦は十号の編集後記に以下のように書いている。「遅刊をとりもどすためには、七号から十号までの四冊を半年間に発行しなければならないという。考えてみると文学運動の本質からややはずれた奇妙なスタートであった。(略) 質の高い、より確かな文学の実りというものは、営々として築かれるものであり、このように期間におわれて作品をやたらにすくいあげるという方式では、駄目なことであった」

そして、十三号の谷川昇の後記。「赤字になった雑誌を編集するのはつらい。(略) 十年まえ『集団静岡』という同人雑誌を学生仲間でつくったことがあった。その創刊号のあとがきに、今はブラジルあたりにいる筈の前山隆が〈気温二十度と常識の化合物である静岡〉という名言を吐いた。十三号を数えたこの『文芸静岡』のことをあれこれと考えながらぼくはこの言葉を思い出す。異なった文学ジャンルの集合体であるこの雑誌も、まさにこの風土性が育てたものと言えるような気がするからだ。（略）文学はもともと、多分に反常識的、反社会的なものを含んでいることを忘れてはならない、と言いたいのである。毒のないところに、よい文学は生まれないだろう。雑誌経営のためには常識が必要だろうけれど、よりよき文学のためには、なまじっかの常識は邪魔になるだけだ、と言いたいのである」

十三号は財政赤字から一度は印刷をとめる事態になるが、印刷会社の協力もあってようやく発行にこぎつけている。問題発生以来「つぶしてしまえ、自発的な会員組織の上にのっていないからこうなるのだ、という強硬意見も少なくなかった。何回か開かれた合同委員会ではおちる所がカネの話になるので、元からこういう面にはトンとうとい面々だから正直ウンザリした」（島岡明子）、という委員会を何度も開いて、十四号から新企画、新会員によって再発足、ということになった。

それまで編集責任者と呼んで並列だった編集担当者は、この時から編集委員長と委員という縦型組織になる。十四号（野呂春眠は、再発足第一号、と書いている）の編集委員長は江頭彦造だった。江頭はこの号の編集後記に新たな方向性について詳しく記している。更にこの号から、野呂春眠が運営委員長に就任、高杉は副委員長にしりぞき、事務局が新設され、島岡明子と豊田春江がその任につくことになった。

『文芸静岡』18号―一人の理解者の存在―町田志津子

『文芸静岡』十八号は創刊五周年記念号である。十四号から運営委員長になった野呂春眠が、巻頭で「五周年を迎えて」と題してここにいたるまでの五年間をふりかえっている。この号には短篇特集が組まれていて、吉田知子が「五月雨や」を、有村英治が「噞喁《けんぎょう》」を、町田志津子が「七回忌」を発表している。吉田についてはすでに書いたし、有村については後々書くことにしたいので、ここでは町田志津子について書いておきたい。

町田は学生時代、短歌、俳句にしたしみ、次いで詩人深尾須磨子について詩を学びながら北川冬彦が主宰する『麺麭《パン》』に投稿、やがて同人となり、同誌終刊後はやはり北川が主宰する『時間』に参加、その後『塩』の同人となっている。

小説を書きはじめたのは勤めをやめて時間に余裕ができてからだ、と彼女は短篇集『梢からの声』の「あとがき」に書いている。鎌倉の原奎一郎が主宰する文芸同人誌『文学草紙』に参加してからのことらしい。

〈原さんは曜日をきめて、銀座のサエグサを連絡場所にしていらしった。私は原稿を郵送しておき、コーヒーを啜りながら、批評を聞かせて頂くのを楽しみにしていた。『文学草紙』の休刊が長くなり、他の雑誌に書くようになってからも続いた。その内、原さんは鎌倉にひきこもり、私もあまり熱心でなくなり、中絶した〉と書いている。

原によって呼び覚まされた創作意欲は、彼の引退によってしぼんでしまった。一人の理解者の存在がいかにおおきかったか。その期間はおよそ十年であった。昭和四十四年三月には、『文学草紙』に発表した「霊安室へ」が、原の推薦によって『新潮』の〈全国同人雑誌推薦小説特集〉に転載されている。『文学草紙』が休刊になったあと、町田は小説を『早稲田文学』『散文芸術』『未来群』『文芸静岡』等に発表する。

『文芸静岡』には三作発表している。十八号の「七回忌」、二十五号の「木乃伊《みいら》の女」、四十六号の「かひなに髪の」である。「木乃伊の女」は後に「河口」と改題して『梢からの声』に収録している。

これらの作品を読み『文芸静岡』十七号に彼女が書いた「私の青春を支えたもの」を読むと、彼女の小説が主として故郷沼津近辺の土地と海を舞台に、そこでの見聞や体験を核に書かれていることがわかる。そしてそれが、どのようなものかを短い言葉でいうとしたら、〈深い青葉のみずうみを写して／しずもっているが／鏡の背には／血がしたたる（以下略）〉という連ではじまる彼女の詩、「鏡」を読んで頂きたい、と言うことになるだろう。

彼女は書いている。〈六月のある日の昼下がり、なにげなく鏡を覗きこんでいた私は、ふと、鏡が自分の写した像をすべて記憶していたとしたら…と想像して、何とも言いようのない戦慄に捉えられた〉と。すべての心象がこの詩一篇に集約されていると言っても過言ではないように思われる。

静岡新聞珠玉短編特集――8作家、掌編に作風鮮やか

緑陰読書に、として静岡新聞教養欄に、県内在住の八作家による珠玉短編特集が組まれたのは、昭和四十三年の七月から八月にかけてだった。短編というより掌編というべき字数のなかに、それぞれの作風が鮮やかにみてとれて面白い。掲載順に紹介しておきたい。

藤枝静男「赤い靴」 旧制高校の寮で章はAと親しくなる。二人とも臆病で人見知りする性質だが、人前にでるとAはポーズをとることでつくろい、章は仏頂面になってしまう。女性はAに関心をしめし、章は無視される。やがてAは左翼運動にまきこまれ、赤い靴のN子が連絡などでやってくる。彼女がAを看病していることもあった。十何年かして、電車の中で、同乗のBがいう。「あれから少ししてAはN子にふられたんだ」。その頃にはもう章も女を知っている。ここには青年の異性への関心やコンプレックスが描かれている。

吉田知子「弟」〈私〉はバスに乗って弟を捜しに行く。この〈私〉は、意識して見聞きすれば山も車内の少女もその会話も普通に見え聞きとれるのだが、目を閉じると過去の記憶にみたされ、弟に関する幻想がわいてくる。弟を失い精神に異常をきたしているのか。そうであってもなくても、確かな視覚世界と幻想があいまって、読者は不思議な世界へ誘い込まれる。

小川国夫「夜の水泳」 松林にアセチレンの灯がついて、泳いでいた房雄は哲夫がきたことを知り浜へあがる。哲夫は昌枝のことで悩んでいる。まじめな娘ではない。彼女の母親も

同種の人間だ。しかし、未練がある。房雄は昌枝親子の性質と、哲夫の偏見を冷静に指摘する。やがて哲夫はふっきれたのだろう「泳ごうか」と房雄にいう。この作品は高等学校教科書『現代国語』に収録されている。

吉良任市「帰郷」武は戦時下の駅で、切符を買う行列のなかにいる。「チチシス、スグカエレ」の電報が届いたからだ。その駅や車中での武の見聞が時代を浮き彫りにしていく。

島岡明子「水の上」海へきた女が、迎えの車が来るまでのあいだ泳いで待っている。その視界と想念が散文詩的につづられている。

谷川昇「乞食譚」昔、ラジオっさあという乞食がいた。自分がつくった籤《くじ》を子供たちに引かせる。あたり籤にはラジオと書いてある。皆わくわくして彼を待った。だが、最近玄関にたつ物乞いは、まるで〈執達吏〉のように表情がない。

片桐安吾「馬の骨」別れた女は身をひさぐ女。電報がきて出むくと「お金を都合して欲しい」という。本を売り、わずかな金を約束の場所でわたす。女はかげのある笑いを残して、どこへともなく去っていく。

加仁阿木良「三日目の筏」若妻を事故でなくした俊介は、妻のしぐさや一緒にみた海、白い雪のことなどを思い出す。しかし、想念はじきに海難事故にまつわる悲惨な事件へ向かってしまう。ここには生き残った者が負わなければならない苦しみが描かれている。

静岡県の文学散歩——南信一・岡田英雄

南信一と岡田英雄はともに静岡大学教養学部の教授だった。南が明治三十九年、岡田は大正二年の生まれである。『文芸静岡』には南が二号に「遠州灘の文学を歩く」を、岡田が十四号に「文学における現代性について」と二十六号に「文学と風土性」を書いている。

南の「遠州灘の文学を歩く」は、遠州灘沿岸でうたわれた『万葉集』の歌や、馬込川河口に近い中田島砂丘における丸山薫の詩「砂を歩む」〈ふしぎな沈黙の堆積の／抗いがたい巨大な放棄の／灰いろした夢の実体は何だろう／風が吹く／砂が身じろぐ／波が打ってよせる／海だけがわが希わぬ方向に／歌をひろげて青く〉の舞台などを歩いて風景と作品を紹介したものである。

南はこれより二年前の昭和三十七年七月、『伊豆文学探歩』を社会思想社より刊行、その「序」にこんなふうに書いている。〈こうした仕事をこころみた人は、今までにもないではない。いずれも近代文学を主体としたものだが、福田清人『日本近代文学紀行』東部篇、野田宇太郎『湘南伊豆文学散歩』、森豊『静岡県文学地理』などである。それらにくらべてわたしのこのいとなみが、従来のものより一歩進め得たとすれば、その精緻さにおいて、新しい資料を加えたことにおいて、実地踏査において、私は私なりの解釈において、いささかの努力をはらった点であるかもしれない〉

そしてこのあと『東海文学探歩』駿河・遠江篇を刊行する。南の〈探歩〉は、定期バスや軽便などで時には迷いながら現地へむかうようすも書かれていて、風の感じや波の音、鳥の鳴き声などが聞こえてくるような書きかたをしている。作品の読みかたも叙情的であるといえる。木俣修門下の歌人で『形成』の同人だったというが、その歌人風が出ているということだろうか。

岡田もまた昭和五十二年三月、『静岡県の文学散歩—作家と名作の里めぐり』を静岡新聞社より刊行している。冒頭紹介した二作「文学における現代性について」と「文学と風土性」は、文学を正面から論じて啓蒙的評論とでもいうようなスタイルをとっているが、この『文学散歩』もまた正面から対象にむきあって、歴史的事実をおさえ、作品のあらすじを紹介し、ほど合いのよい作品評作家評をいれ、また、土地の感じを説明するために他の作家の作品の描写を引用したりもする徹底ぶりで、より学究的であるといえる。

また現地へむかうにはどの交通機関を利用すればはやいか、最寄りの駅についたら〈駅正面の道を南東に十分ほど進み、十字路を左に折れるとまもなく杢太郎記念館である〉というように、具体的に道順を示していて、案内書としても行き届いた内容になっている。

南が先達の『紀行』等から叙情的探歩で一歩前へでたように、岡田も学究的構成と内容で独自のスタイルをつくりあげ、更に一歩前へでたものにしているのが好ましい。

現地に立ち作家と対話―菅沼五十一・中尾勇・鈴木邦彦

南信一と岡田英雄が県内全域の文学的遺跡を対象に『探歩』『散歩』をまとめたのに比して、郷土への愛着から地域をしぼって文学的遺跡を書いた人たちがいる。菅沼五十一、中尾勇、鈴木邦彦、勝呂弘、らである。

菅沼五十一は、戦前は詩誌『日本詩壇』『詩文学研究』、戦後は『文芸開放』『詩火』『時間』等の同人で、後、『響』『独立文学』『未遂』等の同人誌を主宰した詩人である。その菅沼は『遠州文学散歩』を青少年文化〈演劇〉センターより刊行している。

その「あとがき」をみると〈私は十五年ほどのあいだ、文学にでてくる遠州の地をあるき、作品のなかに描かれている作家の心にふれようとした。それはある意味ではその作家と対話を試みることでもあった。すべては郷土を愛することから始まった。（略）文学者の心と自然風土との結びつきにふれたかったからである〉と書いている。彼は道順や風景は書かず、現地で直接作品とむきあおうとしている。彼のいう〈作家との対話〉とはそういうことだったのだろう。初出は『浜松百撰』である。

中尾勇は、『文芸静岡』十号と二十六号に歌論「停滞と訣別」「抒情についてのモノローグ」を書いている。二・二六事件に連座勲位剝奪された斉藤瀏の歌を基点に、大切なのは心の衝動であり、情緒であり、感動であり、日本の情念の意味を問うことである、とした前作と、抒情への回帰は新しい自覚をうみ出す、とした後作とである。

その中尾は『三島文学散歩』を静岡新聞社より刊行している。彼はその「あとがき」に〈大学生活の終わりのとき、三島から熱海までの列車のなかで、大岡信氏の父君、大岡博先生に「おれの学校に勤めないか」と言われて、運命的に教師になった〉と書いている。歌人大岡博に師事した。『散歩』は、三島を舞台にした文学作品と作家にまつわる話などを、肩のこらない語り調子で書いている。

鈴木邦彦は、『文士たちの伊豆漂泊』を静岡新聞社より刊行している。彼はその「あとがき」に、恩師中山高明から伊豆湯ケ島辺の文学散歩に誘われたことがあり、このときの印象がよかった。教員となって伊豆へ戻った二十代後半頃、太宰治の年譜に、昭和七年彼が沼津の坂部酒店で過ごした、という一行を見つけ、すぐに沼津へいき坂部武郎から太宰のことを聞いた、と書いている。

ことの動機は文学散歩の印象にあったのである。しかし、鈴木がこの『漂泊』で書いているのは〈散歩〉でも〈探歩〉でもない。地域を伊豆にしぼった作家の伝記である。「太宰治の伊豆」というような小見出しもそれを物語っている。冒頭に彼は〈難破しかかった文士たちが、伊豆という凪いだ港にいっとき難を避け、そこで舫い、傷ついた魂を癒され、蘇えり、そして再び出航してゆく、伊豆は、そういう意味で文士たちの風待ち港だった〉と書いている。

親子同人、近代文学の舞台へ―勝呂弘・奏

勝呂弘は『土肥の風土と文学』を長倉書店より刊行している。土肥出身の文学者は詩人の石原吉郎だけだそうだが、気候と自然に恵まれ、文人墨客の来遊者が多く、多彩な文学作品が書き残された。しかし、短歌や紀行文、随筆が多く、小説や詩、俳句は少ないとも。

本書はいわゆる文学散歩の手引書ではない。土肥は小さな町だからその必要はないのだろう。土肥が歌われ、土肥が書かれている作品を丹念に調査し報告している。その徹底ぶりは〈牧水の土肥での歌には梅の歌が目立って多く、その数、二十数首あり、早春の梅に寄せる牧水の深い愛着のほどを物語るものである〉などの文章からもうかがわれる。また、土肥が書かれた部分の引用が多くもちいられ、素材に直接語らせるこうした方法は、作家自身の土肥観や風景のきりとり方を示していて面白い。勝呂は『文芸静岡』の創刊同人で四号に短歌を寄せている。

『沼津の文芸』（駿河豆本）は近代文学の舞台散策のための手引書だが、この本の著者勝呂奏は勝呂弘の子息で『文芸静岡』では親子同人である。彼は近代文学の研究に力を注いでいて、評論『正宗白鳥』（右文書院）、『小川国夫の出発「アポロンの島」』（双文社出版）等の著書を持っている。個人誌『奏』を発行していて、そこには「評伝芹澤光治良」を連載し、小森新の筆名で小説を発表している。

彼が『文芸静岡』六十六号に発表した「悲しいまでの空」の主人公晋治は、静岡の小出版

社に勤めている。仕事は順調にこなしているが、多分に性質からくる鬱屈した内面をもてあましている。その沈みがちにゆれうごく心理が、妻と一人娘のいる家庭、高等学校の同窓会、敬愛する橋立先生の消息などを通して描き出されていく。

卒業して二十年になるが彼はまだ一度も同窓会に出席したことがない。人と胸をひらいた率直な交際ができず、家でもなにかと気づかう妻を居間にのこしたまま書斎にこもることが多い。こんどの同窓会もさんざ迷ったあげく、高校時代からのグループ交際の仲間で、おおらかな性質の万里子の誘いをうけてようやく出席する決心をしたのだった。

昔のグループが途中の駅で待ち合わせ、晋治の車に乗り合わせて会場のホテルへ行く。しかし、晋治はグループ外の同級生と再会しても、誰一人思い出せないしうまく話ができない。会えると思っていた橋立先生は来ていなかった。

先生は梶井基次郎の「路上」や「城のある町にて」などを通して文学に目覚めさせてくれた。いまの出版社勤めはそのたまものだと彼は思っている。〈文学で何者にならなくてもいいじゃないですか。独自な生き方を目指してみて下さい〉という先生の言葉は生きる支えだった。旬日の後、彼は先生に一冊の本をおくる。消息を確かめたかったからだ。しかし、奥様からの電話で、先生はアルツハイマーでもはや昔の先生ではないことを知らされる。

同人誌『静岡作家』僧門と娑婆、揺れ動く青年―有村英治

有村英治は『文芸静岡』十五号に「門宿」を発表している。門宿とは戒律をやぶった修行僧にかせられる懲罰のことである。

僧堂の門前で袈裟袋をはずし、ぞうり履きの足を片もものうえに組んで土のうえにすわる。日も夜もすわりつづけて謹慎し、入庭を許されれば庭に詰めて、さらに入堂を許されるまで謹慎する。

修行僧たちはたいがい自坊をつぐための資格を取得するためにきている。信仰心からの修行ではない。粗食、托鉢の疲れ、寝不足、ふくれあがる性欲、妄想。やがて、かくれてタバコをすい、托鉢の米をぬきとって食い、自慰にふけり、夜、僧堂をぬけだして酒を飲む。そして門宿。

有村は、こうした僧門と娑婆のあいだでゆれうごく青年のすがたを、野生動物を追うように書いている。日記体ではないが、冒頭、修行僧の日記、としてあるところをみると、修行僧時代の日記にもとづいて書いたものかもしれない。

ついで彼は、十八号に「噞喁《けんぎよう》」を発表する。噞喁とは魚が水面に口をだしてぱくぱくやることである。有村はここでは、情念や欲望が死後の世界へもちこまれたとき、そこにどのようなドラマが出現するのかに想像をめぐらせ、説話風に書いている。

生の世界では肉体と魂が一体となって人間であったものが、死後は肉体は消滅しても、死

者には肉体はあるものとして意識されるために、霊魂はそのぶん過度のストレスをおうことになる、と有村は考える。そして、地獄の様相が描き出されていく。

有村が僧堂に入門するのは二十六歳のときである。十五歳で航空通信学校に入学、少年航空兵として偵察機に乗り、終戦をむかえる。剣道五段で、竹刀をもって全国の道場をわたりあるいたこともあるというから、いわゆる武者修行の時代もあったのだろう。殺陣師として映画で活躍した時期もあったという。剣のうでは相当なものだったようだ。気性の激しい人で武勇伝もいくつかのこっている。

「門宿」や「喚嗎」にもその激しい気性の一面はうかがえるが、有村の文学はその内なる野性ゆえに、僧堂をにらみながら〈門宿〉という場に坐さざるをえなかった男の、バランスとしての表出だったのかもしれない。

当初、有村は「門宿」を『EX―VOTO』に載せてもらいたいといって、岩崎芳生に仲介を頼み、原稿を預けていた。しかし、主宰の茫博に会ってみるとそりがあわず、『EX―VOTO』は断念して『文芸静岡』へ出すことにしたのだった。

その『文芸静岡』の会合のあと、谷川昇、岩崎芳生と三人で一杯やっているとき、同人誌を創刊しようという話になった。誌名を『静岡作家』にしようといったのは有村だった。そして、準備にかかった。しかし、有村はその創刊号をみることなく逝ってしまったのである。交通事故だった。四十二歳という若さだった。小川国夫が『文芸静岡』二十号に「門宿」にふれて追悼文を書いている。

同人誌『静岡作家』注目された文体―山本恵一郎

有村英治は『静岡作家』を創刊するにあたり、六、七人の、それも男性だけの同人で始めたいと考えていたようだった。女性だけの同人誌『紅炉』を意識したのかもしれない。ある晩、筆者のところへ、その有村から電話がかかってきた。「静岡県文学連盟の有村といいます。小川国夫さんに紹介されまして初めてお電話しますが、文芸同人誌を創刊したいと思って準備をしています。ご参加いただけないでしょうか」

第一回の同人会は静岡浅間神社前の西草深公民館で行われた。そこでは順に自己紹介をしたあと、創刊号の締切日がきめられ、「文学の地方性について」というテーマで話し合った。緊張感のある感じのいい会だった。

それから何日もしない日の朝、岩崎芳生から涙声の電話がかかってきた。「有村さんが死んじゃったよう」。有村が主宰だった。誰か代表をきめなければならない。つぎに年長の谷川昇が代表をつとめることになった。同人は締切日に原稿をもって、谷川の家にあつまった。臼井太衛、川崎正敏、片桐安吾（岩崎芳生）、曽根勝章（一章）、多々良英秋、谷川昇、山本恵一郎、の七名だった。持ち寄られた原稿の掲載の可否は、谷川と岩崎に一任することになった。

曽根と多々良の原稿が返された。多々良は同人誌『坂』で書いていたし、この翌年には前述のように、静岡県芸術祭創作部門で芸術祭賞を受賞する書き手だったが、このときの作品はあまりよくなかったのだろう。彼はコラムを書いただけで、作品は掲載されなかった。そして、次の会合にはもう顔を出さなかった。曽根もそれきりだった。曽根がふたたび姿を見せるのは五年後である。もう小説はやめたのだろうと思っていたら、昭和四十九年度静岡県芸術祭創作部門で芸術祭賞を受賞したのである。ひとりでこつこつやっていたのである。

この時の受賞者の顔ぶれは豪華で、そこから『隕石』という同人誌が誕生するが、それについては後日、ということにしたい。

『静岡作家』の創刊号を飾ったのは、小説・片桐安吾「空地には堆く」、川崎正敏「海から海へ」、臼井太衛「おばあさん」、山本恵一郎「勝造の神さま」、評論・谷川昇「梅崎春生の世界」、そして追悼文・片桐安吾「有村英治氏追悼」、表紙制作は版画家の海野光弘だった。

大きな反響があった。『文学界』の同人雑誌評で、駒田信二が冒頭の一ページをさいて「勝造の神さま」を取り上げてくれたのである。〈筆者は田園の風の音までも響かせることのできる軽妙な文体をもっている〉というのが評の核心にすえられていた。創刊号から注目されたことで同人は勢いづいた。合評会をひらき、熱い意見を交換し、二号の締切日をきめた。

「有村さんが生きていたら、どんなにかよかったのに。立ち上げただけで死んでしまって、悔しいだろうな。その分、ぼくらはいい小説を書かなくては」と岩崎はいった。

同人誌『静岡作家』左翼思想に資産家の重圧―臼井太衛

臼井太衛は『静岡作家』創刊号に、「おばあさん」というおよそ小説の題らしくない題名の作品を発表している。三世帯同居の農家。祖母、父母、主人公の衛と嫁の理恵子。そのあいだで繰り広げられる、陰湿ともユーモラスともいえる家族のようすが作品の前半をなし、後半は老衰で床についた祖母から衛が、祖母の記憶にしかないこの家の人々の話をきくという設定になっていて、そこから山峡の旧い農家のようすが手にとるように浮かびあがってくる。

この前年、臼井は「山草と廃屋」で昭和四十三年度静岡県芸術祭創作部門奨励賞を受賞している。〈山草〉とは杉や檜などの植林地にはえる下草のことで、山草を刈るといえば植林地の下草を刈ることである。〈廃屋〉とはここでは、病気で働き手をうしない、屋敷を売って町へおりた家族〈「ほろじ」の衆〉が集落にのこした家のことで、もう朽ちかかっている。衛は蜂に刺されたり、蛇の交尾に出合ったりしながら下草を刈るが、頭はいつも、その廃屋を記念碑として遺したい、という思いのほうへ向かっていて、教育委員会に働きかけたりするが相手にされない。そんな山峡の日々の暮らしと、次第に変わっていく農家のようすが、汗と土のにおいのする生き生きとした文体で描かれている。

しかし、彼のこころを揺さぶるのは、こうした旧家の内における長男としての心労や、住みなれた集落への愛着ばかりではない。時代の風にあおられて左翼思想に目覚めたとき、同時に自分が、生活に不安のない資産家の長男であることにも気づくのである。相互に矛盾するふたつの命題が同等の重みで、この瞬間、彼の肩にのしかかったことを意識する。

彼は山形の真壁仁の『地下水』や、九州の谷川雁の『サークル村』を意識して、農民文学同人誌『村の地下茎』を創刊し、村と農民の影の部分にきりこむ文章を発表したりもする。詩集『躰が軟便になってゆく』の奥付には、経営規模・みかん一・五ヘクタール、茶一・〇ヘクタール、筍〇・五ヘクタールと記しているが、植林山をのぞくこうした記載にも、農民運動家にして持つ者の含羞をみることができる。小説「山草と廃屋」を書くまえの彼は、農民詩人として、松永伍一、谷川雁、黒田喜夫、井上俊夫らの詩誌『民族詩人』に参加、同人として農民詩を発表していた。

左翼思想と資産家、この二律背反に苦しむ臼井の胸中は、意外なかたちでさらけだされる。農業委員会の役員選挙に革新派からおされて立候補するが、選挙前に神経に異常をきたし、神経科医院に入院させられるという出来事があって、なすすべもなく落選するのである。このことを彼は「雀のいる病舎」という作品で書いている。その後『静岡作家』二号に「暗闘」を書くが、そこでは〈衛は社会主義の思想らしきものをのぞけば、村では期待された人間だったのだ〉と、深い傷をおった青春をふりかえるのである。

同人誌『静岡作家』・妄想の海逃れ自己模索―久庭行人

久庭行人が「メリークリスマス」の原稿をもって岩崎芳生をたずね、同人に加えてもらいたいと申しでるのは『静岡作家』の創刊号がでた直後である。岩崎は原稿をあずかり、谷川昇に読ませ、賛同を得て同人として迎えいれることにした。

「メリークリスマス」は二号に掲載された。ここには自衛隊で暗号教育を受ける新入隊員の〈私〉と甲州という隊友の、自由と束縛に対する異なる行動のしかたが描かれている。衛兵のいる塀のなかの生活は〈私〉に自由な世界へ解き放たれたいという思いと同時に、〈束縛された不自由のなかに楽しみや悦楽があるように〉も思わせるが、甲州はあくまでも自由を満喫したいと思っている。その甲州にホモセクシャルなものを感じる〈私〉は彼への接近をこころみるが、距離はちぢまらず、やがて甲州は脱走事件をおこして除隊していく。

続く三号に発表した「蛾群の美俗」は、精神を病み病院で薬をもらいながら絵を描く青年画家の過剰な性欲を、禁欲と快楽の相克という構図で描いている。同性の肉体への憧れと異性のそれにたいするおそれ、生活の現実になだれこむ妄想、それらのあやなす混沌が濃密な文体で描きだされていく。

久庭のこうした世界が読者をひきつけるための興味本位の作りごとでないことは、『文芸静岡』二十九号の「病棟十三号室」や『プラタナスは風に揺れて』（風塵書房）を読めばわかるはずである。彼の文学は眼前の現実を異界にしてしまう妄想の海をのがれて、ノーマルな自分をとりもどすための自己模索の文学である。

〈ぼく〉は精神の異常と重い喘息のために、合併病舎〈病棟十三号室〉へ入院させられる。合併病舎とは精神に異常をきたし、内臓にも疾患がある患者を収容するところである。ここでの彼は、自分を溺愛する母をうらみながらも愛していて、離れられない、マザーコンプレックスの青年の苦悩を描いている。そこは共同の部屋で、夜になると元気になる〈夜の男〉といわれる少年と、死期まぢかいMという重症患者がいる。その尿のにおいのこもる部屋のベッドで〈ぼく〉は母に犯される夢をみる。不思議なことにそのときから〈母という夜の幻影の海を漂い惑溺してしまった己の姿〉がみえてきて、〈ぼく〉は母を恐れなくなり〈潮の香りと朝の光の中で、生きることを熱望する自分を見だす〉のである。

『プラタナスは風に揺れて』は〈母が死んだ時、自分も死んだと満は信じ込んでいた〉という一行からはじまっている。満は葬儀に集まった人たちのよそよそしい態度にいらだち、自棄的行動をつのらせる。人は去り、たった一人になった彼は、家で〈彼自身〉を運んでくる救急車の到着をまっている。やがて救急車が到着し、筋骨たくましい男たちによって、玄関の上がりかまちに荒々しく〈彼自身〉が置き去りにされる。満はその〈彼自身〉にむけて拳銃の引き金を引く。

同人誌『静岡作家』死んだ兄の影に怯える──高田俊治

高田俊治もまた、久庭行人同様、『静岡作家』の創刊号を読んで二号から参加した同人である。彼は、小川アンナ、高橋喜久晴、大畑専、谷川昇、らがやっていた詩誌『城』の同人で、そこでは抒情詩を書いていたが、この頃には散文を書き始めていたらしい。それで、『静岡作家』へ参加したいむね、谷川に申し出たのではなかったか。

二号には掌篇「白い蛾」と「龍になった少女」を発表しているが、二作とも叙情詩的な散文である。しかし、三号の「幼年時代」、四号の「コスモスの街」、五号の「裸の十九歳」は、いずれも清澄哀切な私小説である。

「幼年時代」は以下のような作品である。幼かった〈私〉は、兄が静岡空襲の焼夷弾の破片にあたって死んだときには、死を意識することもなく、空襲も土手での火葬もあたりまえのこととして見ていた。それがある日、突然、死の恐怖を意識するようになる。

〈その頃、私にとって死というものは、簞笥の一番下の引き出しに入っていた〉と高田は書く。そこには死んだ兄の晴れ着が入っていた。〈私はそれが恐ろしかった。それは物事のわかり始めてきた時に知る、いわれもない死の恐怖だったのだろう〉。そして、長いシベリア抑留生活から帰ってきた父が〈私〉にかけた最初の言葉は、一郎、という兄の名前だった。

次の「コスモスの街」は、「幼年時代」の続篇として書かれたものだが、時間的には父がシベリアから帰るまえの、終戦直後の飢餓状態にあった家と街のようすを書いたものである。

子供のあいだでは絞首刑ごっこがはやり、飢えた土方の親子が心中する。そしてここでも〈私〉は焼け跡のゆれるコスモスに、死んだ兄の影を見ておびえるのである。

高田は同人会でよく自分のことを話した。体格は普通で外見からはとくに強靭な印象はうけなかったが、中学高校時代は短距離の走者で、大きな大会の記録ももっていたらしい。彼はその瞬発力をかわれて高校時代後半はアマチュアの自転車レーサーに転向し、W大の自転車部に進学が約束されるが、入試直前のレース中にバンク上部の金網に激突、第四コーナーのきりたった斜面をころがりおち、粗いコンクリートに頭を打ちつけ意識をうしなう大怪我をする。

頭に鈍痛がのこり、耳鳴りがして、眠ろうとするとそれが、ジャン、ジャン、ジャンという競輪の打鐘にかかわり、不眠がつづく。大学をあきらめ、家業の酒店を手伝うが、虚脱状態がつづき何もしようとしない彼に父が怒り、池袋の酒屋の住み込み店員にだされる。そして、新宿の赤線の少女のような娼婦のところにいりびたる日々がつづくのである。

「すごい話だね。それ、書いてよ」と筆者は思わずひざをのり出した。やがて彼が書いてきたのが「裸の十九歳」だった。まり子というその娼婦の背中には、北斎秘画の名品といわれる奇抜な構図の男女の刺青が彫られていたという。

同人誌『静岡作家』少年の心の痛み――狩野幹夫

『静岡作家』の同人はそれぞれに個性的で、似たような作風の書き手は二人といなかった。それが面白いと思われたか、そこに勢いを感じたか、久庭行人、高田俊治につづいて三号からは狩野幹夫が同人に加わった。「ことづけ」という原稿をもって、谷川昇を訪ねてきたのである。狩野は画家だが、この少し前頃から小説を書き始めていたらしい。そして「友へ」という作品を県芸術祭に応募し、昭和四十四年度の創作部門奨励賞を受賞していた。この作品は書簡体の告白文で、独自の絵画言語がみつからない画家の苦悩を、その重い内容とは逆の軽妙な文体で書いたものだった。

県民会館で行われたその表彰式のあと、檀一雄と小川国夫の記念講演があった。檀は黒い中国服で『夕陽と拳銃』の舞台、中国大陸遍歴の旅と馬賊の話を、小川はフランス留学時に訪れた南仏のエクス・アン・プロヴァンスの風景とセザンヌの絵などについて話した。そして最後に、期待できる同人誌として『ゴム』『紅炉』『静岡作家』を紹介したのである。セザンヌに傾倒していた狩野は、小川の話に感動し、気分を高揚させて谷川を訪ねてきたのだった。

「ことづけ」は『静岡作家』三号に掲載された。〈ぼく〉をかわいがってくれた祖母が死ぬ。その祖母に〈ぼく〉は、先にサイパンで戦死した〈兄ちゃん〉へのことづけをたのむ。母が再婚するために実家で育てられた〈ぼく〉は、〈兄ちゃん〉とは従兄弟同士。〈兄ちゃん〉は祖母同様にやさしく、よく面倒を見てくれた。その〈兄ちゃん〉が戦争に行っているとき、〈ぼく〉は何の考えもなく、衝動的に「兄ちゃんが死んじまやあええと思うこともあるだよ」といってしまう。

〈兄ちゃん〉は戦死した。なぜそんなことをいったのか、自分にもわからない。〈ぼく〉は苦しむ。しかし、むこう（他界）へ行った祖母が〈兄ちゃん〉に会ったとき、〈ぼく〉をかばって「お前が好きだもんだんて、死んだほうがええなんて言っただっちょう」などと言われてはこまるから、「バチあたりだら、あの野郎は、お前のことを死んでもええって言っただっちょう」とだけ言ってください、と頼むのである。家を継ぐのにふさわしい、やさしく優秀な〈兄ちゃん〉にたいするコンプレックスと、〈ぼく〉のナルシシズム、羞恥心反抗心などがからみあった複雑な少年のこころの痛みが描きだされている。

『静岡作家』は勢いよくたちあがったが、五号でたちまち終刊になってしまう。みなそれぞれの仕事が忙しく、原稿をもち寄れなくなってしまったのである。岩崎芳生は三号に「いくつかの空」を、谷川昇は四号に「死者のいる風景」を、川崎正敏は四号に「海へ行く」を、筆者は二号に「お夏が浜」を、同じ頃『文芸静岡』二十二号に「アヒル達の行進」を発表したが、そこでやむなく一呼吸置かざるを得ない状況になってしまったのだった。

『文芸静岡』と五所平之助―胸裏にひそむ俳句　本宮鼎二

鈴木元義は『文芸静岡』二十一号と二十五号に、短篇「短い秋」と「銃」を発表している。しかし、彼は本来は戯曲の書き手である。十六号に書いた戯曲「墓穴」は以下のような作品である。

鉄格子で閉ざされた薄闇のなかにいる奇妙な五人の男女。ギターをひき、踊り、絵を描くポールとエミ、あと一時間で時効が成立する逃亡殺人犯の権田、かっぷくのいい元大臣の政治家とその政治家の密輸を手伝っていた女香蘭。そして、そこへさらに学生運動家の男女、黒服の男、墓穴の外で鉄格子を守っていた守衛までも放りこまれ、結局、登場人物すべてが墓穴に閉じこめられることになる。みな落胆し怒りをあらわにするが、ポールとエミだけは「これこそ芸術だ」といって喜ぶ、というものである。

筋らしいものはない。異なる過去を背負うものたちが特殊な状況の場に閉じ込められたとき、どんな言葉を発しどんな行動にでるのか、鈴木はそれを確かめようとしたのだろう。

二十四号には小塚よしみが「花片」を、三十号には高橋エツ子が「ことばぢから」を、三十二号には林寛子が「ライオンの傍で」を書いている。

戯曲のついでに映画というわけではないが、昭和四十四年八月、本宮鼎三は三島市民俳句会に招かれ、そこで〈伊豆の踊子〉や〈煙突の見える場所〉などの映画監督、五所平之助と親しく話す機会にめぐまれた。本宮はそのときのようすを『文芸静岡』二十一号の「番茶の

俳句も詠んだ映画監督五所平之助（中央奥）、手前左小川国夫、右端高杉一郎

あと」に書いている。
〈氏は熱っぽく、俳句のことを語っていた。俳句が映画を撮るうえに、かなりプラスしているようであった。たとえば、風景や市井の描写、風土と人間像、季節感や歳時記のかつようなど、この巨匠の胸裏に俳句が深くひそんでいるようである。その日の席題がたまたま「祭り」。私はたくさん出された祭りの句のなかから、一番出来ていると思ったつぎの句を特選にしたら、五所氏の作品であった。
祭笛月のひかりが屋根わたり〉
五所の俳句は学生時代からのもので、このころは『ホトトギス』の原月舟などから学んでいたようだが、久保田万太郎門下で安住敦主宰の『春燈』の同人だった。花の好きな人らしく、花の句が多い。花咲きぬ乙女椿に日脚来ず　などという句もある。

本宮と五所はときどき句会などで顔をあわせるようになる。それが縁で昭和四十八年、彼が俳句部門の編集委員のときに、五所に随筆を書いてもらっている。

三十二号に掲載された「彼岸花」は、寄り合いて明るく咲きて曼珠沙華　の句を冒頭において、三島に移るまえ、大仁の帝産台の下に住んでいたころ、家のまわりをすべて彼岸花でうめつくした話を書いている。生涯に九十九本の作品をのこし、百本目となる「奥の細道」の映画化を夢見ながら、七十九歳で生涯をとじた。辞世の句は、花朧ほとり誘う散歩道　である。

5　希望の光、小川国夫・吉田知子

『新潮』昭和45年4月号「闇の人」小川国夫「無明長夜」吉田知子

昭和四十五年の『新潮』四月号は、県内の同人誌作家たちを興奮させた。三島由紀夫の「暁の寺」が完結し、小林秀雄「本居宣長」、保田與重郎「日本の文学史」、阿川弘之「暗い波涛」が連載中で、小説は川端康成「髪は長く」、宇野千代「幸福」、井伏鱒二「釣宿」などのなかに、小川国夫「闇の人」、吉田知子「無明長夜」が掲載されていたからである。

小川と吉田の作品がおなじ文芸誌のおなじ号に掲載されるのはこの時が最初だと思うが、そのそろい踏みの印象は強烈だった。すでに中央に活躍の場をえていた両作家ではあったが、『文芸静岡』創刊以降できることなら後につづきたいと思ってきた県内の同人誌作家たちにとって、道を開いていく二作家は希望の光だったのである。

吉田知子の「無明長夜」は戦時中ある村へ疎開した母娘が、戦後もそのまま村に残り娘はそこで結婚する。しかし、夫は五年後蒸発し行方不明になってしまう。娘は母の元へ戻り習字塾を開いて生活しているが、やがて御本山の僧に心をひかれるようになり、彼に生きるのぞみを託そうとする。僧には寺がある。僧は言う。「あんたには自分以外のものはないのだ。自分だけなのだ。だから、どうしようもない。あんたのことは、わしもいくらか解る。だが、どうしようもないのだ」。やがて御本山が炎上する。その騒動のなかで、娘は呪縛からとき放たれて行く自分を感ずる。吉田はこの作品で第六十三回芥川賞を受賞する。

小川国夫の「闇の人」は新約の世界である。キリストの出現によって神が人間にあらたに救済を契約した新約は神を書いた書物だが、「闇の人」はその世界における反抗者、アシニリロムゾ（ユダ）という人間を描いた作品である。彼は人間の性情は悪だと考える反抗者で、その裏切りで〈あの人〉（キリスト）は受難する。なぜ救済の教えのまえに反抗者があらわれるのか。そしてその在りようはなぜ激越に極端へむかっていくのか。そもそも人間の性情とはなにか。鏡に宗教をおいて小川の目はそこへむけられている。

この後、小川は四十八年、『文芸展望』四月号に発表した「その血は我に」で、「闇の人」アシニリロムゾの対極に位置する信仰者、ユニア（パウロ）を描くのである。人間の性情は理想を生きることだとする〈あの人〉に傾倒し、あのように生きたいと考え、随うユニアを。小川はここでは真の信仰のありかたを描こうとしている。信仰は観念ではなく感覚である。信仰に生きるユニアも叛くアシニリロムゾも、〈あの人〉とともに生きる者であり、その声を聞き、心にやどる汚鬼におののく者である。それでいて彼らは対立する極の性情を有する人間の典型として生きなければならない。こうしたことを書くために小川は、聖書の記述を再構成し、その世界の内側へはいって彼らになりきり、生きてあるがままの姿を描き出したのである。

『文芸静岡』28号―高杉一郎、東京へ転居

高杉一郎は昭和四十七年、静岡大学を退職して東京へ転居する。着任が二十五年九月だから、二十二年間、教室ではきびしい教授だったという。

この間、時折小説も書いて『新潮』『文藝』『近代文学』『新日本文学』などにおよそ十編を発表している。また『盲目の詩人エロシェンコ』ほか、多くの著作を刊行している。加えて、県内の文学の才能を発掘し育てることを目標に、『文芸静岡』と『県民文芸』をたちあげ軌道にのせた。

静岡でやるべきことはやりおわった、という思いがあったかもしれない。しかし、才能を発掘し育てるという文学運動にかぎっていえば、必ずしも納得できる状況ではなかったようだ。『県民文芸』は県教育委員会が芸術祭の入賞作品を掲載する刊行物として定着したが、『文芸静岡』は、当初はあった県の助成金がうちきられ、同人会費のみで運営しなければならない事態にたちいたっていたからである。

この年、四月発行の『文芸静岡』二十八号は〈高杉一郎特集〉を組んでいる。ここには座談会「高杉一郎氏をかこんで」（江頭彦造、岡田英雄、稲森道三郎、谷川昇等と）、対談「年譜のかわりに」（福田陸太郎と）、高杉一郎氏のプロフィールとして「ヒューマニズムの奥行き」小川国夫、「Ｈａｌｏ」谷本誠剛、「巌頭の松」小川アンナ、「〈近くて遠い仲〉の人」広

1996年４月、新著の出版を祝う会での高杉一郎（前列中央）

瀬木乃男、「五郎サン」野呂春眠、「先生とぼく」谷川昇、が掲載され、高杉の小説三編「遠い人」「夏」「ツッケルマン少佐」が『新潮』などから転載されている。

　しかし、座談会や対談でのおだやかで理知的な言葉とは別に、同号「編集後記」には谷川のこんな一文もある。〈話がたまたま『文芸靜岡』のことになったとき「そろそろ谷川君あたりが造反しなさいよ」と高杉さんがけしかけられた〉。そして、谷本の「Ｈａｌｏ」。Ｈａｌｏとは後光の意である。〈高杉先生が静岡を去られるという今、確かにこの年月自分などはその光の輪の中にいたのだという気がする〉〈高杉さんが去って、どうやら静岡もいくぶん散文的になってしまう〉

　静岡大学教養学部の高杉のところにいた谷本だから、高杉とは『文芸静岡』での交流以上に大学内での仕事上のつき合いのほうが多かったはずである。だから〈散文的になってしまう〉という嘆きがどちらを念頭においたものかわからないが、「Ｈａｌｏ」は『文芸静岡』のために書かれた原稿だから、多分、静岡の文学界を念頭に置いてのつぶやきだったのだろう。

いずれにしても静岡で文芸復興を夢みた高杉は、どこか複雑な感情のたゆたいを感じさせる空気をのこしたまま住まいを東京へ移すのである。

谷本誠剛がバランスのよいしなやかな人間性を生かして『文芸静岡』の運営の中心にかかわるようになるのは、この数年後の五十三年頃からである。

『県民文芸』昭和45〜48年度―少女の不安定な心理―鈴木由美子

『県民文芸』に作品が掲載された県芸術祭創作部門の入賞者のうち、昭和四十五年度から四十八年度までのまだふれていない作家と作品について紹介しておきたい。

芸術祭賞は四十七年度が谷ゆりかの、六十五歳の自伝「髪」、四十八年度が小松忠の、妻と幼い二人の子供のいる高校教師の日常の倦怠といらだちを書いた「春を待つ」。奨励賞は四十五年度が鈴木由美子「夏の日」、今野奈津「桃割れ」、四十六年度が村甚六「五郎の風景」、西岡まさ子「消えていく」、四十七年度が多々良正男「ファンタスチック・ライフ」、中山幸子「嘔吐」、四十八年度が杉山治郎「ぶつライス」、枝村三郎「屠殺の村」、四条敦郎

「火祭」だった。

コンクール作品は年度によって出来不出来があり、必ずしも上位賞を受賞した作品がよいとばかり言えないことは前述のとおりだが、ここにあげた作品のなかにも奨励賞受賞作で年月の経過を感じさせない読みごたえのある作品がある。

鈴木由美子の「夏の日」がそれだが、この作品は十二歳の少女アキの、妊娠した女性をまえにしてゆれうごく情緒を追いながら、妊婦の不可解で不誠実な態度や言葉へのいらだち、生と死、受胎、誕生への興味とおそれなどが鮮やかに描き出されている。

アキが「赤ちゃんが出来て嬉しい」と聞けば、「嬉しくない」と女は答え、「嬉しくないのは恥ずかしい遊びをしたからじゃない」と言えば、「何も知らないくせに」と突っぱねる。「悪いことをしなければ子供は生まれない」とアキは言い、〈悪いこと〉という言葉にこだわる。

数日後、アキが公園へ行くと女が待っていて、夕方アパートへ遊びに来るように誘う。アキが行くと玄関のドアが少し開いていて、裸の男が廊下のつきあたりを横切りカーテンを引く。〈アキはあっと声をのんだ〉。アキが見たのは、男を受け入れようとする裸の女のあられもない姿態だったのだろう。〈悪いこと〉を見せようとする女の悪意。アキは逃げる。

暫くして、再びアキは女に公園でつかまり「どうして来なかったの」とつめよられる。アキは石段を高台へ逃げるが、女はおおきなお腹をかかえて追ってくる。「わたしが来るのを待っていたの、あの晩」とアキは聞く。「当たりまえじゃないの」と女は答える。アキは衝動的に女の背後へまわり、背中をついて女を崖から突き落としてしまう。

十二歳の少女の不安定な心理と、女の不可解な底意がゆっくり渦をまくように深まっていき、アキの暴力を誘いだす。

選者の久保田正文は選評に、〈河野多恵子とか吉田知子とかいう作家のねらっている世界にちかいかもしれない〉〈かならずしもわかり易いテーマではないが、かなりすぐれた新しさをもつ作品とおもう〉と書き、高杉一郎は〈この作品を読みおわったとき、私は胸をドキドキさせた。そうして「これが芸術祭賞作品かな」とさえおもった〉と書いているが、なぜか結果は奨励賞であった。

同人誌『主潮』教職者の心理を作品に――山野辺孝

山野辺孝は昭和四十八年三月発行の『文芸静岡』三十一号に「夜の逢いびき」を発表している。彼はこの作品で、小心な教師の陰湿な異性への欲情を書いている。

この教師は、妻と生まれたばかりの女児をもつ平凡な小学校の教師でありながら、受け持ちの四年生のA子に欲情をつのらせる。しかし、A子は〈あまりいい子〉なので、欲情の対象を母親のM子へふりむけ、暴虐無惨に踏みにじり家庭を壊しても彼女を手に入れたい、と思うようになる。そして、夜の海岸の石油コンビナートのそばまで彼女を連れだし、積みあげられた角材のかげで襲うのである。

　この行動の裏には、教師のはめをはずせない日々のやりきれなさや、枷に暴発しそうになっていく内面も書かれているが、作品としては精神を浄化するものがないので読後にやりきれないものが残ってしまう。しかし、最近の事件に照らしても変わるところのない教職者のこのような異常心理と行動が、三十年以上も前にすでに作品として書かれ、問題提起されていたことに改めて気づかされるのである。

　この四十八年の一月、山野辺とその会友たちは、評論を主軸にした文芸同人誌『主潮』を創刊している。代表は津金充だがこれは山野辺の本名である。さかのぼる四十四年一月、当時清水の高校に在職していた教師たちがあつまり、文学研究会〈清水文学会〉を発足させる。『主潮』はそれが発展し結晶したものだった。〈文学会〉の〈例会はテーマをきめて毎月開催され、五年目を迎えようとするとき『主潮』を創刊するにいたった〉と創刊号の「編集後記」は記している。

　創刊号に名をつらねた同人と作品は以下のとおりである。小林崇利「『金閣寺』の文章」、関伊佐雄「開高健の世界」、斉藤金司「倉橋由美子論」、福井淳一「真継伸彦小論」、桑原敬治「深沢七郎の問題」、芝仁太郎「若き日の渡辺一夫」、山野辺孝「『理想の男性』の持つべき要素」、大石徳代「ある話」、安藤勝志「資料紹介『死體解剖室』」、岡本美紀子「単独者の世界」（三号）。『主潮』は現在二十六号にいたっている。

あとから参加した同人の一人、朝原一治は、「さらば紫上」と「堕落論」で、平成二年度と四年度の県芸術祭創作部門芸術祭賞を受賞している。「さらば紫上」は、大学で中古文学を専攻し、物語の世界にひたりきっている学生が主人公である。卒業を間近にひかえ、ひそかに思いを寄せてきたゼミの女性に愛を告白する。学生は、この〈告白〉という現実行動にでた瞬間、ひたりきっていた物語の世界と訣別する。虚から実へ跳躍するにいたる青年の心情の機微がみごとに描きだされている作品である。この作品はのちに彼が『主潮』二十六号に発表した「物語少女」に発展していく。ここにも『源氏物語』を教える教師〈あの人〉に、思いをつのらせる女子高校生の情意があざやかに描きだされている。

同人誌『隕石』旅立つ前の故郷はなく—曽根一章

昭和四十九年度県芸術祭創作部門の入賞作品には読みごたえのある作品がそろっている。芸術祭賞は曽根一章「最初の旅」。奨励賞は田邊秀穂「『スティブンソン』のいない島—中島敦との一ヶ月」、芦沢伊曽枝「ある夏の朝」、桜井昭夫「夢のまた夢」。このうち芦沢についてはすでに『紅炉』の章で紹介している。

この表彰式のあと、曽根、田邊、桜井の三人は喫茶店でコーヒーを飲みながら雑談に興じていたが、やがて誰からともなく同人誌を創刊しようという話になった。この年、評論部門の芸術祭賞は大里恭三郎の「井上靖の出発」、詩部門は堀池郁男の「擬人法」だった。同人に大里を誘った。しかし、彼にその意思はなかった。そこで三人は、曽根、桜井の同窓の先輩、岩崎芳生に声をかけた。岩崎は快諾した。『静岡作家』終刊以降創作から遠ざかっていた彼は、そろそろ書きはじめたいと思っていたところだったらしい。

こうして田邊秀穂を代表者に、曽根、桜井、岩崎の四人は『隕石』を創刊することになる。代表者の田邊は最年長でこのときすでに七十歳、プロの編集者としての経験もあり、ユーモアと包容力に富む感受性ゆたかな人だった。

曽根は前述のように『静岡作家』創刊の折には、一度は同人名簿に名をつらねながらも谷川昇に作品を返されて参加をあきらめ、以後、五年が経過していた。誰もがもう彼は小説はやめたのだろうと思っていた。芸術祭賞のしらせはかつての同人たちを驚かせた。

「最初の旅」の主人公〈ぼく〉は、高校を卒業して大阪のコーヒー豆卸問屋につとめる。しかし、そこは学校の説明とは異なり、劣悪な条件下で働かせる小企業で、〈ぼく〉はたえきれず半年でやめ故郷の町へ帰ってくる。在学中おもいをよせていた説子は、いまは銀行につとめているが〈ぼく〉には見向きもしない。あてどない思いで町をさまよい、なにげなく立ちよった書店で大学入試問題集をかう。それで目標が出来たような気持ちになり、少し落ちつき、路地の家にかえっていく。

作品に特別な筋立てはない。希望にもえて就職しながらたちまち絶望して故郷の町へ逃げ帰ってきた少年の鬱屈した気分を書いたものである。しかし、半年振りにみる町の景色やふいに知った顔に出会う故郷の町の描写のあいだに、大阪での苦しい暮らしの場面が巧みにはさみこまれていて、高校時代の〈ぼく〉と今の〈ぼく〉、そして、大阪での〈ぼく〉が重奏をなし、挫折した若者の説明しがたい気分を見事に描き出している。

故郷はもはや旅立つまえの故郷ではなく、どこにもこころの癒せる場所はない。曽根の小説のテーマは以降も大方この居場所探しに終始したが、遺作となった「半島」の、向かう先も帰る場所もない男がたたずむ突端のさびしい岸壁は、「最初の旅」の索漠とした終着地を暗示して極まっている。

同人誌『隕石』中島敦との一ヶ月―田邊秀穂

田邊秀穂の「『スティブンソン』のいない島―中島敦との一ヶ月」は、太平洋戦争勃発直前の昭和十六年十一月、当時、日本の委任統治領だったサイパン島で、彼が教鞭をとっていたときの体験記である。

「山月記」「光と風と夢」「下田の女」（習作）等の作家中島敦は、喘息の治療をかねてパラオ南洋庁文部省国語編修書記としてパラオ本庁へ赴任するが、船便を待つあいだの二週間サイパンの田邊宅に泊まり、二人は共同生活をした。これはその貴重な記録である。

中島は黒縁の眼鏡をかけ、ヨレヨレのワイシャツに黒ズボンをはき、黒いボストンバッグをさげてあらわれた。リイパンは空襲警報が発令され、グワム島から米機が偵察にくる。田邊は床下に防空壕を掘りはじめるが、中島はそんなことには関心をしめさず、片時も本から目を離さない。そして、「僕は本を持って死ぬよ」とつぶやく。

十二月初旬、パラオ行きの船がくると、中島はきたときと同じいでたちでサイパンを去るが、同月八日には恐れていた開戦となってしまった。翌十七年三月のある日、中島は田邊が授業中の学校へふいに現われ「辞めて帰ることにしました。東京でまた会いましょう」といって帰っていった。その二ヵ月後の五月、田邊もサイパンを引きあげる。

そして一ヵ月後、彼は世田谷のまだ武蔵野の香りをとどめる界隈を歩いていて、新緑の叢林のなかに偶然中島敦の家をみつけて立ちよった。奥様から紅茶のもてなしをうけ、「今から会合があるので」という中島と一緒に彼の家を出て京王線のある駅で別れた。〈その日の中島君は、非常に沈みがちで、畳ばかり見つめて〉いた、と田邊は記している。その半年後の十二月に中島は三十三年の生涯をとじるのである。この作品は『中島敦研究』（筑摩書房）に収録されている。

田邉は『隕石』に多くの作品を発表するが、それらは「『スティブンソン』のいない島」同様、自伝的記録文学的方法で書かれたものだった。「母と一葉」「私だけの『ひ夏』と『い夏』」「戦後出版事始」「田所太郎さん」（元、図書新聞社長）、等の題名でもわかるように、田邊の身近にはつねに書残すにあたいする人々がいたのである。

母は樋口一葉（本名、夏）の親友伊東夏で、二人は中島歌子萩の舎塾門下の才媛、〈ひ夏ちゃん〉〈い夏ちゃん〉と呼びあった仲だった。伊東夏の実家は日本橋の東国屋、幕府おかかえの水鳥屋である。昭和十六年、田邊は中島敦より一足はやく南洋庁に奉職、サイパン実業学校で英語と数学を教えるためにサイパン島へ渡るが、これも中島同様、喘息治療をかねてのことだった。戦後暫くは出版界に身をおき、新生社や、大仏次郎が編集責任者になってたちあげた苦楽社で編集者として働き、菊池寛の「新今昔物語」の原稿等もとった。その後、静岡大学、九州大学等に勤務し、退職して後、初めに書いたのが「『スティブンソン』のいない島」だったのである。

同人誌『隕石』勤め人の日常を描く――桜井昭夫

桜井昭夫の奨励賞作品「夢のまた夢」は、妻と幼い二人の子供をもつ勤め人が主人公である。特別なことが起きるわけでもない、どこの家庭にもあるような日常生活が、不意の地震で出現した断層をみるような違和感を読者に最初に印象付けるのは、夫も妻もただ男と女という呼びかたで呼ばれるだけで終始名まえで呼ばれることのないところからきている。それが私小説的な題材と書き方でありながら三人称小説的な距離感を感じさせ、べたつくような場面にも客観性を与える効果を獲得している。

三人目の子供を身ごもったらしい女は産むのか堕胎するのか男の気持ちを聞きたい。経済的には子供は二人にとどめおきたいし、若いうちに男になるべく遠くへ転勤してもらって、自分も初めての町で暮らしてみたい希望もある。産むことになればそれもできない。しかし、男は同僚とのマージャンで帰宅はいつも深夜で、相談をしても〈ちゃんと避妊していたのにどうして出来ちゃったのかな〉というような返事がかえってくるだけ。しかし、こんなギクシャクした出口のないような日々の冷酷にも思えるやりとりのなかにも、とぼけることで問題と正面から向き合うことを避けつづける男のボケが、神経質な妻の突っ込みをきわどいところでかわして、それが救いになって女が男に無断で中絶してしまう結末なども小説として無理のない結構になっている。

この作品の女の希望のように、この受賞の後、桜井は関西や関東に転勤になるが、彼の世界はおおむねこうした勤め人の日常生活に材をとったものだった。

『隕石』の名づけ親は岩崎芳生である。創刊号は昭和五十二年一月に発行され、そこには岩崎芳生「橋の眺め」、曽根一章「夢の淵」、桜井昭夫「夏の影」、田邊秀穂「『屠殺者』ホワン」の四篇が掲載されている。同年四月の『文学界』同人雑誌評では、久保田正文が〈どの作品も水準に達している〉と賞賛、岩崎の「橋の眺め」はベスト5に選ばれている。

この「橋の眺め」を生原稿で最初に読んだのは多分筆者だと思う。『静岡作家』終刊の後五年間沈黙を守っていた岩崎が、ある日突然筆者宅へやってきて「こんど創刊する同人誌にだしたいと思うが、編集者に渡すまえに読んでみてくれ。いまここで、すぐに」と言って原稿をさしだした。筆者は読んで近くの喫茶店へ行き感想をいった。

正直言って驚いた。素晴らしい出来ばえの作品だった。暫くして、岩崎のところへ『すばる』の片柳という編集者から原稿依頼の電話が入った。彼は同年八月「岸辺の家族」を、翌年二月「風岸」を『すばる』に発表した。片柳は単行本で出版できる分量の作品を至急書くようにと岩崎に発破をかけた。しかし、予想しない展開だったのだろう、彼にその準備はなく、不意におとずれたチャンスを生かしきることが出来なかった。

同人誌『隕石』青春の風刺と自嘲―上野重光

『隕石』にはこの後、四号から谷川昇が、五号から筆者が、九号から上野重光が同人として加わった。谷川は『静岡作家』終刊後しばらく隠棲するように伊豆の松崎へ居を移していたが、静岡へ戻るとすぐにこんどはアメリカでひと夏を過ごしてきた。この松崎とアメリカが谷川の『隕石』時代の作品の主な舞台である。

四号には、そのアメリカ体験を書いた「ホームステイのジャッキー」を発表している。筆者は五号に、若い道づれと〈影〉の世界を彷徨する文学風狂を描いた「淵」を、九号からは小川国夫の評伝第三部「『アポロンの島』の十年」を、『文芸静岡』と交互に発表させてもらい、合計十回連載した。

その九号に、上野重光は越前谷周一の筆名で「腐刻」を発表している。短歌歴のながい上野は『隕石』でも短歌を書いているが、こちらは本名の上野で、小説は越前谷でとつかい分けている。「腐刻」は大企業の社員でO大学の二部にかよう左翼運動家の信二が主人公である。信二はベトナム戦争のさなかの米軍嘉手納基地でひょんなことから手榴弾を手にいれる。それを持ってヒミコという女子学生運動家と公害をまきちらす化学工場へ忍びこむ。手榴弾は不発でなかから麻薬らしい白い粉がでてくる。

この青臭い激情家を行動にかりたて正当化させているのは、〈無援な青春のかもしだす淡い憂愁〉であり〈組織への追従は信二にとって虚構の世界〉である、と上野は書いている。組織を虚構の世界と自覚し、自らの青春もまた虚構と位置づけ、〈左翼運動という遊戯〉に興じる人物を上野は造形したのである。

後に彼は『YPSILON』十五号に「青春の架橋」を書くが、これは自伝的事実に忠実なもう一つの「腐刻」とでもいえる作品で、それを読むと先の「腐刻」は彼の青春時代の思想と体験が書かせた、風刺と自嘲の物語であることがわかる。

岩崎芳生は旅行企画の名人だった。『静岡作家』時代も『隕石』時代も彼の企画でよく旅行した。同人ではなかったが谷本誠剛がいつも一緒だった。正月、能登へ行ったときには輪島港で初日を拝もうと宿をでて、海に向かって岸壁にならび待っていた。するとふいに背後の山から日が昇り、自分たちの影が海面へのびたのである。皆おどろいて山頂の太陽をふりかえった。太陽は海から昇るものとばかり思っていたのである。

『隕石』十六号が出てしばらくして、代表の田邉秀穂が心筋梗塞で倒れた。夜中に突然発作に襲われ、救急車が来たときにはベッドにバケツの水をぶちまけたように汗が溜まっていたという。見舞いに行くと「十七号の原稿はできたかい」といつもの調子で催促され、頭をかいた。「書けない者には、霊安室から香典の請求書を出そうと思っている」という葉書が病院から届いたりもした。平成二年秋、田邊秀穂は逝った。八十一歳だった。

同人誌『畢竟』同棲生活の終焉を描く――早川進

早川進は昭和五十年十一月発行の『文芸静岡』三十六号に「浮立点」を発表している。中企業の係長の〈私〉は、土曜日の退社後一杯やろうと友人がやっている居酒屋へたちよる。店主は元気がない。店で使っていたアルバイト女子学生と深いなかになり、結婚を申し込んだが女子学生はしらけ顔で、居酒屋の女房なんてまっぴらよといって出て行ってしまったという。店主はやけ酒を飲みはじめる。その酒につき合ううちに〈私〉は、学生運動で怪我をした〈私〉を助けてくれた若い女が、やくざ者につきまとわれ目のまえで刺殺されるのをただみていた昔を思い出す。

早川は『畢竟《ひっきょう》』の同人である。『畢竟』はこの年の一月、静岡の若手のジャーナリストたちが立ちあげた文芸同人誌だった。創刊同人は、真木勁、石川忈、早川進、池沼裕介、みついまさこ。次いで、松木近司、緒方寛子、石川秀樹、南沼博、志賀宥次、茶山佳、緒形直子、山本修三、小林一哉らが順次参加し、通算での同人は十四名である。

読みごたえのあるよい作品を発表し続けていたが、五十五年七月、八号をだしたところで終刊となっている。働き盛りがよりつどう同人誌は『静岡作家』がそうであったように、しばしば筆をおかざるを得ない局面においこまれたりする。『畢竟』はどうだったのだろう。同人はみな四十年代に学生生活を過ごした所謂《いわゆる》「神田川」世代である。それが作品にも反映していて、学生の同棲生活を描いた作品が多い。それがこの同人誌の特徴といえるかもしれない。

〈畢竟〉とは〈所詮、とどのつまり〉というような意味の言葉である。誌名をきめようと辞書をめくるうちこの〈畢竟〉に目がとまり、〈とどのつまり〉が何となく言いえているように思えてきめた、というようなことであったらしい。月毎に一回第二火曜日に集まり、文学論をたたかわせ互いの作品を批評しあっていると、学生時代には外へむかっていた熱気が、内へむかって強まっていくのを感じたという。

早川は『畢竟』創刊号に「錆色の冬に」を発表している。小さな広告代理店で制作の仕事をしている主人公がストレスからうつ状態になり、「ここへはもう戻らないかもしれない」と思いつつ会社をでる。そして同棲する小霧という女のいるアパートへ帰るが、この女との関係もさめきっていて「ここにももう戻ることはないだろう」と思う。

二人で暮らしはじめて五年。いまさら彼女にいうべきことなど何もない。コートを着てアパートを出る。死のう。電車に乗る。小霧とはじめて行った能登の海へ関係の終わりをつげに。しかし、たどり着いた宿でみたのは、先まわりして自殺していた小霧の悲惨な亡きがらだった。枯れはてた愛のゆくえ、不毛の人生がたんたんと描かれている。

同人誌『畢竟』実験的作品と半自伝的連作—真木勁

真木勁が『畢竟』創刊号に発表した「光の騒ぎ」は、彼の作品のなかでは異質な実験的な作品である。アルチュール・ランボーの「小話」から〈彼を知った女たちはすべて殺された。美の園の、何という掠奪だ〉をプロローグとして、登場人物は記号で表されている。ここには男女四人がからむ不倫が描かれていて、語り手は女性の〈わたし〉である。〈わたし〉には婚約者Kがいるが、〈わたし〉は友人Lが思いをよせるEと不倫関係になる。それを知ったLは車でガードレールに突っ込み憤死してしまう。〈わたし〉はEから離れようとするが、Eと入ったスナック・バーのママから魅力的だったLについて聞かされると、反射的に獣のような感情がわいてきてEの唇をもとめてせまっていく。

七号の「虚構の迷羊」、八号の「哲学的な蟻」もまた、男女の肉欲の世界を描いた作品である。どちらも主人公は日々の自分のありように意味が見出せず、将来の展望ももてない下宿住まいの学生で、退廃的な男女関係のなかにかろうじて生の実感を見いだそうとしている。「哲学的な蟻」は寓話ではないが、〈蟻〉に隠し味のような寓意が潜ませてあって作品を面白くしている。

真木は富山の〈風の盆〉で知られる町に生まれ育ち、東京で学生生活をおくったのち静岡へきた。彼は前出の三作のような作品のほかに、半自伝的な連作も書いている。主人公が年齢をかさねていく過程が一作ごとに忠実にたどられていて、無論それは体験そのものではないにしても体験を内省し、書くにあたいする課題をさぐりあて、想像力を働かせて作品化した私小説的作法の作品である。

三号の「根府川の思い出」は、恋人と初めてのデートで相模の海をみに行く話である。四号の「火の夢」では大学院生の治夫が帰郷し、久しぶりに会った悠子と近くの丘へのぼったあと、家族の出はらっている彼女の家へ寄り、かたい乳房に触れたりもするが、二人のあいだには埋めようのないズレが生じていて、ぎこちない別れになってしまう青春の終焉を描いている。

二号の「故郷へ」では、再び帰郷した治夫が、いまは結婚している悠子を家にたずね、かつて彼がその感触を確かめたこともある乳房を恥じらいもなくとりだして泣く子にあたえる悠子の、満ち足りた様子の家庭生活を見とどけて帰ってくる。五号の「風の盆」は、結婚の約束をした千恵を家族に紹介し承諾をえようと、治夫が故郷の町の祭り〈風の盆〉に合わせて帰郷する話である。

そして六号の「かたぐるま」では、子供が生まれ、家のなかが子供中心になると、振りまわされる夫婦のあいだに時間の奪い合いがはじまり、倦怠期がやってくる。〈私〉は友紀子という女を相手に、妻が相手ではできない加虐的な火遊びをしたりもする。

同人誌『畢竟』虚無的青年の矛盾―石川怎ほか

石川怎、池沼裕介、みついまさこの三人は、早川進、真木勁らとともに『畢竟』をたちあげた創刊同人だが、石川怎は「回港」を、池沼裕介は「冬の旅」を、みついまさこは「まぼろし君、あなたは」を創刊号に発表したあと、退会したのか、二号以降誌上から名まえを消してしまう。

石川怎の「回港」は、反抗して家をとびだした〈ぼく〉が、故郷の父親にむかって語るという形の、独白体の作品である。同棲していた女が別れたいというので、〈ぼく〉は彼女に未練はあるが理由もきかず別れてしまう。〈知子と別れてしまったよ。とても愛していたんだ、信じられないくらいに。知子がもうぼくのところには来ないといった。唐突に彼女がそういうんだ。信じられないような気がした〉〈ぼくはそれを許してしまった〉。しかし、愛しくて、知子の飲み残しのコーヒーカップを見ても気持ちがたかぶり、布団のなかで泣きじゃくるのである。

田山花袋の「蒲団」を想わせる時代がかった女への未練だが、心の半分で死に憧れながら生きてきた〈ぼく〉は、生に憧れながらいき続けなければならないという思いとの狭間でゆれうごいている。自虐的で自己否定的な虚無感からはなにも産まれてはこないことを改めて教えるような作品である。

池沼裕介の「冬の旅」もまた、自分の殻から出ようとしない、自己中心的な、他人のことには想像力を働かせようとしない学生が主人公である。彼は池袋西口界隈を『不法行為論』や『ランボー全集』をかかえて歩きまわり、孤独な安酒におぼれる怠惰な日々を過ごしている。

しかし、この作品には、その男の殻をはぎとり、彼の心のなかへ〈土足〉で入り込もうとする女が現れ、その女の狂気をはらむ謎めいた行動によって男のこころに生気をもたらす葛藤が生じ、男を殻から引き出すことに成功していてむしろ救われる。

みついまさこの「まぼろし君、あなたは」は、散文詩である。幻想のなかに幻の恋人を住まわせ、ともに音楽をきき、コーヒーをのみ、誕生日やクリスマスにはテーブルにケーキをおいて〈おしゃべり〉をし、トランプに興ずる。夕暮れにはスナックへ出かけ、ちょっぴり酔って踊り、別の日にはスキーにでかけ、とたのしむ。しかし、我にかえると、現実の時間を共有していたわけではない虚しさと、悲しみだけが残ってしまう。こころにけじめをつけようと恋人と空の旅にでる。そして、森や海やパイナップル畑に、幻の恋人をすてていく。旅は終わり、もう秋。しかし、奇跡はおこらず、現実の恋人はあらわれない。

若い女性のこころの在りようを描いたものだが、澄んだ広がりがあって、読後、メキシコの詩人、オクタビオ・パスの散文詩がうかんできた。パスならここに的確な風景描写をくわえているだろう。

同人誌『畢竟』問いの深さにおいて輝く—石川秀樹

『畢竟』の同人たちは確かに多忙だったのだろう。石川怎、池沼裕介、みついまさこの三人が創刊号だけで姿をけしたことは前述のとおりだが、二号から参加した緒方寛子と石川秀樹もまた、この号に一作ずつ作品を発表しただけで以降は姿をけし、松木近司は二号と三号に作品を発表したあと、作家を志して文学にうちこむために勤め先をかえて東京へ移転していった。松木は以降も同人でありつづけたようだが、『畢竟』への発表は前出の号の二作にとどまっている。緒方寛子は「同棲日記」を、石川秀樹は評論「理知の砂漠」を、松木近司は「赤い魚」と詩「夢」を発表している。

緒方寛子の「同棲日記」はプロローグに小椋桂の「小さなハツカネズミは私です」の一連をおいて、生活の苦労のないフォーク・ソング的次元の学生同士の同棲生活を描いたものである。毎日顔をつき合わせているのに〈恋文〉を書いて切手をはり、ポストにいれて配達してもらい読みあう二人。

「なあ、俺はこの頃思うんだ。幸福ってことは、自分の価値を知ってくれる人間のそばにいることであるっていうアランのことばは、真実だって」という男の言葉も、ここでは甘酸っぱいギターの旋律にのってただようタバコの煙のように軽くむなしい。

石川秀樹の評論「理知の砂漠」は、『王道』や『人間の条件』でしられるフランスの作家で政治家でもあったアンドレ・マルローを論じたものである。

石川は書いている。不条理にたいする反抗に生きる意味をみいだしたマルローは、その不条理を体感する個人の反抗を描きだした。彼は決して救いにも諦観にも達しえなかったが、ニヒリズムを抱きながら人は希望をもち続けられるか、という問いに対しては、諾、と答えた。人間は問いの深さにおいて輝き始めるのだと。そして、理知の砂漠にとり憑かれたものが、そこから逃れえぬことを知っているものが、成さねばならぬことは決して絶望しないことだと。

松木近司の「赤い魚」の主人公〈私〉は、以前つとめていた雑誌社をやめて住まいもかえ、いまのアパートに移ってきた。隣室には受験生がいて早朝起きだし、ぶつぶつ英語の勉強をはじめたりする。

ある朝、その受験生の部屋のドアをたたく男があり「オレはあいつが好きだ。あいつの腹にはオレの子供がいる。しかし、あいつは昨日、オレとおまえの前で、おまえの方が好きだといった。オレは別れるから大事にしてやってくれ」と大声でわめくと去って行った。受験生は外泊したようで帰っていない。

数日後の晩、隣室の受験生がきて「(あの男が)自殺したんです。明日が受験日で、あいつも受けることになっていたんです」といい、死んだあいつの恋人だという若い女の写真をみせる。文章も構成も荒削りだが、不思議と実在感のある作品である。

同人誌『畢竟』諦観のあとの澄んだ視界―志賀宥次

『畢竟』三号からは、南沼博と志賀宥次が、五号からは、茶山佳と緒形直子と山本修三が、七号からは、小林一哉があらたに同人として加わっている。

南沼博が三号に発表した「ユーさんのこと」は、昭和三十年代の少年と貧しい廃品回収業者の話である。小学校へ入学したばかりの〈私〉は、リヤカーを引いて赤錆びたトタン板や雑誌、新聞などを集めてあるくユーさんという朝鮮人をしっていた。ひかえめな静かな人で、子供たちが悪いいたずらをしても怒るようなことはなかった。

そのユーさんと〈私〉は意外なところで再会する。〈私〉が参加した反戦デモのスクラムのなかに、もう年をとったユーさんがいて「戦争反対」の声をはりあげていたのだ。あの静かなユーさんがどうしてここに。〈(戦争で)また私と同じような目にあう人がいるかと思うと、いても立ってもいられなくなるんだ〉。それが、ユーさんがデモに参加した理由だった。

志賀宥次が同じ三号に発表した「茶を喫む」は、立原正秋の世界をおもわせる作品である。終焉《しゅうえん》にいたる美、ほろびつつある美に目と心をあずけて、そこに憩う幸福感を女性の独白で書いたものである。秋の朝、還暦にちかい妻が夫をおくりだしたあと、座敷にすわって庭の金木犀の花や澄んだ空、紅葉の山波を見ながら茶をすすっている。そこから彼女の回想がはじまる。老舗をついだ夫は世間しらずで商売のできるような人ではなく、暖簾をはずして店をたたんでしまう。そして、ひたすら落ちていく人生。

しかし、ここには、落ちつくして知った哀しみのあとの不思議な静けさと幸福感がある。夢はかなわなかったが、諦観がきわまったところに開けてきたのは澄んだ視界だった。この美こそ人生における美の極みであると、庭をみつめる老女は考えるのである。

志賀はつづく四号に「春が叫く」と題する六つの心象スケッチを発表している。スケッチとスケッチをとりもつ接合語は一切省かれ、物語的な導きもないが、書かれているのは若者のゆれうごく恋愛感情であろう。そして、五号の「一時の在処」は、中原中也をおもわせるダダ風の散文詩である。

〈二月の夜。指先がさわやかだ。そう、指先がさわやかだった。「血の固まりを吐いて、あの人はいうの　これはトマトです　トマトです」〉〈汗が残った夜具に紫の小花が一枝、ぽつねんと居座っていた。摘み取ったばかりの生きた花を両手いっぱいに抱えてやって来た女。その一枝。「名は　みやこわすれ」。恋人をあまりに近く感じた女とその友を遠くへ遣った男との僅かばかりに交わした言葉。「ほうたれ　ほうたれ　ながくびを　こもあつく　ほうたれ　ほうたれ」「なに　それ」「ほうたれ　ほうたれ　汝が首を　菰あつく　ほうたれ　ほうたれ」道が見えなくなっている〉

同人誌『畢竟』肉体の充足とむなしさ―緒形直子

『畢竟』五号から参加した緒形直子は、八号までに「ポップコーンは生きていくための香辛料」「まだ無彩色でありたい」「日差の際」「あやなし草」を、茶山佳は「未確認飛行物体」と「羽化登仙」を、山本修三は「失われた、もの」と「ながれない、河」を、七号から参加した小林一哉は「最初の夏」と「乾草の車」を発表している。

緒形直子の「ポップコーンは生きていくための香辛料」は、軽い、さりげないつぶやきをよそおいながら、読者をしだいに恋と性にめざめた女心のなかへ引き込んでいく。ここでの〈ポップコーン〉は、恋愛の喜びと哀しみのなかで味わう、セックスの肉体的充足と心的むなしさ、というような意味あいとうけとめておけばよいだろう。プロローグに鴨長明の『方丈記』から〈ゆくかわのながれはたえずして／しかももとのみずにあらず〉をおいて、京都で学生生活をおくる女子大生の〈私〉が、橋の欄干から鴨川の流れをみている場面からはじまっていく。

彼女は同棲していた恋人と肉体は肉欲のままに、こころは男のわがまま勝手をも包容するような女心で甘い日々を送っているが、やがて心に変化が生じ、彼女の方から「自分の時間が欲しいから」といって別れてしまう。男は出て行くが、すぐに新しい恋人をつれて遊びにくる。その時になって彼女は失恋のむなしさを思いしり、男への未練からセックスの〈楽しさ〉を思い出したりする。〈死にたい、死んでやるわ〉。そして、橋の欄干に身をよせていたのだ。

雨が降ってくる。同棲していた男が偶然通りかかって傘をさしかけてくれることを切望するが、男はあらわれず〈微笑んだのは見知らぬ男だった〉。その男とジャズ喫茶〈五十二番街〉でコーヒーを飲んだあと「貴方の下宿まで送ってあげる」といって彼の部屋までついていく。そして「娼婦みたいにふるまいたいの」といって同衾《どうきん》する。〈決して触れあえない二人のこころなのに、体だけはこんなふうにいつも一緒になれる〉、そうつぶやく彼女は〈燃えもしない。諦めもしない。狂言もない。静かな気持ちでメリメを読もう〉と思う。『カルメン』で女性の野性的情熱と魔性を描いたメリメを。緒形はこの後姓を緒方とするが、以降の作品からはなぜか、こうした刺激的な香辛料の香りが消えてしまう。

茶山佳の「未確認飛行物体」は、光化学スモッグにやられて病院へかつぎこまれた〈私〉が、飛行物体に興味をもつ医者によって夢幻の世界へ誘いこまれていくという話である。山本修三の「ながれない、河」は、大学時代、扶美と同棲生活を送ってきた周一が、卒業と同時に別れ、その四年後に扶美からの手紙で再会するという話である。そして、小林一哉の「最初の夏」は、大学時代につき合っていたアフリカ帰りの年上の女が、彼女の情人の彫刻家によって殺されてしまう話を回想したものである。

『県民文芸』昭和50〜55年度——選者の見解に相違が

昭和五十年度から五十五年度までの『県民文芸』に作品が掲載された県芸術祭創作部門入賞者のうち、まだふれていない作家と作品について紹介しておきたい。

高杉一郎の働きかけによって県芸術祭の前身である『静岡文芸』が立ちあげられたのが二十七年、それが芸術祭に発展したのが三十六年だった。芸術祭の歴史だけでもこの五十五年度時にはすでに二十年である。高杉は県教育長岡野徳右衛門と社会教育課長望月庄次郎から懇請をうけ、当初は藤枝静男と、四十一年からは久保田正文と創作部門の審査員をつとめてきた。

この間、選評を読むかぎり、審査員のあいだに極端な意見の相違はなかったように思われる。それが、五十、五十一年度と芸術祭賞に該当する作品がなく、五十二年度には〈作品のレヴェルがだんだん下降線をたどっているのではないかというのが、二人の共通した印象であったが、毎年芸術祭賞を出さないのも気がきかないから、ことしはにぎやかに花火を揚げよう〉（選評・高杉）ということになって、中田島漠の「草の実が熟す時」を芸術祭賞としたのだった。

しかし、翌五十三年度になると、選評上の両者の見解に極端な相違があらわれる。折しも、高杉が中国旅行にでかけるということもあって、調整ができないまま、〈いくらか独断的なところがあるかもしれない〉という高杉の断りつきで、芸術祭賞に中西美沙子の「砂の夢」

がきまるのである。久保田正文はその年度かぎりで十三年間やってきた審査員の座を退く。高杉もまた、その二年後の五十五年度をもって退くのである。

高杉の当初の狙いは静岡県に文学界と呼びうる世界を作ることであった。しかし、『文芸静岡』は期待に反して作品が集まらず、編集責任者が苦労しつづけたように、『県民文芸』もまた難しい局面にさしかかっていた。文学は個々の孤独ないとなみによって産みだされるものだが、それを募るとなれば時の経過のなかでは良いときばかりはないということだろう。

この五十年度から五十五年度までの芸術祭賞は前出の中田島、中西のほかに、高橋健一「燃える道」、垣内民平「幻の塩浜顚末記」が受賞し、奨励賞は、芳賀丈「蛾」、水野常男「運を棄てる話」、大原耕「ガラス玉のにごり」、杉山次郎「ある覚書」、大原興三郎「奇妙な伴走者」、杉山静生「登呂埋没」、横山幸於「ネックレスをかけた犬」、凜瞭雄「十三番街のラグ」が受賞、後援者賞は、柏木薫「海の絵」が受賞している。

高杉は五十五年度の選評の末尾に、〈「静岡文学学校」や「婦人文学教室」の講座をはじめたりもした。それらの努力がいくらか（文学運動の）流れを変えるのに役立ったであろうかと、いまいささかの懐疑の念とともに思い返しているところである〉と書いている。

同人誌『亡羊』『浜工文学』―平山喜好の存在

昭和五十年度から五十五年度までの創作部門における芸術祭賞のうち、中田島漠の「草の実が熟す時」は、旅芸人に育てられてきた美千代が、大型冷凍車の運転手俊雄に思いを寄せ、結ばれるまでの話で、情味のある温かい目で人間を描きだした作品である。一方、中西美沙子の「砂の夢」は、流産のうたがいで入院した女性の不安な一週間を描いたものである。彼女はベッドのカーテンをひいて、外部との交渉を断ち、文字通り閉じこもっている。胎児の父親とは一緒に住みたいとは思わない。カーテンの外には他のベッドの付添い人や看護婦、授乳室へむかう若い母親たちの明るい声が響いている。

高橋健一の「燃える道」は、〈走ることは〉〈存在感の実証だ〉という人生哲学をもつ主人公が、毎朝、六キロのジョギングをやっている。その視界にひろがる風景や心象風景が抒情詩風に描かれている。垣内民平の「幻の塩浜顚末記」は、徳川幕府崩壊のあと、静岡藩は譜代の家臣たちを救済するため、牧の原開墾と遠州浅羽ヶ庄海岸での製塩事業を計画するが、これはその顚末を描いたものである。

受賞者のうち、中西美沙子と垣内民平は、浜松の文芸同人誌『亡羊』の同人である。ここには後に、四十七年度「嘔吐」で奨励賞を受賞した中山幸子も加わっている。主宰は平山喜好で創刊は五十五年六月。平成十年六月に五十四号をだして終刊としている。

平山の半生は同人誌とともにあったといってよい。『亡羊』以前の彼は『浜工文学』の代表者だった。同誌は国鉄浜松工場クラブ文芸部が発行した同人誌で、創刊は二十三年四月である。彼はそこに「独白記―戦後回想ノート」を連載していて、それで彼の半生を知ることができる。

　愛知県の古寺に駐屯していた工兵大隊で終戦、復員して国鉄浜松工場に就職。文芸部ができ成塚正一が初代部長となり『浜工文芸』が創刊され、六号から『浜工文学』とあらためられた。平山は二十五年から文芸部長となり、以降編集発行人をつとめるのである。彼はここに多くの作品を発表するが、「銀杏の花」は五百枚をこえる労作で、戦争へむかう暗い時代の流れに巻きこまれていく善良で無力な人びとの姿を、正彦という少年の目を通して描いている。

『亡羊』には『浜工文学』でともに編集をやった寒川雪夫も参加している。ほかに創刊同人は、伊藤昭一、汐見春行、小松忠、佐々木正勝、津金容造、三宅美代子、杉浦富士夫、佐田計、竹内春江、牧田治子、花平良一、遠藤恒吉、小池鈴江、折井左知子らだった。

『亡羊』創刊の頃、牧田の作品に興味をもって読んだことがあった。「カリフラワー」「ジャカルタ抄」などで、意識の流れが自然で滞るところがなく、女性らしい情感があふれていてうまい作家だとおもった。いま彼女が五十号に書いた「風立ちて」を読んで、再びそのやや控えめな装いからにじみでる生の哀切にふれたところである。

6　文学めぐる時代認識

『文芸静岡』35号—県内の児童文学を特集

高杉一郎は昭和四十六年、静岡大学教養部の教授、鈴木実、谷本誠剛らと、イギリス児童文学会を創設、初代会長となって、国内の英文学会に、イギリスの児童文学をあらたな研究課題としてみちびきいれた。

彼の児童文学との出合いは、シベリア抑留中のイルクーツク捕虜収容所までさかのぼる。そこの暗い電灯の下で、ウオロンコーワの「町からきた少女」を読んでいると、主人公ワーリャの運命が、日本に残してきた三人の娘の運命とかさなって、ボロボロ涙がながれたという。〈私の児童文学というのは、ファンタジーがどうのこうのというハイカラな議論からではなく、身につまされた身近な人生からはじまったので、どちらかというとロシアふうである〉と高杉は（「私と児童文学」）書いている。

谷本誠剛はこの会設立の二年後、『文芸静岡』創作部門の編集委員になっている。そして、それまで小説とエッセイだけだった同誌の創作部門の作品に、児童文学をくわえ、三十四号に土屋弘光「言うべえの木」を、三十五号では「特集・県下の児童文学」を組み、創作二編、うらの・としあき「青ガラスのダニエル」、須永秀生「傷んだみかん」を掲載。更に、勉強会や同人誌の代表者が寄せた、以下のような活動状況を紹介している。

石橋義彦「『静岡・子ども本の家』顚末記」、平野ますみ「児童文学と私」、久保田絹子「児童図書館奉仕とは」、松田宏「『青い金魚』のこと」、多々良順「『かしの木』のこと」、吉岡一枝「文庫活動について」、入江昇平「作家（小出正吾）を囲む児童文学の会」。

そして、鈴木実が、「イギリス児童文学会」と題して、冒頭ふれた同会創設の背景などについて、およそ以下のように報告している。〈アン・ヘリングの「日本の絵本・英国の絵本」には、二百年にわたる両国の絵本の歴史が書かれている。それによると、日本は享保の昔、すでに英国をしのぐ絵本をもっていた。しかし、明治になって、大人が子どもをかえりみなくなり、あっというまに英国に追い越されてしまった。英文学会でも児童文学に注目するものはまれだったが、私たちは何とかこの遅れをとり戻そうと会をつくった〉

谷本は、三十五号の編集後記で、児童文学特集にふれ、〈現在県下でおそらく最も盛んな中堅といえるのが、清水達也（作家「火喰いばあ」など創作民話ほかで活躍）、清水真砂子（英米児童文学の翻訳・評論）の両氏なのだが、ともに多忙とあって寄稿願えず残念だった〉〈評論は急なことで人が得られず、拙論を持ち出したこと、これではまったく手前味噌になるわけで、その点どうかおゆるし願いたい〉と断わっている。

その谷本の評論「児童文学の表現について」は、児童文学における表現の、直接的で大つかみに状況をとらえる方法と語りは、神秘的である、として『ドリトル先生航海記』を中心に、その表現方法の妙にせまったものだった。

『文芸静岡』と谷本誠剛—死の予感、再生の想像誘う

谷本誠剛は昭和五十二年、『文芸静岡』の編集運営委員長に就任する。同誌はこれまでもたびたび終刊の危機に直面してきたが、そのつど幹部会員たちの踏みこんだ話し合いによってのり越えてきた。

この年、五月に噴出した問題は財政苦境だった。一時休刊して、県文学連盟は静岡ペンクラブ的なものとして存続してはどうか、といった案が真剣に討議された。この時、「会誌は一度休むと再刊が難しい。ここは頑張りたい」と声を上げたのが谷本だった。創作部門の会員がそれに同調した。「では創作部門が牽引車になってくれ」「承知した」。それで『文芸静岡』の継続発行がきまったのだった。

この時の話し合いのいきさつから、俳句部門の本宮鼎三が執行体制案を提出、それを受ける形で委員長に連盟のシンボル的存在として小川国夫をおき、編集運営委員長に谷本が就任、大賀溪生が事務局長と編集長を兼務、篠崎純一と山田安紀子がそれを補佐する形で新体制は発足した。

『文芸静岡』は年二回発行のペースにもどり、若干の会費の値上げはあったがあらたに会報も発行し、「文芸創作鑑賞講座」を開設するまでになっていく。この講座はやがて「文章

中列左から２人目谷本誠剛、３人おいて小川国夫、岩崎芳生。前列曽根一章、岩崎豊市

の書き方講座」に発展し、谷本、大賀、谷川昇の三人が講師になって実作指導が始まるのである。

谷本は後にこの「講座」でやったことを整理し、『町の文章教室』と題して刊行している。その内容は具体的で、受講生の作品をテキストにした講師と受講生のやり取りなど、これを読むと講座がどのようにすすめられ、終了時、どのような文章を書くようになっていたかがわかる。

また、彼の『児童文学とは何か』では、子供の心の発達に合わせて、心に描き出される物語がどのように変わっていき、そのとき児童文学はどうなっていくのかを具体的な例を示しながら論じている。○○ごっこ、という子どもの遊びは、迫真の演技で演じられる。それは自覚されたフィクションであり、児童文学や子どもの心の物語における最も重要な特質であると谷本はいう。子どもの側から考える児童文学である。『児童文学キーワード』のつぎのような一節にも、谷本の姿勢はよくあらわれている。

〈児童文学が児童文学たるゆえんをたどろうとすると、当然その根拠となるのは、子どもというこのジャンルの作品プロパーの読者のあり方ということになるだろう。子ども読者には子ども読者特有の認識や発想があり、そのことが児童文学という物語文学のありようを規定していると考えられるからである〉

平成十七年、谷本は病に倒れかえらぬ人となるが、絶筆は『文芸静岡』七十四号の「キリスト教の神話と自然の神話」だった。アニミズムが発想したことをキリスト教が引きつぐのは、再生という魅力的な想像が関係していた、ということろで語られるこの西洋人の精神史は、死を意識した谷本の心をおもわせて胸がつまる。

『文芸静岡』と粂田和夫—小川文学を論じる

『文芸静岡』三十七号には、西勉「鴉」、遠津多喜雄「ゆうれい」の二短編と、粂田和夫の小川国夫論「〈実体〉への潜眼」が掲載されている。西の「鴉」はバスに乗り合わせただけのどことなく母親に似ている娘を刃物で刺してしまう〈俺〉の独白で、遠津の「ゆうれい」は男子学生のあいだを渡り歩く同棲常習者の女子学生キイ子と〈ぼく〉の物語である。

粂田と西は文芸同人誌『作品』の同人だった。この二人の作品を『文芸静岡』にとりついだのは谷本誠剛である。谷本も『作品』の同人だった。粂田は、谷本など大学、高校の教員たちと静岡で読書会をやっていたが、それが発展して思いが表現へむかい、『作品』が創刊されたのだった。代表は粂田で、創刊同人にはほかに、安藤勝志、興津征雄、形岡瑛、田中敬一、田中嶋仁、西垣勤、芳賀剛、武士俣勝司、六田敏雄らがいた。

粂田が『文芸静岡』に発表した小川国夫論は、『作品』と『作品』終刊後東京の同人誌『群』に書きついだ一連のうちの一章で、これらは後に『小川国夫の世界』としてまとめられた。主として小川文学の作品世界の構造、作法、言葉、について、対談での発言やエッセイを手がかりに作品を読みこみ、小川は従来型のリアリズム文学とは異なる新しいリアリズム文学を切り開いた、と論じている。

粂田は小川論以前は『門』『行人』『道草』など、漱石の作品論をやっていたが、以降は島尾敏雄の『死の棘』論をやっている。文芸評論はそこでおわって、『群』の後半になると「魂鎮め」「夜の旅」「かげろう」などの小説を書きはじめる。その一方で、突然物理学に興味をしめして半端ではない専門書を読みはじめ、同誌へ「宇宙創成への旅」という壮大なエッセイの連載をはじめる。しかし、『群』が終刊になると弦を切ったように鳴りを静めるのである。

そして、十年の歳月の後『天の月船—小説・阿倍仲麻呂伝』を発表する。膨大な資料を読み込み、仲麻呂の足跡をたずねて中国へわたり、千八十枚という労作をものしたのだった。

〈天の原ふりさけ見れば春日なる三笠の山に出でし月かも〉は、遣唐留学生として渡海した仲麻呂が三十六年ぶりの帰郷を目前にして、蘇州の黄泗浦《こうしほ》で詠んだ魂鎮めの歌だという。仲麻呂は玄宗皇帝の信任をえて唐朝の高級官僚になるが、その信任ゆえに帰国が許されず、五十六歳のこの時ようやく許可がおり帰国の途につく。しかし、船は暴風にまきこまれ安南（北ベトナム）へ漂着してしまう。仲麻呂は三千キロの長旅をして長安にもどり、再び皇帝のもとで働くことになる。

王維、李白、玄宗皇帝、楊貴妃、高力士、李林甫、楊国忠、顔真卿、安禄山、等による、唐第六代皇帝の時代の最盛期から凋落にいたるまでを共に生きた仲麻呂に、故国で月を仰ぎみる時は遂におとずれなかった。

『文芸静岡』と田中牧人―心象の闇を描く

『文芸静岡』三十九号の、田中牧人「巨象の通る道で」は、学生運動が災いしてか、〈僕〉は現実にたいする違和感、嫌悪感などが高じて、意識と妄想が混濁してしまう病にとりつかれる。友人Gが心配して、〈僕〉を病院へつれていき「終わったら迎えに来るから、連絡してくれ」そういって、一旦帰っていく。しかし、診察が終わった〈僕〉は、Gに連絡する気になれず、病院を出て、車の行きかう国道をひたすら家へ向かって歩いていく。

妄想と妄想のあいだによみがえってくる学生運動の集会やデモの場面。熱狂する群れに抱く違和感。孤独。デモ隊はしだいに狂気の群れと化して、逃げ遅れた一人の警官に襲いかかっていく。〈僕〉は夜の雨の国道を歩いている。巨象がすぐ横をすさまじい勢いで走っていく。それは、巨大な幌をパタパタさせて切れ目なくつづく、急送トラックの群れ―。

田中は、夏堀正元が主宰する東京の文芸同人誌『層』の同人だった。彼は作品集『闇の光景』の「あとがき」に書いている。〈十代の私を、最初に指導してくださったのは、夏堀寿緒さんである。若輩の私の愚作に、それこそ一時間も二時間もつき合っていただいた時のそれぞれを、私はけっして忘れない〉

また、同著の解説をうけもった諸田和治は、そこにこんなことを書いている。〈当時、『層』には二十人をこえる同人がおり、実に熱っぽい文学論を明け方の三時、四時まで戦わし続けるような連中ばかりだったが、そこに、そういった連中に混じって、およそその場の雰囲気とはうらはらな態度で、じっと沈黙したまま、いつはてるとも知れぬ議論に耳を傾けていたまだ二十歳にもならない青年がいた。ところがこの青年は、必ずグループに最後まで加わっており、皆が議論と酔いで疲れはてた頃になると、やおらそれまでの寡黙とはうって変わった饒舌な話し振りで、カフカや埴谷雄高の作品における存在の問題などを執拗に語り出す、という奇妙な性癖をもっていた〉

その青年が田中だった。『層』は十号で終刊になる。その後、田中は千葉の『砂塵』に参加し、しばらくはそこで書いていたらしい。作品集の表題の作品「闇の光景」は、超現実の世界へ踏み込んだ男が、そこで見た存在しないはずの物に、確かな存在を感じて引きまわされる話である。

その物とは死体である。ある夜、男は息苦しいものを感じ、アパートを出る。そして、トラックが公園に死体を棄てるのをみる。トラックを追いかける。が、見失い、薄明の団地へ戻ってくると、近所の人たちの死体がごろごろ転がっている。梶井基次郎の「闇の絵巻」の対極に位置する闇である。梶井は〈闇の風景は単純な力強い構成を持っている〉と視覚的に書いているが、田中の〈闇〉は、現実には在りえないものがそこに在る、という超現実の世界に潜む、存在の予感としての、心象の〈闇〉なのである。

『文芸静岡』41―45号―時代を反映する作品群

『文芸静岡』四十一号から四十五号までの創作部門の作品のうち、まだ紹介していない作家の作品について触れておきたい。

四十一号の林みつ子「灯り」は、離縁された女が、夫だった男の通夜にいく話である。四十二号の宮川二郎「浜茄子」は、東京の証券会社ではたらく〈私〉のところへ、北海道の実家から無頼の兄の突然の死をしらせる電報がとどく。父と兄の不仲。姉の乳房が娘らしくなった頃、同室していた部屋から、すみに糞尿桶をおいた二畳の部屋へ追い出された〈私〉。

そんな貧しい家へ、兄の葬儀のために帰っていく。そしてそこで、兄とあまりにも違う、良い子を演じ続けてきただけの自分に気づくことになる。

同号の宮城島海史「ミモザの下に」は、車のセールスマンが若い女性客の試乗車に同乗して郊外へ出て行き、稲田をブルドーザーが踏みつぶしているのを見てショックをうける。減反政策に反した田が、懲罰をうけていたのだ。女性客は車を買ってくれ、彼は彼女に好感を持つが、その後町でみかけた彼女は、厚化粧をしてタバコをふかす女になっていた。彼は失望し町を出ていく。

四十三号の増田仁美の評論「青春の闇」は、小川国夫が『波』に連載した長編『青銅時代』を論じたものである。小川と同郷の増田は、小川の住む藤枝長楽寺の家から、軽便の駅一つの距離のところに生まれ育ち、子供の頃から作家を間近に見ていた。この作品論も、自転車の小川がうしろから来て彼女を追いこしていくところからはじまっている。大学卒業と就職を目前にした彼女が、日々の不安やゆううつを作品にかさねて読み解こうとしていて、理解の道筋に年齢にふさわしい倫理観が感じられる。

四十四号の松下博「回帰の日」は、先妻の子で十九歳になる長男が事故死する。そこから、この家のこと家族のことなどが、後妻の口をとおして語られていく。

同号に大賀溪生が随筆「朝鮮使と清見寺」を書いている。秀吉の没後、徳川幕府は朝鮮と国交を結ぶ。そして、朝鮮使（朝鮮通信使）を迎えるため、明暦元年、薩埵峠を官道として開いた。この時から、使節と清見寺住職の心温まる交流がはじまるのである。

四十五号の山本その子「一一六号室」は、この病室の入院患者や付添い人、看護婦などの日常を、ちょっとわがままで小心で、それでいてのんきな中年の糖尿病患者を中心に、日記風に描いたものである。この男も妻も母も、隣のベッドの老人もその付き添いのおばさんも、皆それぞれに癖がありそうでいて、どこか下町の人情のようなものを感じさせるものがあり、暗いはずの病室の話なのに、明るい読後感をあたえる。切れのよい文体と諧謔《かいぎやく》のセンスが生きている作品である。

同号の小桜みずほ「秋のこな雪」は、成績が気になる中学生友子が主人公の児童文学であり、同じ号の村伊作「ヤマメ」は、山村の少年の夏休みに材をとった少年小説である。

同人誌『未遂』美童春彦ら、書き手そろう

鈴木智之は『文芸静岡』五十六号に「カラス」を発表している。彼は一貫して、山里に育った少年時代の思い出に材をとった〈少年譜〉と称する作品を書いてきているが、これもその系譜のものである。〈少年譜〉には二筋のながれがあって、一筋は思い出のうち外側で起きた事件、見聞をもとに書いた物語であり、もう一筋は山里の四季の風景などを想い浮かべながら、彼にとって理想の、〈新しい村〉を作り出そうとするこころみから書かれたものである。それぞれが『秋桒の里』『木洩れ陽の向こう』として刊行されている。

その鈴木は、浜松の文芸同人誌『未遂』に途中から参加するが、二十八号から編集人を託される。『未遂』は、先に『遠州文学散歩』で紹介した菅沼五十一が、昭和五十二年五月に編集発行人となって創刊した同人誌である。菅沼は戦前のプロレタリア文化・文学運動の伝統につらなる詩人で、『郷土のデモクラシー文学管見』等の著書をもっている。

創刊同人には力のある書き手が顔をそろえた。それだけに見識の違いもあってか、すんなり創刊とはいかなかったらしい。以下は菅沼の創刊号後記である。〈文芸誌を出そうと、喫茶ボワに集まったのは、去年の九月二十二日であった。ボワと文芸誌とのかかわりのあるのも何かの因縁であろう。戦後『麦』という同人誌の誕生もここであった。第一回の会合は、話がかみ合わず、暗中模索のままましらけに終わった。ところが、今年に入って急に再燃して具体的になった。誌名が三転して『未遂』と決まってから、とんとん拍子に作品も集まり、同人の意気はますます旺盛となった〉

そして、同号の〈同人私語〉では、美童春彦が〈「玉石混淆」「粒ぞろい」「どんぐりの背くらべ」などという言葉もある。本誌の目次を見て、そのどれにあたるかは読者の方に判定していただく〉と自信のほどをのぞかせている。

同誌には同人名簿がない。創刊号に掲載された作品を、美童のうながしに応じて、目次の転記をもって紹介しておく。〈創作〉美童春彦「ひとりあそび」、真間信一「渡世」、大谷正義「漂泊の人」、佐湖文世「もぐらぶつくさ」、沢村京「湖畔の芦」、安川澄江「手」、北原潦

「一匹狼」、〈詩〉沢龍二「或る夏に」、菅沼五十一「詩三篇」、〈随筆〉広中間「早春嘱目」、山口政彦「ボクと文学」。

美童は『夢事典』『催眠術入門』など、多くの人気著書を持つ精神科医であり、真間は文学好きがつどう喫茶ボワの経営者、大谷はヘンリー・ミラー『ロレンスの世界』他の訳書をもつ英文学者、安川は『浜松百撰』編集発行人の安池澄江である。しかし、何といっても同誌が他の同人誌と大きく異なるのは、その創作のほとんどが創刊号から長編を連載で発表し始めている、というめったにないことをしていることである。このように最初からどっしりと腰を落ち着け、大作にかかっていった同人誌は『未遂』だけだろう。

同人誌『独立文学』プロレタリア文学運動の継続

塚本雄作が『文芸静岡』四十五号に寄稿した評論、「自立する文学―その現代的課題は何か」は、一九三〇年代に労働者階級解放運動をささえた中野重治の詩二篇、「歌」「夜明け前のさよなら」を引いて、〈現代は、もっとも政治的であることがもっとも芸術的である〉〈私たちの文学は、本質においてついに「政治的」たらざるを得ない〉という趣意のものであった。

この論考は、小川国大や吉田知子の出現以降、おそらくは決して見極めることの出来ない人間の本質を、文学によって探求しようとする方向にむかいつつあった『文芸静岡』の流れのなかでは、きわめて異質なものといわざるを得ないだろう。理解は出来る。底流には塚本のあつい青春の感情が息づいているのだ。明確な必然性と方向性をもった運動も、時代の流れによって変容していくのは自然のことだと思うが、彼がこだわるのは階級社会にたいする憤りである。『未遂』の菅沼五十一らと、プロレタリア文化・文学運動を半世紀にわたって推進してきた。

彼はこの評論を寄稿する直前の八一年六月、文芸同人誌『独立文学』を創刊している。『東海文学』の伝統にのっとったもので、発行所は〈第三次・東海文学の会〉であった。第一次『東海文学』は三〇年代に、そして第二次は、『東海新文学』『東海作家』と誌名をかえて、敗戦直後に〈新日本文学会〉の方針に沿って、民主主義文学達成のためとして発行されている。

そして、第三次である。「『独立文学』発刊趣意書」によると、ここでは〈人間・文学の自立とは何か、政治と文学とのかかわりはどうあるべきか〉という問いを自らに発して、その回答を模索すべく発刊する、ということであったようだ。誌名を『独立文学』としたのは、この時、愛知県で『東海文学』という同人誌が発行されていたためであったという。

同年三月五日『毎日新聞』が「病める現代に再び運動を―『独立文学』を発刊へ」という紹介記事を掲載している。創刊号の目次を見てみよう。〈創作〉松井太朗「烈風吟」、金子匡志「トピシャン共和国」、枝村三郎「焼けた港」、〈詩〉佐野嶽夫「日没に向って叫ぶ」、鎌倉静枝「凍った夏の日」、後藤一夫「パッパ」、木々卓代「樹娑」、〈随想〉小田切秀雄「読書日録」（転載）、山田富久「落ちていく日々に」、服部仁「時は流れるのか」、〈史詩〉菅沼五十一「遠州の農民文学運動」、〈遺稿〉銘康雄「静岡時代の田中栄光」、〈随筆〉増井冬木「独立文学誕生の灯を」、市原正恵「記憶と記録について」、小池鈴江「ジン肺」、〈短歌〉赤堀清太郎「愚かな日常」、森田光景「折にふれて」、〈評論〉塚本雄作「転形期の文学―昭和初年革命的プロレタリア文学の一側面」。

この内、枝村の「焼けた港」は、ビキニ水爆実験で被災した第五福竜丸の乗組員とその家族を書いたもので、死亡した無線長の克明な臨床描写は悲しみと怒りをさそう。

村松梢風・友吾・友視―文学の血脈と『中央公論』

村松友視は「セミ・ファイナル」「泪橋」で、昭和五十六年度、上・下期の直木賞候補になり、十月、それまで勤めていた中央公論社を退社、作家活動にはいった。そして翌年、「時代屋の女房」で第八十七回直木賞を受賞する。

彼は『悲劇のように』の「あとがき」にこんなことを書いている。〈虚言癖の子供には、本当のことを過剰に伝えたいという気持ちがあるにちがいない。（略）私の過去の時間は、砕け散ったガラスの破片のように宙を舞っている。その実《ほんと》の破片をひろいあつめて勝手につなぎ合わせ、虚《うそ》の世界をいくつもつくってみたいと考えた〉

祖父は『正伝清水の次郎長』などの作家村松梢風である。梢風は明治二十二年、周智郡飯田村の地主の家に生まれ、静岡中学から慶応義塾の理財科（現・経済部）に入学するが、父祖平次の急逝で帰郷、休学して森町小学校の代用教員や周智農林学校の教師になっている。四十五年、再び上京、理財科から文学部に籍を移して復学。永井荷風の影響をうけ、実家の山を切り売りしては吉原へかよい、教室にいるより女の部屋にいることのほうが多かったと、小島政二郎が『小説村松梢風』に書いている。

その後、雑誌や新聞の編集にたずさわるが、田中貢太郎の情話に感動して書いた「琴姫物語」が、大正六年『中央公論』八月号に掲載され、それを期に作家活動にはいった。十三年には中国へわたり、以降、多くの中国ものを書く。その一編『女経』は、『中央公論』に昭和三十二年一月から十二回連載、好評を博した放蕩譚で、中国での体験と、彼が半生にかかわった女性について、一人を一話にまとめ語りつぐかたちで書いたものだった。

友視の父友吾（息子がヴィクトル・ユーゴのような作家になることを願って梢風が命名）は明治学院大学を卒業後、中央公論社に入社、南条喜美子と社内結婚するが、十四年、上海で腸チフスにかかり死んでしまう。この時身ごもっていた喜美子は、遺骨と胎内の児をかかえて帰国、友視を産むが、梢風のすすめもあって、友視をおいて他家へ嫁いだ。そして、友視は梢風の末子として育てられることになる。

一家は戦災を避けて清水へ疎開するが、梢風は二年ほどで家を出て愛人と住むようになり、友視は祖母に育てられ、清水の岡小学校、静岡の城内中学、静岡高校をへて、慶応大学文学部哲学科を卒業、中央公論社へ入社、冒頭述べたような経過をたどって作家として立つのである。

祖父梢風は友視が二十一歳のときに七十二歳で、祖母もその翌年に亡くなっている。友視に『鎌倉のおばさん』という泉鏡花賞受賞作品がある。梢風の愛人〈鎌倉のおばさん〉が死に、その荒れはてた家を訪れた友視が、昔を回想するかたちで語りすすめる作品である。それにしても、梢風にはじまる文学の血脈の中央公論社との縁には、不思議なきずなを感じさせられる。

榛葉英治―満州体験もとに『赤い雪』

榛葉英治は『赤い雪』で昭和三十三年度上期第三十九回直木賞を受賞している。山崎豊子『白い巨塔』との同時受賞だった。生まれは大正元年十月、小笠郡掛川町（現・掛川市）、父は朝比奈小学校長、母は掛川幼稚園初代園長という教育一家である。掛川中学、早稲田第二高等学院、早稲田大学文学部英文科とすすみ、卒業と同時に建国早々の満州へわたった。大連で職を転々としたのち、満州国外交部に就職、奉天の女学校で教師をしていた小野寺和久里と結婚。しかし、在満十年で敗戦をむかえ、満州国の崩壊を渦中で体験する。

この時の体験をもとに書いたのが『赤い雪』だった。〈赤い雪〉〈地の果て〉〈この人を見よ〉〈心の小さな場所〉〈恐怖の日〉〈戦火のなか〉〈春〉〈思想と肉体〉〈望郷〉の九章からなる長編だが、直木賞は最初の章〈赤い雪〉にたいして与えられた。

　時代は第二次大戦の敗戦直後で、元満州国（現・長春市）が舞台である。満州国官吏だった主人公青地耕三が、長春のソ連軍捕虜収容所から脱走し、露天市場で飲み屋をやっている女子大出の若い女緑川千鶴子に助けられる。二人は恋におち結ばれるが、千鶴子が共産党員に誘われてハルビンへむかうと、耕三は妻しず江と幼い子をつれて日本へひきあげる、というものだった。

　榛葉が創作の道にはいるのは旧満州からひきあげ、妻和久里の郷里仙台の終戦連絡事務局に勤めてからである。昭和二十三年、人妻の不倫を描いた「渦」が『文藝』十一月号に掲載され、これを期に作家として立つ決心をして、勤めをやめ上京する。三十六歳だった。「渦」は横光利一賞の候補になり、三十九年「おんなの渦と淵と流れ」という題名で映画化された。

　初期の榛葉は性の深淵を描いた斬新な作品が好評で、荒正人は〈肉体を通じての復活というテーマは、第一次大戦のあと、イギリスでローレンスなどが追求したものであるが、その類似点を面白く思う。文章は手堅くたたきこんだ旧い感覚のものだが、清冽な清水に咽喉をうるおすような気もして快い〉と評した。

　彼は『赤い雪』を書いたあと更に満州体験を生かして、その建国から崩壊までを描いた『満州国崩壊の日』、在満日本人の救済に奔走した実業家高埼達之助の伝記『夕日に立つ』、南京虐殺をあつかった『城壁』等を書いた。

そしてその後、幕末から明治へかけての時代に材をとった歴史小説へむかい、『大いなる落日』『大いなる夜明け』等多くの作品を発表、四十七年には『史疑・徳川家康』を刊行する。これは彼の母方の祖父村岡素一郎が、家康の出生生い立ちに疑問をもち〈家康の祖母源応尼（俗名・於万）と母於大は簓《ささら》説教者だった〉等として書いた明治三十五年刊行の『史疑・徳川家康事蹟』を現代文に直したもので、解説をほどこし問題点の指摘もしている。榛葉は後にこれを『異説・徳川家康』として小説化している。

大衆文学研究会しずおか―江崎惇を中心に本郷純子ら

江崎惇は放送ジャーノリストとして働いたあと文筆活動にはいり、主として県内が舞台の歴史小説を書いた。『誰も書かなかった清水次郎長』『真説清水次郎長』『ドキュメント明治の清水次郎長』『史実山田長政』『蛇捕り宇一譚』『侍たちの茶摘み唄』等々である。調査の労をおしまない人だった。

その江崎が、尾崎秀樹の呼びかけに応じて〈大衆文学研究会・しずおか支部〉を立ちあげたのは昭和五十九年である。尾崎はゾルゲ事件で処刑された尾崎秀実の弟で、『生きているユダ』『ゾルゲ事件』等でその真相究明に意欲をそそぐ一方、『大衆文学論』『大衆文学の歴史』等で大衆文学の研究と普及に力をつくした。

この年、尾崎は自らが本部事務局長となって東京に事務所を開設、神奈川、千葉、山梨、静岡、神戸に支部をおく〈大衆文学研究会〉を設立、江崎はその静岡支部長に就任した。各支部はそれぞれに活動方針をたて、支部単位の経営で同人雑誌を発行することになった。

その静岡版『大衆文学研究会しずおか』は、同年十二月に創刊された。十二名の同人が作品を発表している。宮木豊月「扉翔」、鈴川薫「情炎破牢囚」、尾焼津弁次「列車正面衝突と関口隆吉」、本郷純子「蟬丸遺文」、宮林光三「チャンバラ修業まえがき」、村井資雄「元米兵キャンベラさんのこと」、岡崎照代志「ふるさとの屋号」、兵藤毬子「牧水の旅と酒」、丸山君子「お椿」、木下富砂子「峠の茶屋」、三笠ゆう子「谷津山の月」、江崎惇「士刀匠大村加卜の生涯」。

尾焼津の「列車正面衝突と関口隆吉」はドキュメンタリーである。三代目の静岡県知事だった関口隆吉は、慶応四年（明治元年）三十三歳のときに、徳川慶喜身辺警衛精鋭隊頭取並となり、江戸城明け渡しの立会人となっている。そしてその二年後には、一切の公用を辞して、牧の原旗本開拓団の金谷開墾方頭取並となり、開拓の指導にあたっている。知事就任は明治十九年、五十一歳のときだった。

尾焼津が書いているのは、その就任から三年後の二十二年四月十一日におきた列車事故と、関口の死の背後にひそむ謎や当時の世相などである。東海道線の静岡、浜松間が開通し、営業を開始する直前のことだった。関口らは鉄材をのせた工事列車に便乗し、愛知県招魂社の祭典にでかける途中だったというのだが。関口は重傷を負い、翌月十七日に死去する。静岡駅を出て安倍川鉄橋を渡った直後のことだった。

本郷純子については先に『紅炉』同人として紹介しているが、同誌から『大衆文学』へ移って、その創刊号に、『紅炉』に発表した自信作「蟬丸遺文」を転載し、あらためて大衆文学の読者にこの作品を問うたのである。琵琶に魅せられた男女のめぐり合いを、幻想の世界にひきいれて描いた芸道ものであるが、彼女は『紅炉』の同人たちの私小説的世界観に違和感があったようで、ここに彼女自身の場所を見つけたのだろう。

同人誌作家座談会（1）文学めぐる時代認識問う

県下の同人雑誌作家による座談会「なぜ書くか・同人雑誌の現状」が、静岡新聞教養欄に掲載されたのは昭和五十五年五月である。出席者は『文芸静岡』谷本誠剛、『紅炉』島岡明子・戸美あき、『ゴム』折金紀男、『主潮』桑原敬治・小林崇利、『隕石』岩崎芳生・山本恵一郎。これに作品社社長の渡辺哲彦がくわわり、司会は文化部の寺田行健であった。

こんな前書きが付されている。〈若者たちの活字離れが進み、文学賞受賞者が一躍有名タレント並みの扱いを受ける一方で、自らの世界を構築すべく、地方の同人誌によって地道な努力を続けている同人雑誌作家は多い。彼らはさまざまな職業を持ち、生活との葛藤に苦しみながらも、小説や評論を書くことに自分を賭けている。彼らは、いま、なぜ、書くのか〉

なぜ書く？　こうした質問に明確に答えられる者がいるだろうか。だが、この難問のまえに同人雑誌作家があつめられた理由は歴然としていた。同人雑誌の存在意義が不明瞭になってきて、そこで書く作家たちの姿勢も多様化してきていたからである。

「好きだから」「書くことで生き延びているという気持ちも強い」と島岡が口火を切る。しかし、これでは必ずしも〈現状〉との関係に答えたことにはならない。同人雑誌という形式をつかって作品が発表されはじめるのは大正初期である。当時そこに集結したのは文学至上主義的な作家予備軍で、既出の文学に抗して同人雑誌という自前の小舟に独自の作品をのせ漕ぎ出そうとする者たちだった。原石を磨くように文学へむかう精神を磨きあった。「好きだから」という程度のことではない。文学への信仰と明確な野心があったのである。

しかし、最近の文学の野心家たちは、苦節を重ねる文学修行とは無縁の、一発勝負の賞を職にむすびつけようとする安易さで文学をやろうとしている。活字離れによって読者も減っている。そんな時になぜ同人雑誌作家は、職業を持ち生活との葛藤に苦しみながら書くことに己を賭けるのか。

「私は生業を持ち、生活と格闘する中で生まれるものを書いていきたい」と小林は、生活から生まれるものこそ文学という見解を述べる。山本は「書くことでしか自分を見つめる手立てがないから」と答え、岩崎は、静岡人らしい玉虫色のいいまわしで「私はものを書く人間でいたいと思うが、プロの作家になりたい気はあまりない。しかし、アマチュアでは日常的に精神生活が貫けず、しばしば中断される。そういう意味からはプロに近い立場になれたら、とも考える」と答えていた。

誰にも確信のもてる回答などなかったのである。確かにあの頃の同人雑誌作家は、読み手の急激な減少や文学賞受賞者の派手なデビューに戸惑っていた。しかし、その多くは文学に親しむ者として、個々の内面を真摯に見つめる姿勢を崩すようなことはなく、以後も書きつづけてきているのである。

同人誌作家座談会（2）再生担う人材育成もくろむ

この座談会のなかで、作品社社長の渡辺哲彦から「これからどんなものを書いていくのか、うかがいたい」という問いかけがあった。なぜ渡辺がこの座談会に出席し、このような問いを発したかについて書いておく必要があるだろう。それがこの頃を屈折点とする出版界の流れの一端を知ることにもなるからである。

作品社は河出書房が経営難に陥ったとき、河出で『文藝』の編集長だった寺田博らが渡辺を中心に集まり、文芸雑誌『作品』を創刊して文学の再生を期そうと創設した出版社だった。渡辺と寺田はまず河出時代の縁をいかして作家評論家に創刊の趣意書をとどけ、協力を要請して原稿を依頼、一般には昭和五十五年一月末日の『朝日新聞』広告面と『群像』『新潮』『文学界』『文藝』の各三月号の広告面で創刊を予告、同時にここで第一回作品賞を公募したのである。
六月末日締め切りのこれには七百九十七篇がよせられ、候補作六篇を選出、これを選考委員、阿部昭、飯島耕一、木下順二、小島信夫、佐多稲子の五名で最終選考の結果、花井俊子「降ってきた姫」、稲葉真弓「ホテル・ザンビア」の二作が当選作となり、創刊号での発表という段取りができたのだった。こうした作業は寺田が中心になって進め、渡辺はこの間、全国の地方新聞社を巡回して『作品』創刊の広報活動と新人作家の発掘を行っていたのである。

静岡新聞社ではこうした渡辺の意向にこたえて、県下の主な同人誌作家を集めて座談会を催す、という形で紹介の労をとったのだった。これからどんなものを書いていくのか、という渡辺の問いかけはこうした背景があって出されたものだった。

座談会が終わったとき渡辺は「作品を直接私宛に送ってください」といった。別冊『地域の文学』なるものをもうけ、同人雑誌作家の作品を掲載し、本誌上へ書かせる作家を育てようというもくろみだった。岩崎芳生が小説「通夜の二人」と「水のいそぎ」を送り、筆者は寺田からの電話で遠藤周作『沈黙』の書評を書き、これらは『作品』に掲載された。

しかし作品社はじきに経営難に陥り、五十七年一月以降発行所を福武書店に移すのである。そして誌名も『海燕』と変更。その年の三月、筆者の小説「港の詩」が掲載されるが、この時には『地域の文学』も別冊ではなく本誌に組み込まれていた。

以下は阿部昭の作品賞選評の冒頭である。〈本誌創刊の趣意書は、今日の文化全般の解体現象に触れ、この解体を押しとどめて建設へ向かうことこそ文学の使命であるとし、われわれが今、郷愁のように精神生活の拠り所を求めている事実を指摘している。私もその趣旨には大いに共鳴する〉。理想は高く掲げられていたのだが。

谷本誠剛は座談会で「文学が占める位置が低くなっている。学生たちを見ていると、音楽や漫画には強いが、活字に弱くなっている」と指摘していた。こうした時代に行われた座談会だったのである。

同人誌作家座談会（3）阿部昭の言葉

阿部昭は人心が文学から離れていくことを最も危惧《きぐ》した作家だった。『作品』創刊の翌昭和五十六年には心臓の不調で九日間入院するということがあり、以降あまり無理の出来ない体になってしまったということもあるが、この頃の阿部は苦しいところへ踏み入っていたように思われる。

阿部文学は私小説的叙情に詩的研磨が加えられ創出された〈父と子〉の文学である。『大いなる日』『司令の休暇』などに代表される作品は父の死に直面して結実したものだった。

三男だった阿部はかつて司令だった父と、幼児期に事故で頭部を打ち脳に障害のある長男、父とそりのあわない次男、そして母という家にいて最年少の視点から多くの作品を書いている。更にこのテーマは父親になった彼と息子というかたちに発展して「子供の墓」「自転車」

居酒屋で談笑する阿部昭（中央右）と小川国夫（同左）

等の名短篇をうみだす。が、やがてその息子の成長や時代の急激な変化に直面して、テーマは変更を余儀なくされるのである。

短篇小説の名手といわれ五十三年には『阿部昭全短篇・上下』を講談社より刊行するが、以降はその短篇もあまり書いていない。その阿部が来静して県教育会館で講演したのは六十二年八月だった。

この頃、静岡県高等学校国語科研修会では、毎年、教科書に作品が収録されている作家を招いて研修会を開催していて、この年は阿部昭を同会副会長の鈴木邦彦が招請していた。阿部の体調はまだあまりよくなかったようで、暫く隣室で休んでから演壇へ上がり、自身の小説作法などについて話した。

講演が終わって四、五人で近くの居酒屋へいった。阿部は焼酎のお湯割を飲みながら「明日は少年時代の切手収集の友佐野明君に会いに藤枝へ行きます。できれば小川国夫さんにも会いたいので」と言った。後日筆者はこんな手紙をもらっている。〈あの翌日、「藤枝の友」を訪ねて三十五年ぶりに再会、瀬戸谷というところに遊び、夜は小川国夫さんにも会って、目まぐるしくもまた楽しい一日を過ごしました(以下略)〉

翌六十三年阿部は『挽歌と記録』を講談社より刊行する。そこには〈わが来むと勤めを休みて待つ友をいまか相見む四十とせ経つつ(藤枝)〉という歌が収められていた。この年の十一月、新聞諸紙(共同)に彼は「浦島太郎」と題するエッセイを書く。

〈文学を仕事にするということは、単に文学を通して物を見るということではない。その人間が日々生きていることが、すなわち文学なのである。(中略)今の日本では、文学の言葉は生きる場所を持たない〉。激越な言葉で、作家の生は〈文学の言葉〉と一如であると言っている。阿部昭は憤死するのか、とさえ筆者は思った。

そして翌平成元年五月、彼は同じ「浦島太郎」の題名で暫く遠ざかっていた小説を書き始める。が、その直後、それを未完のままにして急性心不全で逝ってしまうのである。五十四歳だった。遺稿は『群像』七月号に掲載された。

7　独自な世界への目

『県民文芸』昭和56、57年度―小説選者に三木卓

県芸術祭創作部門の選者が、昭和五十六年度から三木卓にひきつがれた。三木はその選評の冒頭に書いている。

〈今年から『県民文芸』に掲載する、静岡県芸術祭の小説部門の選をすることになった。お引き受けした時には、いささかの私的な感慨があった。というのは、今から約二十八年前、わたしは、この『県民文芸』の前身である『静岡文芸』（二十八年度版）に自分の作品を推薦されたことがあったからである。わたしは当時静岡高校の学生で、作品は同校生徒会機関誌『塔』に発表した「この露路の暗き涯を」であった。教育委員会の方の判断で作品が掲載されなかったことは残念だったが、わたしにとっては大きな意味のある事であった。その時の選者で、わたしの作品を推し、激励して下さった高杉一郎氏は、その後ずっと『県民文芸』の選者を続けられ、今度のわたしの仕事は、高杉氏からの引継ぎということであった。なんとも時がたったものだ、という思いである。ともあれ、バトンはうけとった〉

しかし、どういう事情があったのか、三木はこの年と翌年の二年だけをつとめておりてしまう。応募者は彼の選評に教えられることが多かったはずで、残念なことだった。

五十六年度芸術祭賞は、壽山一夫の「十六歳の門出」だった。少年の人間形成物語であるが、自伝的な作品かもしれない。機関士だった父親が解雇され、中学を中退することになった少年が、父親のような機関士になる決意をして名古屋の鉄道教習所を受験、合格し、出発するまでが書かれている。奨励賞は、宮本敦の、空襲の町を描いた「鉄帽だけは持っていけ」。三木は、翌五十七年度の選評で、以下のような文学観を披瀝している。〈新しく芽をふき伸びてくる文学、というものが、それまでの文学の伝統、その国の文学がそれまでに到達し得たものと無関係であることはまずないだろうが、もしその文学が真にそう呼ばれるものにふさわしいものであるとすれば、それは少なくとも、さらにその文学の伝統に何か微少なりとはいえ新たなものをつけ加えることの出来る可能性を予感させるものであると思う。それは、どういうところから生み出されるのか、というと、やはり一人の人間が生れおちてからあとの現実とのかかわりのなかから、としかいうことはできないだろう。（略）もし徹底して人が自己の現実と対し感じ考えることをつづけていけば、そこにはおそらく独自な世界への眼が成立すると思う〉

この年度の芸術祭賞は大関武の「海ほうずき」だった。男遍歴のとまらない姉の子供を育てている弟夫婦のもとへ、いまは東北の海辺の町の旅館で年下の男と暮らしている当の姉から、子供を返してくれという手紙が来る。弟は姉の暮らしぶりをみに旅館を訪ねていき、姉の悲愴な姿をみることになる。奨励賞は、高橋政光の、雪にとけこむ自閉的世界を描いた

「Sの肖像」だった。

『文芸静岡』49・50号—パラドックスの妙手—杉山恵一

『文芸静岡』四十九号には、天坂皓一が「煙突のある風景」を、菊川武二が「再会」を発表している。

天坂は前出の「Sの肖像」で県芸術祭創作部門奨励賞を受賞した高橋政光である。美輪子は市内の名家に嫁ぎ智恵子を生むが、智恵子は五歳で喘息の発作が始まる。父親はせき込むわが子に冷淡で、寝不足が仕事に支障をきたすと寝室を別にし、智恵子は子供らしくないかたくなな性格になっていく。家の近くに製紙工場があって、昼夜を問わず黒煙を吐きだしている。あの煙のないところへ移転できたら、と美輪子は夫に相談する。夫は、それなら母子で勝手に出て行け、と突っぱねる。ある日、製紙工場から火がでる。両親の話を聞いていた幼い智恵子による放火だった。

菊川の「再会」は、思いを寄せ合っていながら関係を深めることが出来ず、未練の残る別れかたをした若い男女が、二十六年ぶりに再会をはたす淡い恋愛物語である。

五十号には、杉山恵一が大人の童話「黒目のワルツ」を書いている。連作「かぼちゃ畑を掘ってごらん」より、となっているが、これにつながるものは同誌には見当たらない。他誌へ発表したものにつづくこの部分だけをここへ出したのかもしれない。語り手はイチ子とい

後列左から粂田和夫、田邉秀穂、前列谷本誠剛、筆者、谷川昇、
上野重光、杉山恵一、久庭行人、鈴木ゆき子、大賀溪生

う娘だが、この娘は人間なのか動物なのかわからない。喧嘩のたえない両親。母は猫、父は鷲。それにゴキブリとよく遊ぶゴキブリそっくりの弟がいる。突然家に帰ってきた父親の鷲は、目をむいて爪をたてる母親の猫と夫婦喧嘩のすえ、窓からとび出し空へ消えてしまう。

杉山はパラドックスの妙手である。普段のちょっとした会話にも独特のいたずらが仕掛けられている。いつかの秋、彼と歩いていると、雁が渡っていく。「鳥も飛んでいて頭がかゆくなることがあるらしい」と彼。「先日見たやつは、飛びながらしばらくモゾモゾやっていたが、やおら足をあげて頭をコリコリやって、せいせいしたように首を伸ばして飛んで行った」

筆者はそれをしばらく信じていた。彼が名

のある生物学者だからである。初対面の頃、専門を聞くと「ゴミ虫のミズムシの研究」だといっていたが、これも正しくは昆虫の足に寄生するラブルベニア菌のことであるらしい。素人には〈ゴミ虫のミズムシ〉と言う方が判りやすいということなのだろう。

彼はたいへんな筆力の持ち主で、それも多岐にわたっている。専門の生物学では『自然環境復元の展望』『ビオトープの形態学』『昆虫の野外観察』『静岡県の重要昆虫』『ハチの博物誌』『南アルプス探検隊』等々があるが、性来、自然科学者にしては文芸家的で、そのナルシシズムと風狂はまさに作家のものである。彼は本業に専念するために、ガス抜きとして、小説や詩を書きつづける必要があったのだろう。『太田河原慶一郎氏の一日』『豚鷲の止まり木』『藤枝物語』『関ヶ丘物語』詩集『雲の檻』などは、そのほんの一部分にすぎない。

同人誌『YPSILON』震える手で紅を―北川圭子

文芸同人誌「YPSILON（エプシロン）」の創刊は平成八年九月である。発行人宮城島洸介は『文芸静岡』四十二号に「ミモザの下に」を書いた宮城島海史で、創刊号の編集当番野上周は先に『隕石』同人として紹介した上野重光である。これに前出の杉山恵一、井浦直美、美濃和哥らが加わり、創刊同人は五名だった。そして二号以降、同じく前出の高橋政光と増田仁美が、更には、尾崎朝子、後藤杜夫、長沢雅春、北川圭子らが参加する。

創刊号の井浦直美「白いいちはつ」は、九十三歳の義母が大腿頚部骨折で入院中に院内感染にかかる。その介護をめぐって、義姉と嫁明子のあいだに陰湿ないがみ合いがはじまり、そこから次第に家の来歴が明らかになっていく。同号の美濃和哥「鷹」は、愛し合った男が死に、生臭い思い出が菜の花に昇華した頃、女は深夜女性ドライバーのタクシーに乗る。女はドライバーが男の妻であることを直感し、ドライバーは客が夫と関係した女であることを感じとる。

七号の尾崎朝子「地雨」は、活況をていしていたマリーナが不況のあおりで倒産する。これはその顚末《てんまつ》を、パートタイマーの事務員律子をとおして描いたものである。好況時のマリーナは、百万単位の現金を持ち歩く船のオーナーでにぎわい、律子は一千万、二千万というプレジャーボートを売ったり、船の揚降料や燃料費の受け取りなどで多忙だった。しかし、マリーナの閉鎖にともなう預かり船の移動依頼がとどくと、オーナーから苦情があいつぎ、事務所で暴力をふるう者さえあらわれる。経営者はそうした事務所を律子にゆだねたまま姿をけしてしまう。こうした物語を尾崎は天候を象徴的に使って、前半の好況時は晴れて人の動きのある港を、後半は長い雨のつづく無人の港を背景に描いていく。

表題の「地雨」はこの後半の長雨からきている。このように天候も事業もある日をさかいに手のひらを返すように変わっていき、同時に個々の登場人物が、ことなる立場を背景に本性をあらわにしていくようすが巧みに描きわけられている。

八号の北川圭子「震える手」は、東京にいる蕗子に母の事故の知らせがはいる。母絹枝が知人宅の門を出たところで傘をさして自転車できた高校生にはねられ、後頭部を強打し集中治療室へはこばれた。蕗子は新幹線で駆けつけるがもう言葉をかわすことは出来ない。母には心配ばかりかけていた。息子の非行。夫との不仲。蕗子自身の不倫。娘の不倫に気づいた母ははるばる注意にくるが、あのときは家にはよらず公園で蕗子とあい、見えすいたいいわけを信じたふりをして帰って行った。絹枝が死に、蕗子はそんなことを思い出しながら震える手で母の口元に死化粧の紅をひいていく。

このほか同誌には、後藤杜夫が随筆「一句の周辺」を、長沢雅春が「韓国映画史」を連載している。

『県民文芸』昭和58〜60年度──趣味人とプロ作家の違い

県芸術祭創作部門の選者を、三木卓からひきついだのは榛葉英治である。その榛葉も三木同様、昭和五十八、九年度を務めただけでおりてしまう。榛葉は選評に以下のようなことを書きおいている。

〈今度の選考をするにあたって、特に言いたいことは、趣味で小説を書くひとと、プロの作家との違いである。小説だけでなく、芸術のすべてに趣味をもつことは、たいへん結構で奨めたい。とりわけ小説を読み、自分でも書くのは、人間と人生と生活を書くことに繋がる。しかし私たち作家は、趣味で小説を書かない。自分の一生を賭け、文字通り命がけである〉

〈応募者にはプロになってほしいとまでは言わないが、（略）もっと真剣に腕を磨いてもらいたい。（略）小説は「趣味」では書けるものではないからだ。小説を書くことは、人間と人生を追求することであると知ってもらいたい〉

中央で活躍する作家の、このような真摯《しんし》な言葉に接することができた応募者は幸せである。

ここでは五十八年度から六十年度までの入賞者のうち、まだ紹介していない作家の作品について触れておきたい。芸術祭賞は五十九年度が前田重人「祭りの町」、六十年度が鴻野元希「リラの庭」。奨励賞は五十八年度が中村且之助「軍鶏」、横山幸於「黒い雨」、五十九年度が新井啓子「『卵の家』からの手紙」、大塚清司「あの橋の袂まで」、六十年度が岩崎直子「夕陽に燃えつきて」、香山龍二「傷痕」であった。

前田重人「祭りの町」は、定年退職をした男が三島大社の夏祭りに行って、四十年前の夏、まだ若かった二人の親友とつれだってここに参拝したことを思い出す。その二人は中国戦線で戦死し、男だけが生き残った。二人にはそれぞれに恋人がいて、つらい別れをして出征して行ったのだった。男の心中が、往時と現在を往還しつつ切々と語られていく。

鴻野元希「リラの庭」は、キリスト教保育を標榜する聖サレジオ保育園に、二人の子供を通園させている女性が深夜保育を依頼してくる。女性は離婚し、工場のパートに出ているが、生活のために夜のアルバイトをしなければならない。そのキャバレーには付属保育室があるが、粗末なもので留守番の老婆が一人いるだけ。子供たちは狭い部屋のなかでテレビをみて過ごしていた。園長のラネール神父はそんな実情を確かめたうえで、まず受け入れ、細部はそれから考えよう、と提案する。

しかし、実質的な仕事の責任者であるシスターの青木主任は、職員の勤務時間など具体的な問題でむりだとつっぱねる。その両者のあいだにはいって、右往左往する父母の会会長の杉山。やがて神父は、個人的に知り合いの子供を預かるのだといって、女性の子供を深夜まで司祭館の自室に預かるようになる。こうした展開から物語は、次第に、神父、シスター、父母の会会長という三者それぞれの人間観や、人生観を浮かびあがらせていく。

同人誌『海鳴』―『城飼』の精神引き継いで

「リラの庭」で県芸術祭創作部門芸術祭賞を受賞した鴻野元希は、三年後の昭和六十三年、菊川文庫館長の大塚克美や小沢瑛子らと文芸同人誌発刊を企画し、参加者を募集する。青島玲子、小野美恵子、加藤レイ子、後藤悦良、小林房枝、小松忠、鈴木洋子、高野弘、田子洋吉、土屋智宏、鳥居憲、内藤雅博らが集まり、同年十一月、大塚が代表となって『城飼《きこう》』が創刊された。

同誌は六号で終刊となるが、平成五年三月、その精神をついだ土屋智宏が、鴻野元希、高野弘、青島玲子、内藤雅博らと、新たに加わった赤堀静子、石野茂子、井村たづ子、大塚俊子、小野美恵子、兼岩と志子、幸田政子、鈴木琴音、田辺安子、中村且之助、堀内康史らを加えて『海鳴』を創刊する。

両誌には詩と俳句の書き手が多かった。高野弘が『城飼』三号に発表した「裸祭り」は、魚をあきなう男が見附天神の祭りの晩に、女と思いをとげようとしてやくざ者に踏みこまれる話である。その暴力と凄まじい情念の世界は、まさしく〈男と女の裸祭り〉の様相をていしている。彼は中上健次に私淑していた。

土屋智宏は『海鳴』六号に「掛川座」を発表している。『浜松百撰』文芸賞ノンフィクション部門で佳作となった五枚の作品を原型に、ここでは二百枚の長編に仕立て上げている。幼い頃、父につれられて映画をみにいった掛川座が、区画整理で取り壊されることになる。父はもういない。掛川座もなくなってしまう。父がのこした日記にはよく掛川座が出てくる。叔父が描いた絵も目にやきついている。子供の頃火薬の爆裂で聴覚を失った叔父は、掛川座の内部を正確に再現した絵を描いていた。思い出はその日記と絵からつむぎだされていく。

俳優伊東四朗の兄祥蔵が、掛川座のお別れ公演を企画する。土屋は自作の詩の朗読を頼まれ、当日、掛川座と父の思い出をうたった詩を朗読する。〈父よ、人は生涯にただひとつの映画をつくるのですね。僕はここから僕の映画をつくる〉。やがて、舞台上では手締めが行われ、その日、講演をした村松友視がゴングを鳴らす。土屋の文章は、懐かしいセピア色の映像を喚起させる。

〈もし掛川へ来て、掛川座のことをお知りになりたかったら、仁藤町にあるパーラーサンシャインの屋根の上の明り取りを見上げて下さい。そしてパーラーサンシャインの三階に行って下さい。そこには掛川座の写真と敷石がおかれ、小さな舞台があります。それが掛川座の夢のかけらです〉

土屋はこのあと、十七年十月、詩劇『クローンの恋』を刊行する。クローン化されていく現代人のなかで、いかに自分を失わず踏みとどまることができるか、これは母の死を契機に発せられた、生命の根源への問いである。同誌五号には河原治夫が「雨男」を発表している。彼は『畢竟』で紹介した真木勁である。

『文芸静岡』48〜61号―川端賞「逸民」、原型は鳥の随筆

小川国夫は『文芸静岡』四十八号に、随筆「鳥との出会い」を書いている。鴉、小綬鶏、鷺鳥、という三種類の鳥にまつわる思い出である。母と夕暮れの鴉の群れ、空襲警報で避難した山で見た小綬鶏、かつて祖父が散歩した蓮華寺池を散歩する小川に、敵意むき出しで襲いかかってくる鷺鳥。その鷺鳥はこんなふうに書かれている。〈鷺鳥は三羽いるのだろうか、その中の一羽が私に敵対するのだ。私にだけではないだろうが、私は一人でしか散歩しないから、対決の様相を帯びてしまう次第だ。この一羽は数羽のあひるを守る恰好で、いつも岸辺に立って頸を高々とあげているが、外敵である私に攻撃をしかけるには、嘴を地面すれすれに、上眼づかい、一直線に突き進んでくる〉

小川はこの随筆を書いた二年後の昭和六十年、『新潮』九月号に、この鵞鳥の話を発展させた自伝的短篇「逸民」を発表する。そこでの鵞鳥はこんな体験と照応している。〈鵞鳥に攻撃されたあとで、思い出したことがあった。学生時代、私は国電の大森駅ちかくに下宿していたが、ある朝、新調の背広を着て駅へ急いでいると、進駐軍家族の男の子が自転車でうしろから近づいてきて、タイヤをことさら私のズボンにこすりつけるようにした。私は振り向いてその子を殴った〉

「逸民」は、作家の柚木が散歩の途中に出会った、軽登山好きの初老の男、マラソンランナーの河北、ジョギングをする青年等とかわす、不可解な鵞鳥の死をめぐる会話から、それぞれの心理の微妙な陰影を浮かびあがらせた作品である。六十一年、小川はこの作品で第十三回川端康成賞を受賞した。

五十二号の山下博己「雨の爬虫類」は、翻訳の懸賞に応募するのが趣味の、学習塾の英語講師が主人公。家ではなにもしない。リューマチの老母が買い物から食事の仕度、雨漏りの処置までやっている。登山用具店に勤める恋人のふみは登山が趣味で、水曜の定休日にはかならず山へ登り、夜は光一と抱きあうことにきめている疲れ知らずの女性。そのふみが老母と会うとたちまち親しくなり、妊娠したこともあって、態度の煮えきらなかった光一も結婚を決意する。

五十四号の木下七生子「海へ行く道」は、幼い頃から夢に溺れてばかりいて、現実を見ようとしないまま来てしまった理枝が、疲れはて、かつて過ごした町の〈海へ行く道〉に、引き寄せられるようにもどってくる話。

五十六号の片山ユキオ「紙きれを食べる預言者は一頭の山羊だったとして」は、恋人との性的空想を、この頃流行した国籍不明の若者言語でつづったファンタジーである。サトルは友人と待ち合わせたカフェで、紅茶をすすりながら小説を書いている。ビルの三階。眼下には交差点の雑踏。幻想は牧場で預言者気取りの山羊に出合うところからはじまる。

六十一号の帆室和己「緑の饗宴」は、茶作りに打ち込む若者が親密な仲の女性に、町に住むなら結婚してもよいといわれ、茶作りをとる話である。

『県民文芸』昭和61〜平成4年度―インドの混沌描いた藤浪隆司ら

昭和六十一年度から平成四年度までの『県民文芸』に作品が掲載された県芸術祭創作部門入賞者のうち、まだ紹介していない作家と作品についてみておきたい。

芸術祭賞は六十一年度が松田宏「雪の重み」、六十二年度が藤浪隆司「風と太陽と熱のバラッド」、六十三年度が菊池秀樹「マザコン仕掛けの目覚まし時計」、平成一年度が大井ひろし「大崩海岸」、三年度が萩原由男「夢」。奨励賞は六十一年度が山本栄枝「幻影」、佐藤卓「慰霊通信」、六十二年度が鈴木重作「ある日曜日のこと」、六十三年度が東出権七「流木」、唐松岩夫「ラジエター・グリルの蝶」、大塚清司「カマスの棲家」、平成一年度が寺田正人

「真昼蛾」、二年度が志賀幸一「悪しき星空の下で」、佐々木正勝「夢のありか」、三年度が結城志津「竹」、四年度が勝又己嘉「幻の富士油田」、縣美也「もうひとつの夏」。テレビ静岡賞は一年度のみで鈴木文孝「海の見える窓」が受賞している。

松田宏の「雪の重み」は、認知症の祖母の介護を頼むために、雪のふる山陰のまち栃原へむかう〈わたし〉が語る、老いの悲惨と家族の重苦である。松田は『原野』の同人である。

藤浪隆司の「風と太陽と熱のバラッド」は、ドキュメンタリー・タッチのインド旅行記である。〈インドは多様性と混沌の国だ。誰もが一応その姿を見ることは出来るけれど、一歩奥に踏み込んでその正体を見極めようとすると、途端にあの曼荼羅紋様の万華鏡の中に迷い込んでしまう〉。日本人青年タカシは、カルカッタで出会った野球好きのインド人学生サンガムに引きまわされて歩くうち、その〈万華鏡の中〉に迷いこむ。そして、一度はサンガムを拒絶するが、海から帰った漁師と出会ったことで、深いインドを垣間見たような気持ちになり、ふいにわだかまりがとけて再びサンガムに会いにいく。

〈バラッド〉とは、民間伝承をメロディーにのせて歌う物語歌のことだが、日本人とインド人の生に対する意識の違いから、摩擦をおこしながらも理解を超えたところで融和していく過程が、リズム感のよい文体で描かれている。

菊池秀樹の「マザコン仕掛けの目覚まし時計」は、不眠症の〈僕〉が〈映画の学校〉にはいって、母親のもとを離れ、ひとり暮らしをしながら映像表現の勉強をしていく話である。

大井ひろしの「大崩海岸」は、太平洋戦争の末期、焼津港所属の漁船二十四隻が、漁船員ごと軍に徴用される。元愛浜の漁師兼作は、妻子をのこして洋上任務につき、爆撃をうけながらも釧路港へ生還するが、家に帰ると妻がゆきずりの兵隊に陵辱され妊娠している。

萩原由男の「夢」は、理想の結婚を夢想する適齢期の女性が主人公である。工場経営者の一人娘ひかるは、婿取り結婚は承知しているが、見合いのたびに断りつづけている。そして、いつしか夢か現か判然としない世界に入りこみ、そこに理想の男性像をみてしまい、その男性に会うために山へ登っていく。

同人誌『椅子』―『隕石』の熱気冷めやらず旗揚げ

文芸同人誌『椅子』の創刊は平成四年一月である。田邊秀穂が逝って『隕石』が永久休刊（誰も終刊宣言をしたがらなかった）となり、同人は発表の場をなくしていた。筆者は互いに職場が近いこともあって、この頃、曽根一章と頻繁に会っていた。そんなある日、筆者が、もう一度同人誌を出そう、と提案した。曽根は二つ返事で同意し、谷川昇と岩崎芳生を誘い込もうということになった。『隕石』をやった仲間である。上野重光は東京へ移転していたし、桜井昭夫は転勤で関西へ行ったばかりだった。

谷川は「もう同人誌の時代ではないから独りでやりたい。懸賞金稼ぎをするつもりだ。明治維新以降、県内でおきた事件に材をとって書くつもりで、もう取材もかなりしている」というのだった。岩崎は元気がなかった。「書けない」というのである。

「では、元気が出るように岩崎を代表にしてしまおう」。曽根と筆者は彼を説得して、第一回編集会議を藤枝志太温泉の潮生館で行うことにした。小川国夫が『青銅時代』を創刊するとき、丹羽正、金子博等と初会合をもった旅館である。あやかりたい、と思ったのだった。この会合に岩崎は『坂』同人の荒尾守をつれてきた。

創刊同人は荒尾守、岩崎芳生、曽根一章、山本恵一郎、の四名だった。誌名の『椅子』を提案したのは筆者だった。以下は創刊号の目次である。荒尾守「林の隧道を」、岩崎芳生「地下道」、曽根一章「川岸」、山本恵一郎「専六の春」。そして〈招待席〉に、谷本誠剛「『アルジャーノンに花束を』を読んで」。

この創刊号を読んだ桜井昭夫が、曽根に「わたしが何をしたのですか」という、思わず笑いを誘うような題名の原稿を送ってきて、二号から同人になった。三号からは岩崎豊市が「太宰治の墓」をもって参加し、四号からは『静岡作家』を一緒にやった臼井太衛が、短編「べにうなぎ」と会費を郵送で送りつけてきて、押しかけ同人になった。六号からは勝呂奏が加わり、小森新の筆名で「羊」を発表する。

ここまでの同人については、すでに前出の所属同人誌等で紹介している。三、四号の〈招待席〉には、文化人類学者の前山隆が、V・S・ナイプールの「母性」と「B・ワーズワース」を翻訳している。そして、八号からは稲上説雄が同人に加わる。

稲上は東京で長く文学修業をしていて、審美社から『鼻毛を伸ばした赤ん坊』『大丈夫だよ』等の作品集を刊行していた。審美社の社主韮澤謙からの紹介だった。ユーモアとペーソスの奥に、特異な人間観がかいまみえる作風で、八号には短編「ハイキング」を発表している。

しかし、『椅子』は九号で休刊になってしまう。前述のように曽根が突然逝ってしまったことや、発病前の彼に何か暗い予感めいたものがあったのか、荒れる時期があって、仲間も気が殺がれてしまうということもあった。九号には曽根の遺稿「菜の花」が掲載された。

同人誌『燔』作品がたまってしまう―曽根一章

『椅子』創刊のいきさつは前述のとおりだが、同誌四号を発行した直後、曽根一章はこんなことをいった。「『椅子』は発行のテンポが遅くて作品がたまってしまう。もう一誌たちあげたいがいいか」。これについては多少のやり取りがあったが、曽根は『燔』を創刊し、『椅子』と『燔』の双方に作品を発表しはじめた。

曽根の行動は不可解だった。一般には同人誌作家の場合、発表を急ぐなら、例えば『青銅時代』創刊号の小川国夫「アポロンの島と八つの短篇」のように、所属同人誌に幾作かまとめて発表するか、そうでなければ将来を期して書きためておくだろう。同一作家の作品を読みたい読者にとってはその方が親切である。しかし、曽根は〈群〉で発表することも書きためもしないで、『椅子』に一作、『燔』に一作という発表の方法をとったのだった。

以下は『燔』創刊号の目次である。小説・安田萱子「挿話」、曽根一章「闇の王」、評論・谷本誠剛「狼森とざる森、盗森―ファンタジーとしての賢治の童話」、エッセイ・中島光太郎「沖縄」、岩崎豊市「わが歩行のジグザグ」抄。創刊同人はこの五名だった。

『燔』は順調に発行をかさねるが、四号を発行したあと、体調を崩していた曽根が咽頭癌《がん》の宣告をうける。曽根は「岬」の原稿をもって岩崎を訪ね、五号の編集発行を頼んで入院し、平成十二年一月二十二日、帰らぬ人となった。未発表の原稿「菜の花」が人にあずけられていた。

この後『燔』には、六号から岩崎芳生が、七号から美濃和哥が参加する。『燔』は曽根の発行ペースをまもって順調だったが、彼の死から丁度五年目の平成十七年一月二十二日、今度は谷本誠剛が亡くなった。同月同日の死は、不思議な符合を思わせた。

安田の五号の詩「山の端の月」は〈行かないで　どうか／太宰府は／遠い遠い地と聞く／そう　まるで／ひとたび訪なえば帰ること叶わない／黄泉の国のように／再び帰っては来られないかもしれない／それでもいいのですか　いとしい人／小さなこどもみたいに／あなたにすがって泣くわたしを／置いて行かないでください〉とうたい、十二号の「手紙」は〈長い冬が来るのでしょう　私の内部も白くなる（略）お手紙をください〉と、残された者の悲愁をうたっている。

創刊号の「挿話」は、華道を教える〈女の家〉に育った〈ぼく〉の回想一人語りである。同郷の資産家の一人娘玲子は、〈ぼく〉と同じ大学に入学してくるが、男と同棲しその男に去られ、郷里にも帰らず行方がわからなくなる。男が去って行った晩〈ぼく〉は玲子に頼まれ、彼女を朝まで抱きしめていた。祖母が死に、母が再婚し、大学から就職と郷里を離れて暮らすうち、〈女の家〉はいつしか叔母が住むだけの寂しい家に変わっている。メルヘンとロマンチックを一緒にしたメルヘンチックという造語があるが、そういう情緒で語る一人語りである。

同人誌『燔』酒と食と旅――加藤太郎

中島光太郎は加藤太郎の筆名である。『燔』でも『文芸静岡』でも俳句には加藤太郎を、詩とエッセイには中島光太郎を使っている。彼のエッセイは旅先での酒と食が主たるテーマで、『燔』二号からの連載「酒と僕と」には、世界をまたに駆けた旅でのそれが書かれている。

同誌創刊号の「沖縄」はその沖縄篇で、ここでは泡盛と山羊料理を堪能し、戦跡ガイドに涙を流し、締めくくりはイカのスミ汁。そこから加藤太郎という旅人が探りだす、特異な沖縄が見えてくる。以下は十二号「大連旅順」の一節。

〈観光地にはさまざまなトイレットがあるが、そういうトイレの裏には、きっと土地の人

が客に見せたくないものが隠されていたり、こっそり仕舞ってあるのではないかと思って、念のためのぞいてみるのが僕の手法〉

どこへ行ってもまず場末を探りあてる。そして一番度の強い酒を注文する。結果、ときには悪酔いもする。最初の酒は十五歳だった。予科練へ入隊する先輩の壮行会で、どんぶりの冷酒をまわし飲んだ。大学時代は浅草で三合百円の合成酒と二合十五円のどぶろく。初めてのヨーロッパ旅行は昭和四十年だった。横浜港からソ連船籍の汽船に乗船、ウオッカを皮切りに、二十八日間におよぶヨーロッパ酒旅行だった。

昨夏、静岡で文学仲間の集まりがあった。それが終わって、数人でホテルのラウンジでコーヒーを飲んだ。その時、加藤が鞄から琥珀色の液体の入った小瓶をとり出した。「飲んでみるかね。六十度ぐらいあるから、何かで割るほうがいいが」。ロクシィというネパールの蒸留酒だった。彼はこの酒のことを、五年前「ネパール」と題するエッセイに書いていた。〈原材料は米が一般的だが、ヒエやキビなども混醸される。しかし、これは密造酒で、公然と国外へ持ち出すことは出来ない〉。テーブルのロクシィはそのときスーツケースに忍ばせてきたものだ。舌が跳ねあがるような強さである。

『燔』が創刊される少しまえの正月、『椅子』の同人がそろって加藤家を訪れたことがあった。この時にはフランス・シャンパーニュのモエ・シャンドン四〇度マールや、南米の旅で買ったというマルチニクのモニー（ラム酒）五〇度がでてきた。彼は行く先々でその土地の地酒を味わい、面白いと思えばもち帰り、それがちょっとした酒屋の店先のように部屋に並んでいる。その酒を通して自分を見つめるのである。以下は九号の詩「酒」の一連である。

〈真夜中に酒を飲んで／ひとり含み笑いをする習慣／いつ身につけたか／このむごい奇矯を／いつまで曳きずるか〉。加藤の旅と酒の根っこには、どうやらこの〈奇矯〉があるようだ。〈奇矯〉とは奇を好んでむりにも普通と違った振る舞いをすることである。その結果であろうか。孤独がきわまることもある。

〈都会の皮膚を歩くひとりぼち〉という句は、田中波月の句誌『主流』にいた二十代前半の句である。

同人誌『谺』冊子で勉強会—講師に加仁阿木良

文芸同人誌『谺《こだま》』九号の後記には〈『谺』はいまだ九号しか出しておりませんが、二、三ケ月に一回開いている例会に使う冊子はすでに一一七冊を数えております〉とある。冊子は会員の作品を謄写版刷りにしたもので、例会ではこれをテキストに勉強会を行い、会員は指摘された箇所にみがきをかけるのである。こうして出来栄えのよい作品がたまると同誌は発行された。

発会は昭和五十年四月である。静岡県出版文化会の木村義昭、金原伸子、清水市立浜田小学校教諭の野田茂司らが中心になって、〈文集発行を通じて種々の勉強、交流をすることを目標にたち上げたものだった。当初の会員は、田中和子（辻末知）、井浦直美ら十四名である。加仁阿木良ものちに講師としてここにかかわっている。しかし、小説まで書くようになる会員は存外少なかったようだ。

以下は七号の目次である。辻末知「遠花火」、鈴木のりえ「棗《なつめ》の実」、小林芳枝「はるちゃん」、井上尚美「闇の風景」、柳谷直樹「穂高・乗鞍・八ヶ岳」、江端芳枝「いのちをわけ合う」、杉本弘子「冬の虹」、小花田文「しがらみ」、児玉朝子「トライアングル」、槙悠子「映画と私」、塚本良子「山神様のおくりもの」、北川圭子「棺の音」、西尾幸「湯の宿」、竹内凱子「白いページ」。

鈴木のりえの「棗の実」は、離婚をしてアパートで一人暮らしをする女性の、こころの内にめばえた微妙な恋愛感情を描いた作品である。人間関係がわずらわしくなっている彼女は、会社の同僚とも必要以上のつきあいはしない。休日は古墳発掘現場の見学会に参加したりしている。しかし、その見学会で出会ったちょっとキザな〈別れた夫とは異質な男〉になぜかこころを引かれ、粗雑で軽薄な印象を軽蔑しながらも、次第になにごとか偶発的な出来事がおこるのを期待してうき足立ってくる。孤独な女性の心理がたくみに描かれている。

井上尚美の「闇の風景」は、四十三歳の弟が肝硬変で亡くなる。これはその姉の弟にたいする鎮魂の物語である。職業軍人だった父は海軍中尉で終戦をむかえ職業をかえることになるが、家を継いだ兄に子どもがなかったので生家にもどり兄の農業を手伝うことになる。しかし、財産をとられまいとする義姉が同居した家族につらくあたり、姉弟の母は山の上の畑から赤子に乳をやりに降りてくることすら許されない。六歳の姉が弟をおぶって母のもとへ登るのである。

そんなある日、のどが渇いた姉は途中の崖で水を飲もうとして、背中に弟がいることも忘れてかがみこむ。弟は姉の頭の上をまえへ滑り、宙ぶらりんになった。姉は必死にこらえ、ようやく体勢を立てなおすが、恐怖と悲憤から泣きわめく弟の足を力いっぱいつねりあげる。その時の心の傷と弟への罪の意識から、姉はときおり闇の辻へ黒い人が集まる悪夢を見つづけてきた。弟が死に、姉は鎮魂のために山腹の崖へ登っていく。

同人誌『谺』時代見つめた自伝的長編—竹内凱子

竹内凱子の長編『流木を詩う』は、何年かおきに不定期に発行される『谺』の四号から七号にかけて、連載のかたちで発表された作品である。神田駿河台B学院の学生圭子の卒業までの三年間が、入学した翌月の出来事、昭和二十七年五月の血のメーデーの日から書きおこされている。

圭子の父親は海洋省の文官だったが、終戦の前年南方へある事件の調査に行き、乗船していた軍艦が撃沈されて帰らぬ人となった。このため戦後は、母親が教師をして子供たちを育ててきた。圭子はことあるごとに父親を想う苦学生である。

竹内が圭子をとおしてここで書こうとしているのは、流木のように時代に流されていく人々だけではない。主調韻律は十八歳から二十歳という年齢の女性の性と生理についてである。始まりはB学院に入学して間もない頃の、同性の同級生有子にたいする情火。だが行動はともなわず、それは未遂のまま関心は異性へうつり、左傾して勤めていた新聞社からはみ出した政治評論家吉浦永治へむけられていく。肉の喜びのあと、妊娠に気づき〈内臓をすべて引きずり出してしまいたい〉衝動にかられるが、やがて独りで産み育てようと決意する。しかし、その直後に流産。圭子の体は彼女の意志と関わりなく、自然の摂理に生かされ変化していく。

そういう女の肉体にたいする戸惑い。圭子の情欲と体験は吉浦永治によって成就したが、それはまた彼によって悲惨な結末へむけられていく。しかし、圭子は学院をやめない。苦学生として生きぬくために〈夢を食べて生きているとしか思えないような人たちが、流木が打ち寄せられるように集まってくる〉部屋、業界紙記者やはみ出し評論家、外国の人気小説を日本の高校生向けに書きなおしている作家など、アウトローがたむろする部屋に出入りし、原稿の浄書などの仕事をもらって生きていく。

しかし、ここに集まる人たちがたどるのは光のない道。永治も画家の児玉も自殺し、業界紙も破綻、大学受験をひかえた圭子の弟も自殺してしまう。竹内はこうした時代の下層へ落ちていく人たち、時代に負けて死んでいく人たちのなかに、楽天的で、したたかで、ときには小悪魔的な変身もできる圭子をおいて〈流木を詩う〉のである。この作品が不思議に明るいのは、そうした圭子の強靱な性質のせいだろう。

竹内はこの本の「あとがき」に『静岡近代文学』創刊号に書いた随筆を転載している。そこには自殺した弟のことが書かれている。作品が絵空事でないことを言っておきたかったのだろう。

『静岡近代文学』は同研究会の発行誌で、昭和六十一年に創刊されている。会員はほとんどが高校と大学の教師で、掲載作品も研究論文が多い。創刊同人は、池上雄三、今井泰子、上杉省和、大里恭三郎、大島仁、太田昌孝、小野田修、斉藤敏康、勝呂奏、杉山学、鈴木邦彦、高橋清隆、竹内凱子、竹腰幸夫、西田勝、西原千博、宮下拓三らで、同研究会は平成八年『静岡県の作家たち』を刊行している。

『県民文芸』平成5〜8年度—夫婦の悲喜劇描く—秋元陽子ほか

平成五年度から八年度までの県芸術祭創作部門芸術祭賞・奨励賞の受賞者のうち、まだ紹介していない作家の作品にふれておきたい。

芸術祭賞は六年度、秋元陽子「反対夫婦」、七年度、井村たづ子「遠い放課後」。奨励賞は五年度、水野浩道「僕の紫春紀」、七年度、佐々井斜「蛙たちの終わりなき跳躍」、八年度、高橋寿也「横須賀にて」、西方英右「出航」、大村利彦「かおよ草」である。

秋元陽子「反対夫婦」は、夫婦養子として入った商家で舅とそりがあわず、妻と娘を置きざりにしてアメリカへ渡った男が、四十年ぶりに帰国し、家を建て、何事もなかったかのように妻と娘をよびよせ、一緒に暮らすという話である。この間、妻は針一本で娘を育て、嫁がせたあと、金持ちの老人と再婚する。しかし、老人は株に失敗して没落、妻はまたもとの一人にもどっている。結婚した娘も子ども二人を産むが、夫に先立たれて先行きの不安を抱えていた。

語り手は孫娘である。四十年も置き去りにされていた祖母のひねくれぶりと、勝手に再婚した妻への不満ものみこんでおおらかに陽気に、アメリカ風にすごす祖父。異なる性格の二人を巧みに描き分けたユーモア小説である。

井村たづ子「遠い放課後」は、政界汚職にからみ逮捕は時間の問題となっている実業家岡崎を追いかける女性記者前沢の回想である。岡崎も前沢も若い頃ある私塾で講師をしていた。立場を異にするいま、そういう日々を振り返れば、そこはもはや〈遠い放課後〉というわけである。

水野浩道「僕の紫春紀」は、若者の孤独な青春を描いたものである。ある朝、新聞を見ていた〈僕〉は、若い男女が交通事故死した記事を見つける。女の名まえはミリン。四年前、十六歳だった彼女は、アルバイトをしながら詩を書いていた〈僕〉の部屋へきて、二か月間一緒に暮らしていた。それがある日、どこへともなく去って行って、以来、〈僕〉は消息を訪ね歩いていた。

佐々井斜「蛙たちの終わりなき跳躍」は、物語を語り聞かせることで心豊かな子どもに育てようと、気難しい幼児だった〈私〉の面倒を根気よく見てくれた〈ひいばあ〉の思い出を書いた作品である。

高橋寿也「横須賀にて」は、育ちはよいのに我がままに生きてひたすら落ちていく母民枝を、奔放な男関係も含めておおらかに受けとめ見まもる、息子津島の母への愛を描いた作品である。戦後間もない横須賀とそこでの暮らしが活写されていて、すさんだ町の下層の人々のなかに息づく人間への信頼が光を放っている。

西方英右「出航」は、病院のベッドで死んでいく男の意識を書いたものである。妻や娘の声、その手の感触、すべてが霞の中のようでいて心地よい。男はスメタナの「モルダウ」を聴きながら死の海へ〈出航〉していく。大村利彦「かおよ草」は、日本舞踊の師匠と舞台の大道具係りの情交を描いた作品である。

『県民文芸』平成9～12年度―孤独な妻の変化描く―岡文子ほか

平成九年度から十二年年度までの県芸術祭創作部門受賞者は、芸術祭賞が九年度、村伊作「ぼうふら」、十年度、岡文子「冬至」、十一年度、中野新一郎「よろしく」、十二年度、藤井照次「カミソリ、鉈、錆びたナイフ」。後援者賞が十一年度、戸塚康二「波涛の彼方に」。奨励賞は九年度、芦川龍之介「拾う神」、小川孝太郎「ねんころろ」、中川尚「お福と関が原の戦い」、十年度、原田己智夫「天平の夕映え」、瀧千賀子「芹」、十一年度、多伊良一公「だらっぺし」だった。

村伊作「ぼうふら」は、家の山仕事を手伝いながら高校の分校へかよう少年の、新天地へ想いをはせる焦燥の日々を描いた作品である。

岡文子「冬至」は、定年を二年後にひかえた夫と専業主婦の妻の、静かだがかみ合わない日常を描いている。子どもたちはすでに就職をして家を出ている。夫は石を磨くことだけが趣味で、休日には川原へ石を拾いに行くか、拾ってきた石を磨くかしていて、作業中も食事中も妻との会話はない。陽気で単純な妻は寂しい。何とか夫の気を引こうと紅葉狩に誘うが、「俺は石を磨きたいんだ」とのってこない。妻は一人で若者に人気のコンサートに出かけたり、夫が磨いた石をどこかに安置してくるというアイディアを添えて四国巡礼を提案したりするが、夫は「俺の石だ。安置などしない」とにべもない。「では、伊豆へ」と妻は近いところを再提案。遂に夫は折れて、安置する石をリュックに入れて車で出かける。が、この頃から妻のようすが変わってくる。伊豆から帰ると庭の石に深々と頭を下げたり、裸で家事をやったりし始める。開放的にみえて求心的な妻と、無口で求心的に見えながら現実的で他者への想像力に欠ける夫との暮らしがうまく描かれている。

中野新一郎「よろしく」は、夫の浮気が原因でアルコール中毒になった嫁に、義母と義姉が酒をちらつかせて無理やり離婚届に印を押させるという、何ともやりきれない話である。

藤井照次「カミソリ、鉈、錆びたナイフ」は、就職試験に失敗し、腰掛のつもりで高校の講師になった主人公が、次第に人間味のある教師に成長していく、いわば形成物語である。

芦川龍之介「拾う神」は、家族のごたごたに嫌気がさして、自由な生き方をもとめて家を出て暮らしている四人の男女が、家族を見直す試みとして一週間の家族ごっこをやるという話である。ユーモアと寓話性を生かしたうまい作品である。

瀧千賀子「芹」は、人間のもろさとしたたかさを市井の人情のなかに見つめた作品である。隣家の住人はアルコール中毒の年老いた母親と三十過ぎの娘。そろって男運の悪いこの母娘のあいだには哀切極まりない心中未遂事件もおきるが、首にひもの痕をつけた母親は娘をかばって、蛇に襲われた夢を見たと真顔で答える。

『県民文芸』平成13～17年度―我儘女の滑稽描く―宇田川本子ほか

一月九日、高杉一郎氏が逝去された。九十九歳だった。氏の業績については連載の冒頭で詳述しているが、氏によって創刊された『県民文芸』『文芸静岡』を中心に本稿を進めてきた筆者にとって、訃報はまだ終わらない舞台に不意に幕が降りてきた感じさえする。

その『県民文芸』の平成十三年度から十七年度版に作品が掲載された受賞者は、芸術祭賞が十三年度、池端眞「夜の果ての修学旅行」、十七年度、宇田川本子「待つわ」。後援者賞が十三年度、加藤聡文「レインコート」、十四年度、小杉康雄「血族の証」、十五年度、深沢恵「暑季（ロダウプラン）」。奨励賞が十三年度、宮木広由「晩夏」、十六年度、そのべよしお「カジキマグロの眼」だった。

池端眞「夜の果ての修学旅行」は、年末年始の休暇に妻の墓参をかねて故郷へ帰る男が、途中一泊したホテルで妄想と幻視と思い出が混濁したような妻にまつわる夢を見る話である。

宇田川本子「待つわ」は、帰るあてのない夫の帰りを待ち続ける女の話である。学生時代トランペット奏者だった夫の〈追っかけ〉だった彼女は、商社マンとなった彼と結婚し幸せに暮らしていた。しかし、夫が株で大損をすると、寝ていた夫の頭をバリカンで刈って坊主にしてしまう。夫は家を出て行った。彼女は夫が香港で買ってきたバリニーズ種の猫を〈姫〉と名づけて可愛がっている。しかしこの猫も何があったのか、長い毛を刈り取られて放り出されてしまう。寂しくなった彼女は、骨董市でトランペットを吹く陶器の人形を見つけると思わず買ってしまう。癇癪もちの孤独な女の内面を軽妙な文体で描いている。

加藤聡文「レインコート」は、停学中の高校生をとおして存在のはかなさを描いた作品である。

高校生の〈僕〉は同級の女生徒がいじめを受けて学校をやめてしまったことを知り、いじめをした女生徒を殴って一週間の停学になっている。三日間は買っても読む暇がなくて積んであった本を読んでいたが、それを読みつくすと急にゆううつな気分におちいり、雨の中へ黄色いレインコートを着て出ていく。そして川の濁流を見つめていると、いまは進学校にいっている中学時代同級だった女の子に声をかけられる。彼女は失恋をして傘もささずに川辺を歩いていたのだ。

二人は危ない流れに足を浸して岸に腰かけ、それとない感じで生きることの意味や死について話し合うが、やがて彼女は自分の鞄を濁流のなかへ放り込んでしまう。〈僕〉もつづけて黄色いレインコートを放り込む。彼女の鞄はすぐに沈んで見えなくなるが、〈僕〉のレインコートは軽々と浮いたまま流れていく。死はコインを裏返すように簡単なことだと思う、と彼女はその時いった。〈僕〉は復学した。しかし、それから幾日もたたない或る日、彼女の学校の同級生から、彼女が手首を切って自殺したという連絡を受けるのである。

『県民文芸』続・平成13〜17年度―死越え生を実感―深沢恵ほか

小杉康雄「血族の証」は、上海紅十字会から〈私〉の父のところへ、老人保養施設で独り暮らしをしている弟を引き取りに来てもらいたいという手紙が届く。〈私〉は父に代わって船で上海へわたり施設を訪ねるが、公安刑事がついてまわり、担当者の応対もどこか不自然である。サチ老師と呼ばれるその老人はアルツハイマーで、黙したまま何も語らず、叔父だという証拠は見つからない。帰国前夜、〈私〉は老人と風呂に入る。背中に鞭で打たれた傷が無数にある。その背中をそっと流してやると、老人は心地よさそうに小さな声で「誰か故郷を想わざる」をくちずさむ。

しかし、日本語の歌を知っているということが、叔父だという証拠にはならない。帰国する日の朝、若い刑事が近づいてきて「つれて帰るのか」と聞く。「確証がないからあきらめる」と〈私〉は答える。「賢明な決断だ」と刑事。老人が開発した高速鉄道技術が軍事機密に該当するので、彼を出国させることはできないのだ、と。推理性を生かして読ませるうまい作品である。

深沢恵「暑季（ロダウプラン）」は、新聞記者の夫が海外特派員の仕事から帰って、アンコールワットで、色は黒いが日焼けした時のきみにそっくりのキテちゃんという女の子に会った、という話をする。十年前〈わたし〉は胎盤早期剝離で出産まぢかの子どもを亡くしていた。その子が育っていたら―。夫はキテちゃんにわが子を重ねてみたのかもしれない。キテちゃんはガイドまがいのことをして家計を助けているらしい。会ってみたい。

思いは動かしがたいものになり、〈わたし〉は暑季のアンコールワットへやって来た。結局、キテちゃんに会うことはできなかったが、地雷を恐れながら彼女の家を訪れたとき、彼女の母親が子どもを生むところに行き合わせ、あわただしく手助けをしながら生まれたばかりの赤ちゃんを抱きしめる。〈その何とも言いようのない柔らかな感触と心地よい重み〉〈わたしが求めていたものは、こうして掌に伝わってくる確かな命の感触だった〉。記憶のなかの死と眼前の生命の感触を同時に抱きしめる、愛を実感させる作品である。

宮木広由「晩夏」は、市の本庁から町役場の農地課へ転勤になった工藤をとおして、過疎の町に一本の道路を敷設することがどういう問題を派生させるのかを見つめた作品である。工藤の仕事は土地の利権者の家庭訪問から始まる。農家の事情もさまざまなら、町には小さな商店もある。町民の生活は一変するだろうが、工藤はそれを推し進めなければならない。

そのべよしお「カジキマグロの眼」は、一人船でカジキの一本釣りにでる漁師の話である。不漁つづきで、漁師をあきらめ陸の仕事をする決心をし、最後の漁にでた日に五百キロの大物カジキを釣りあげる。臨場感があり土地の風俗もよく書けているが、どう読んでもヘミングウエイの『老人と海』が浮かんできてしまう作品である。

同人誌『土砂降り』関西の文学を経て―小倉弘子

小倉弘子は『文芸静岡』六十七号に発表した「悠さん」の冒頭に〈熱海は坂の街である。ひと昔前に関西から越してきてから、二ヶ所に居を移したが、どちらも傾斜の強い海ぎわと山ぎわであった。(中略)私は故郷を捨てたせいか、ちょっぴりメランコリックになるところがあって、ああ、一生旅人だな、と思う〉と書いている。

大阪文学学校で文学の洗礼をうけたあと、文芸同人誌『文学地帯』『八月の群れ』『しきざき』『再現』等に精力的に小説を発表、熱海に移り住んでからは夫の桐生暗と共に『土砂降り』を創刊。現在、第二次『土砂降り』を編集発行している。同人には、詩集『さよなら冥王星』をもつ長谷川紘子、長島澄子、鈴木さつき、小沢房子、名鹿祥史、宮崎淳悟、大野貞男（奈良）、関岡龍郎（神戸）、中村伸樹（高石）等がいる。

小倉の作品には織田作之助の影響がみてとれる。小説が悲惨な終局へむかう瞬間にも、笑いを含む人生への余裕を感じさせるのである。小説「ペットの背景」で第一回神戸文学賞を受賞し、評論では高橋たか子、開高健、太宰治、林芙美子らを論じて静岡県芸術祭賞と奨励賞を受賞している。評論の本質はオマージュだというが、これらの評論も作家への付け文の趣があっておもしろい。

『八月の群れ』七号に発表した「一樹の陰」は、再婚三年目の妻への愛を照れかくしの冗談にまぎらす明るい夫に支えられ、難病を克服する〈わたし〉と、生来の自己中心的な性質から他者と折り合うことができず、闘病の孤独と苦しみを一身に背負ったまま死んでいく不二子という女を対比させ、人の生きかたを問うた百四十一枚の作品である。

主人公の〈わたし〉はホーローバスメーカーの留守営業所に勤めている。以前勤めていた会社が倒産したとき、その会社に出入りしていた広告会社の社員の不二子が紹介してくれた会社だった。病気はその〈わたし〉に突然降りかかってきた。眼孔の内側に疼痛がはしり、悪性腫瘍のメラノーマと診断される。〈わたし〉はコバルトの通院治療を受けながら勤めている。腫瘍は消え、完治したかに見えたが、やがて顎下リンパ腺への転移が判明する。

そんな〈わたし〉のところへ、不二子が電話をかけてくる。「遺書を書きたいから机貸して」。事務所へやって来た彼女は〈わたし〉の机で片思いの上司にあてた遺書を書く。不二子も癌におかされていたのだ。〈わたし〉は神経が集中する顎下のむずかしい手術をうけ、成功する。快癒を約束されたベッドは明るい。しかしそのベッドで、不二子が誰に見取られることもなく死んだことを知らされる。

『律子の肖像』は、第二次『土砂降り』に発表した「春の坂」他の、律子を主人公とする連作をまとめた自伝色の濃い作品集である。律子は終戦時国民学校六年生だった。冒頭におかれた「吉野山のレンちゃん」は、差別に強靱な精神力で立ち向かっていった混血少女の不意の死を描いている。

『文芸静岡』71・72号―或る受洗の背景を描く―白井小月

『文芸静岡』七十一号では創作部門以外の会員にも原稿依頼する形で「短篇小説特集」が組まれている。この号の編集長岩崎芳生が編集後記に書いているところによると、彼自身十代の終わり頃には短歌を、二十代半ばには詩を書いていたが、そうした〈個人のささやかな歴史〉が彼に、詩、俳句、短歌部門の人たちの〈ある一つの形式の内に収斂することで沈黙の側にまわした、もう一つの若い魂を揺り動かしてみたい〉という思いをおこさせ、こうした試みに発展したのだという。

前出の章ですでに紹介している作家を除いて、小池尹子（短歌）「くれなゐの筆」、工藤靖晴（俳句）「にしても」、佐久間章孔（短歌）「蛍宿」、秋山末雄（詩）「ショート五編」を紹介しておきたい。

小池尹子「くれなゐの筆」は、老いがとらせる狭小無用な行動と心理を、書をたしなむ老女を通して描いたものである。老女は彼女を気遣う嫁や息子すらよせつけず、自然に染み入るようにただ〈墨を磨っていたい〉心境になっていて、そうしている時にだけ至福を感じ、かつて男からもらった炎の色の筆のことに思いを馳せるのである。

工藤靖晴「にしても」は、俳句に趣味のある自由人画龍先生が主人公である。束縛を嫌い、友人が立ち上げた翻訳会社の下請けで糊口をしのいでいるが、北海道旅行に出かけた折、途中の機内で死に場所を探している光江女史と知り合い、死にたい女と、もう少し生きたい男がいっとき一緒に旅をする話である。

佐久間章孔「蛍宿」は、生者とも死者とも、現実とも非現実とも判然としない男女の、山村を舞台にした肉欲の世界を描いている。秋山末雄「ショート五編」は〈せんべい〉〈手おくれ〉〈目〉〈マラソン大会〉〈回転寿し〉からなる五葉の小噺である。

続く七十二号には白井小月が「或る受洗―吉瀬海岸」を発表している。吉瀬教会のシスターだった琴代は、大正十年頃、七駅も離れたところにある古谷教会から、こちらへきて住み込みで切り盛りしてもらいたいと頼まれる。琴代は両方の教会の人たちから、おねえさんと呼ばれ慕われていた。一方、幼いときに両親を亡くした絹子は、若い飾り職人の叔父信吉にひきとられ育てられるが、信吉と琴代が好意を寄せ合っているのを知り、二人が一緒になってくれることを願っていた。

しかし、信吉はほかの女と一緒になり、琴代は資産家の後妻におさまる。だが、琴代の結婚はうまくいかず別れて教会へ戻ってくる。そして信吉の子を身ごもるのである。思わぬ妊娠の処置のために神戸へむかう琴代にかわって、絹子は二ヶ月という約束で古谷教会へやってきたのだった。そして、周囲の勧めで洗礼を受けることになる。物語は絹子が洗礼を受けるために吉瀬海岸へ向かうところから始まり、彼女の道中の回想によって背景が明かされ、洗礼の儀式の終了とともに終わっている。

8　文学的吸引力

『風信』　高柳克也の「小川国夫書誌」

『風信』は高柳克也が〈小川国夫書誌〉を順次発表していくために、平成二年四月に創刊した個人誌である。彼が書誌の仕事に着手したのは昭和四十八年だった。

『EX－VOTO』同人で豆本収集家であり、現代豆本館館長でもあった小笠原淳が、藤枝の自宅敷地内に先駆文学館なるものをつくり、その開館祝賀パーティーが同年行われたが、その会場で高柳は小川国夫と出会うのである。彼は或る自動車メーカーのテスト・ドライバーだったが、同僚の事故死を見てスピードに恐怖を覚えるようになり、転職して静岡へ来て、この頃から書誌に興味を抱き始めていたらしい。小川との話題もごく自然にそういう話になって行ったという。

高柳はこの邂逅《かいこう》の直後から〈小川国夫書誌〉作成にとりかかるのである。そして五十八年九月『小川国夫書誌』を沖積舎より刊行する。この書誌は小川国夫が三十二年十月、友人丹羽正を刊行者として刊行した私家版『アポロンの島』の記述からはじまり、五十六年十二月、初谷行雄刊行韻文叢書ⅷ限定版『地を這う者』までの二百十三著書を詳述している。

高柳の仕事は常にある覚悟のようなものを感じさせる。書誌やそれに類する仕事をする者に必要不可欠な意志を内包する覚悟である。しかし、それがどこで培われたものか、テスト・ドライバー時代の経験によったものかどうかは解らない。この『小川国夫書誌』の後記も、そういう意味では高柳らしい後記だが、こうした刊行物のそれとしては異質である。

〈自分の死に準備不足のまま出会うようなことにならない為にも、又、目前に確実な死をひかえた恐怖の時に困らないようにする為にも常に芸術に親しんでおくべきだと思うのです〉と彼は書いている。

この『小川国夫書誌』の刊行後、彼は整理できたものをその都度印刷物にしておくことを思いつく。死を見つめて生きる、という彼の姿勢がここにも感じられるのである。そして、五十七年以降の〈小川国夫書誌〉の発表誌として、前述のように『風信』を創刊したのだった。

しかし、書誌だけの発行物では読者は限定される。刺身には具《つま》が必要だ。彼は交流のある書き手に、小川国夫と藤枝静男についてのエッセイを書くように要請し、それを掲載することで『風信』の色合いを鮮明にして行った。勝呂奏、澤本行央、佐々木幸治、前山隆、粂田和夫、渡仲良也、中道操、青木鐵夫、岩崎芳生、岩崎豊市、山本恵一郎らがここに書き、松井正之がカットを描いた。澤本は小川が滞欧中に行なった地中海沿岸の単車旅行を地図上でたどるエッセイ「愛車ヴェスパでの行程をたどって」をここに発表した。

そして小川は『風信』七号（十周年記念号）に、同誌の文学的吸引力を「Ｔａｋａｙａｎ

agi-Station」と命名、文章を寄せる。しかし、高柳は八号の準備にかかったところで体調を崩し、そのまま帰らぬ人となってしまうのである。

『荒土』牧場廃業し文芸誌たちあげ―増田一郎

『荒土』は増田一郎（筆名榑林守）が平成十一年四月に創刊した個人誌である。後記によると彼は『遠州豆本の会』『亡羊』などで小説を書いてきたが、『亡羊』が終刊すると知って個人誌創刊を思いたち、『亡羊』『遠州豆本の会』の同人に〈独断と偏見で原稿を依頼〉、吉良任市、吉田知子を選者に荒土文学賞を設定、その後に編集をプロに依頼した、というようなことだったらしい。

文学をやりたい人の個人誌の立ち上げ方としては、賞をもうけたり編集をプロに依頼したりというのは異色である。彼が小説を書きはじめるのは還暦を過ぎてからのようだが、そのあたりのことについても自伝色の濃い「酸性土壌」他の作品や対談、『荒土』後記などから詳しく知ることができる。

彼の両親は祖父母と折り合いが悪く、昭和二十四年、榛原郡相良町の家を出て三方原開拓地へ入植する。この時中学一年生だった彼は父を手伝いながらやがて定時制高校を卒業し、以降の四十年間を酪農経営に専念するのである。そして牧場周辺の宅地化が進み酪農経営が難しくなった六十一歳のときに廃業する。

彼は小説への思いをこう語っている。〈盆も正月もない非常にきびしい重労働の中での経営がずっと続いたわけです。本を読もうとしても、文章を書こうと思っても時間的に余裕がないわけです。でも高校のときに作った文集『花蕾《つぼみ》』に気持ちをはせて、ずっと心はそこにつながっていて、いつかは文芸誌を作りたいという願いを持ち続けていたわけです〉。そして〈牧場を廃業する二年くらいまえ、吉田知子氏と出会い、小説の書き方を教わっているうちに、二つとない命を創作に賭けてみたいという思いが湧いてきた〉のだという。

「酸性土壌」は彼が創刊号から五号まで連載発表した作品である。入植後の開墾や痩せた酸性土壌との戦い、父の死、牛体を侵す細菌へのおびえ、その牛から廃業しないかぎり離れられない酪農経営の心労と辛苦が描かれている。

同誌は十五年十月、十号で終刊となるが、これも創刊時〈将来に向かって肥沃な土地にしていく〉という意味を込めて〈吉田知子氏が『荒土』と名付けて下さった折〉〈二号や三号で止めるのだったらやらない方がいい。やるからにはせめて十号まではね〉と言われていたからだという。

荒土文学賞は第一回受賞作水野憂「風花」、佳作宮司孝男「光の夏」を出した後、第二回は該当作がなくこの時点で打ち切りになってしまう。

二号に吉良任市が詩「遠い声」を、四号に吉田知子が日本近代文学館主催の〈声のライブラリー〉で朗読した「穴―一人芝居」を、同号に阿部千絵が「バヤット・ホテル」を、五号に山本平八郎が評論「田中英光没後五十年を読む」を、八号に金原宏行が評論「職人と芸術家のはざまで―木と対峙した高村光雲」を、同号に中山幸子が「涙壺」を、九号に平松激人が「マンション日誌」を寄稿している。

詩誌『岩礁』に発表の『本郷追分物語』―大井康暢

大井康暢の『本郷追分物語』は、詩誌『岩礁』に発表したあと平成十年叢文社から刊行された長編小説だが、年譜によると原形はすでに昭和二十八年、二十四歳のときに書いていて、『岩礁』発表時にそれを改作したものだという。彼はその原型を書く前年、本郷追分の文京学園女子高等学校に英語教師として就職するが、小説はその学校を舞台に描かれている。

本郷については木下順二『本郷』、森鷗外『雁』、夏目漱石『三四郎』、梶井基次郎「冬の日」、嘉村礒多「業苦」等を始めとして多くの作家が書いているが、大井はこの作品で文京学院を本郷学院とした校名と〈上野駅を降りた生徒は、近くの大学の農学部の裏手を通って通学する〉と書いているほかは、題名からうける印象とは異なり特に本郷を書いているわけではない。

本郷がどのように書かれているのか、筆者は期待を持って読み始めたがそれには理由があって、幼少年時代を本郷森川町で過ごしていたからである。まして小説の舞台が、終戦直前まで通っていた東京大学農学部前の追分国民学校（現在は区立第六中学になっているらしい）から目と鼻の距離だとすれば、懐かしさだけではおさまらずあれこれ思い出すことも多い。

　小説の主人公宏は、大学を出て本郷学院に就職し、そこで音楽学校を出て講師をしながら声楽家を目指している麗子と知り合う。二人は生徒が開校記念祭で英語の歌の合唱をやることになったことから協力して指導することになり、うちとけた話をするようになる。宏の麗子に対する恋愛感情は一気に高まる。しかし、彼女の態度ははっきりしない。いつも顔をつき合わせていながら落ち着いて話す機会のない二人は、手紙で気持ちを伝え合おうとするが、思い込みや誤解から齟齬《そご》は深まるばかりである。

　実は、その裏には麗子が引き揚げ船の船中で受けた残酷な暴力事件があった。彼女はその精神的外傷から肉体の欲望にたいして恐怖に近い感情を抱いていたのだ。そしてそれを宏に知られることもまた怖れる麗子は、彼との関係をあいまいにしたまま近づいたり遠ざかったりを繰り返し、「魂だけで生きたいなんて、体だけの女のくせに、考えるのよ」とつぶやいたりもする。真実を知らされないままのこうした関係は、宏の心を惑乱するばかりで、不毛の愛はやがて立ち枯れるように終わるのである。

　大井にはこのほかに、敗戦直後の時代を二人の青年、感性によって生きようとする青年と、理性によって生きようとする青年を通して描いた『虚無の海』、中原中也への熱愛がほとばしる詩人論『中原中也論』、新編『大井康暢詩集』等がある。四十四年、大井は詩誌『岩礁』

を創刊、同誌は平成二十年現在一三四号を出すに至っている。中村慎吾、佐野旭、マルチェロ高田、等がここにつどい、泉渓子、井上和子、栗和実、高石貴、竹内オリエ、ほか多くの詩人達がここに書いている。

詩と詩謡と小説―後藤一夫

藤田圭雄は『後藤一夫全詩謡集』によせた文章で以下のように書いている。〈後藤さんの詩はすなおだ。衒いもなければ気取りもない。美しい心を持つ一人の人の、心に触れたすべての感慨が、最も美しい言葉となって綴られている〉。

後藤一夫は言葉が本来持っている音律を大切にして、それを忠実に生かすことのできた詩人だった。詩も童謡も小説も言葉がそういう心の行き届いた自然な音律を有している。昭和二十八年、後藤はサトウハチローの木曜会に参加し、童謡の指導をうけるようになる。

詩謡集の「あとがき」には〈機関誌『木曜手帖』はまだガリ版刷りでした。二段組で、上に弟子の作品、下に先生の修正作品があり、親切な指導〉でした。〈サトウ先生宅での木曜日の夜は、当時、吉田一穂氏が指導に来ておられました。昭和散文詩運動の先駆者で、敬慕していた方です。氏が「きみは、童謡を詩で書こうとしている」とニヤリとされました。その通りで、自分も内心ニヤリとしました〉と書いている。また同集の「履歴をかねてのあとがき」には、〈ハチロー大人は「童謡一本に絞れ」と助言されたが、詩を捨てきれず次第に

『木曜手帖』から離れた〉と書いている。

長女圭子を亡くしたときに歌った詩謡「浜ひるがおの歌」(第一連)は〈小さい葉っぱがゆれるから/花もゆれてる　みずあさぎ/浜ひるがおを　ふと摘んで/嚙めばうすらの汐の味/思いを呼ぶのは　海鳴りだけさ〉。そしてその長女を弔う詩謡「ざくろの歌」(第三連)では〈窓にざくろの秋をみて/生きていたいと言った日よ/水晶みたいにこぼれる実/紅く小さくまたたいた/すっぱさが　ああ身にしみる/火のようにうずくせつなさに〉と歌っている。

後藤は『後藤一夫全詩集』に収録した未刊詩集「わが秋雨物語」の冒頭に以下のような〈メモ〉を付している。〈この詩集ではなるべく在来の喩法を避けて、叙事的な手法を採ることにした。小説の材料としてあたためてきたものである〉。小説の材料としてあたためてきたが、ここでそれを使い叙事的手法の詩にしたというのである。

その一編「お迎え」の一節。〈貧しく、若い時から苦労のしつづけだった。つい先ごろまで息子の弁当はしわの手で老母がつくった。共かせぎの嫁にはあくたいをつき、ただ辛くあたった。そのうえ、五十男の息子をののしった。が、その日の弁当には、季節の菜の花漬けが色をそえていた。/老母の便はもう臭いもしない〉

ここで詩にしなければ私小説を書くつもりだったのだろう。しかし、彼が書いたのは私小説ではなく忍者ものの時代小説だった。『乱世忍びの流れ唄』として刊行した一冊にはその五編を収録している。その一編「忍びかげろうの唄」は、小田原城攻めで滅ぼされた北条の残党無笠小四郎が、高野山に閉居させられた主君のもとへ向かおうとするが、家康の忍者に阻まれ断念するという話である。

詩誌『馬』そして『鹿』—埋田昇二・溝口章

埋田昇二は「光と闇の証し」で、昭和三十七年度第二回県芸術祭詩部門県教育委員会賞を受賞している。彼も『文芸静岡』の創刊同人で、その創刊号に「生まれることのなかった子への悲歌」という、以下のような詩を発表している。

〈あらゆる詐術のなかで／泥のように死ぬことで／おまえは夢見がちな父親を／暗い盆地に追放する／骨のない筋のようなおまえの手に／みみたぶのようなおまえの肉ひらに／触る妻の／微動だにしないきつい眼窠に／ぼくは脊椎を撃たれる／すでに燐質化しはじめたぼくの裂目から／ちいさく軟いおまえが／ばっさり／ひきはがされるとき／地ひびきたてて倒れる馬の尻べたのように／ぼくは肩をふるわせながら／這いつくばる（以下略）〉

ここには、生まれ出た我が子が生きて死ぬのではなく、生まれることも生きることもなかった子の、〈ちいさく軟い〉死という物体から、目をそむけまいとする父親の言いようのない悲しみがうたわれている。

埋田は五十三年、詩誌『馬』を創刊、同誌は九号から『鹿』と改名し現在にいたっている。

創刊同人は後藤一夫、小長谷静夫、安井義典、なかむらみちこ、石割忠夫、高石貴。その後、小川アンナ、池谷敦子、安田萱子、溝口章、谷川昇、岩崎豊市、中島光太郎、小松忠、中久喜輝夫、金指安行、原利代子、いいださちこ、等がここに参加した。新・日本現代詩文庫『埋田昇二詩集』他がある。

溝口章は『文芸静岡』七十三号に「『時』の居場所」を、七十五号に「礫となってとび去ると」を発表している。彼は発表の場が多岐にわたっていて、『文芸静岡』への参加こそ遅いが、学生時代から『批評運動』を通して吉本隆明らと交流をもち、詩や評論を書いてきていて、現在関係している詩誌も『PF』『ガニメデ』『青い花』『鹿』『交野ケ原』と多い。その『交野ケ原』には詩論「物と言葉の相関」を、『青い花』に同じく詩論「装置としての詩空間」を、『PF』に長編詩「一遍聖考」をそれぞれ連載し、詩人論『伊藤静雄─詠唱の詩碑』、詩集『残響』他を土曜美術社出版販売より刊行していて、疲れを知らない精力的な執筆活動をしている。

『戦史・亡父軍隊手牒考』は『PF』に連載後、司修の装丁で刊行したものだが、亡父が残した〈軍隊手牒〉から戦闘の状況や行動、心情などを想像力で読みとり、そこに復員した父から聞いた話や幼い自分の姿をかさねて、苛酷な時代を生きた父の存在を浮かび上がらせている。「渡渉」は詩集『病状記─母への頌』の〈拾遺〉におかれている作品である。

〈水に　闇はそぐはないか／砕ける音が　光を誘い／息することが　光にもなる／そうい

う流れが　どこからどこまでつづいているのか／とりとめもないほのじろさが　天の際までひろがっていて／私は　いま／そのどの辺りを渡っているのか／鳥とまがう　死者を求めて〉。病んで苦しみ逝った母親を求めて、想いは生と死をへだてる川辺をさまようのである。

杉山市五郎「ノクターン」ほか

杉山市五郎は『文芸静岡』の創刊同人である。詩歴は長く、昭和元年、二十一歳のときには静岡文芸家協会の発起人となって同志を募り、『文章倶楽部』『太平洋詩人』等に積極的に作品を投稿しながら、同人誌『赤い処女地』に参加、個人誌『青林檎』の編集発行も行っている。

『文芸静岡』四号に発表した「ノクターン」は、月を写すゆったりした夜の海をユーモラスに写生した作品である。〈月は黄色い笑いがとまらなかった／そっとのぞいてみようと思った途端／月の頬は笑いに打ち砕かれた／海はみごもったおなかで黄色い笑いと破片をうけとめた／だが笑いは漂々と潮に流れ漂ってゆく／とらえようとして手をさしのべると／笑いはひよいひよいとその手を逃れ去るのだった（以下略）〉。

佐藤健治も同誌草創期からの同人である。彼は自身交流のあったキャスリーン・レインの詩を、四号から五十六号までの同誌に十篇翻訳している。レインは一九〇八年生まれのイギリスの女流詩人で、ウィリアム・エムプソンの指導をうけて詩をつくり始め、叙情詩にすぐれた才能をしめした。代表作は評論『ウィリアム・ブレイクと伝承神話』である。
以下は十号に発表された佐藤の翻訳による「罪の許し」の部分である。〈ときには　こころの天使によって／人の罪をゆるす言葉が言われ／ときには　夢の中で　こころがあわれみと触れるときがある／迷える無垢なる花　子供時代の／涙にぬれた目にかわるほほえみに接し／草の中から神の許しで祝福せよ／鳥たちは　緑の場所から自分たちのいつもの歌をうたい／自らを閉じこめてしまった恋人たちのきく純粋なる声は／欲求のかしましい悲しみの上にくっきりとひびき〉
佐藤には『朱鷺　ジェームス・カーカップ詩集』（原始林の会）他の訳詩集もある。
堀池郁男も同誌草創期からの同人である。彼は「擬人法」という作品で、昭和四十九年度の県芸術祭詩部門芸術祭賞を受賞している。〈―リンゴちゃん／―ニンジンちゃん／こどもは／自分のまわりにあるものを／たちまち親しい仲間にする／―リンゴちゃん／―ニンジンちゃん／そう呼びながら／こどもはそれを食べてしまう（中略）　笑いながら仲間を食べてしまうおまえに／戦慄をおぼえながら／わたしは術を知らず／術を知らぬことで痛みをおぼえながら／見守る（以下略）〉
吉永正が同誌七十五号に発表した「一致」は以下のような作品である。〈隣の男が／生まれたばかりの赤子を抱いて／満足げに歩いて来るのと出会った（中略）　家に帰って妻に隣の赤子のことを言うと／寂しがりもしない様子で／―生まれて来るのもいいが　生まれて来ないのもいい／と答えた／ふだん難しいことは言わない夫婦だが／私は／―俺もそう思う／と言って　ひととき／頭の中を駆けめぐる思いに浸った〉

詩誌『しもん』「ジャカランダ」佐野旭ほか

詩誌『しもん』は発行者高橋喜久晴、編集者佐野旭で昭和四十五年九月に創刊された。この頃清水市（現静岡市清水区）中央公民館で、高橋を講師とする〈詩の教室〉が開かれていたが、これがよい雰囲気に発展して下部温泉へ繰り出したりしているうちに、雑誌を出そうということになって行ったと佐野は後記に記している。

同誌は十九年間つづくが、平成元年佐野が急逝したことにより、同年発行の五十号を『佐野旭遺稿・追悼特集号』として終刊している。ここには小長谷静夫、上野智司、望月光、他多くの詩人がつどった。

以下は佐野旭の「ジャカランダ」である。〈ジャカランダの樹の下で／キャッチボール／昨夜／旅の疲れからか／おもいもよらぬ諍い／ナプキンを叩きつける／お父さん機嫌をなおして／おねがい席を立たないで／日本へ帰ったら／金は月賦で返すからな／子供らの生々しい声の針が／突き刺さったままの掌に／グローブをはめる／おい　もっと強く抛れ／大丈夫かよ　逸らすなよ／息子はうすく頬をゆがめる／娘もカメラをかまえたりしているが／坂の街リスボン／散りしきる紫色の花片にまみれて／ころころどこまで転げ落ちただろう／見つ

からぬ球を／投げ合う〉

そして、上野智司の「侵食」の一連。〈灰色に近い　きょうからあすの／と　あるひとつの情景とは／きわめてあいまいな／長い眠り／眠りのなかのめざめ／少しずつくずれて／くずれるなかで　たよりなく一日が終り／そして／また　次の一日がはじまるというのだが〉

望月光が『文芸静岡』五十三号に発表した「スクランブル地下街」の二連。〈真昼間の人の群／まるで滝のように落ちる行方不明者だ／暗渠の中で　人は隙間を踏み疲れ／段差から足場を失い／遮断に困惑した言葉が／ひょっこり皺くちゃの目を伸ばしながら／誰彼のポケットから／紙ヒコーキのように飛んで墜ちる〉

そして、芹澤加寿子が『文芸静岡』六十四号に発表した「白昼堂々…」。〈青空も水と帽子が欲しいという午後／「夢迷宮」と書きはじめたとき／Kさんの最後の私信が明滅する／「…たとえ休日でも白昼堂々と詩など書くのは気がひけるので炎天下の畑仕事ときめました…」／光る鎌よ農道よまぶしい一筋の水がほしかったでしょう／病みあがりの草むらにすりよる雨／六本の手足をたたんで空を仰ぐ蟬　割れそうな沈黙／あらゆる光が覗きにくる風も羽に届いて〉。そして五十九号の「アーリー・グリーン」では〈緑の詩人がいなくなって／わたしは部分的に死んだ／空になったアトリエに／春浅い一番絞り／裸の光が射している〉と歌っている。

同誌六十一号の山田安紀子「滝」から官能的な部分を。〈木もれ陽が岩肌にひかりを映す

とき　岩の奥に秘められたはずの彩が　しつとりと滲み出てくる　隠しきれない火照りのうめきが断崖に立ちのぼり　淵へとつなぐ確たる橋がかけられる〉

同人誌『青銅時代』を小川国夫らと創刊―丹羽正

丹羽正と小川国夫が、それぞれの処女作品集『海の変化』と『アポロンの島』の感想を聞くために、昭和三十三年四月、浜松に藤枝静男を訪ねたことはすでに書いた。その丹羽に、小川が三十年十二月、パリ・エドモン・ロジェ街の下宿から出した手紙にはこう書かれていた。〈僕の経験を、僕は過不足なく表現して、人々に納得してもらい、人々にこの点で尽くしたいと思っている〉

丹羽は当時、岡山大学で教鞭をとっていた。小川は二年八ヶ月の滞欧中のものをふくめ、丹羽に百六十八通の手紙を出しているが、帰国するとヨーロッパ体験を反芻するために、その滞欧中の手紙を見せてもらいたいと言い、丹羽から借りうけている。丹羽は『小川国夫の手紙』の中で〈一時期の小川は、私を自分の体験の保管者だとみなしているふしがあった〉と書いている。

丹羽は小川の帰国を待って、三十二年六月、小川を編集発行人として文芸同人誌『青銅時代』を創刊する。以下はその創刊号の目次である。「ぼくらは大勢で歩いて行った」飯島耕一、「スカルプ河の小さな流れ」M・D・ヴァルモール　金子博訳、「カフカとの対話」G・

ヤヌウフ　吉田仙太郎訳、「オルフェウス―或いは地獄の必要」中西太郎（丹羽正）、「アポロンの島と八つの短編」小川国夫、「燈台にて」夏村順二、「豊漁・死の船」丹羽正。

丹羽はたえず人間関係の重圧に苦しんでいた。「水の上の映像」は、その彼が最も危うい状態にあったときのことを書いた作品である。精神を病んで病院に入院するが、そこに苦しみをゆだねることも出来ず、新たな不安がわいてくる。〈赤ん坊のように私を暖かい胸に抱きしめてくれる、そういう存在〉を求めて、カトリックに入信している小川に、〈入信したいが〉と手紙を出す。しかし、小川からの返信には〈君は入信を主眼にしているものと思う。それでいいのだが、必然的に人間関係が生じて来るし〉とあって、その〈人間関係〉という箇所につまずき、狼狽する。

彼は、病室の窓からみえる白い建物にひかれてまっすぐにそこを目指し、沼に踏み入って溺れかけたり、救いを求めて墓地へ若い死者の声を聞きに行ったりするが、ある時、空を飛ぶ鳥の群れを見て〈あの鳥たちのように、明るい空無のために生きよう〉という決意がわき、ようやく危機を脱する。

『彼岸のほとり』もまた、人間関係に苦しみ、その生き地獄から死の淵を越え、想像上の理想郷へ再生を果たそうとする作品である。此岸と彼岸を往還する〈私〉の意識は、岸と岸を結ぶ水を主調韻律にして、次第に明るい光の方向へむかい、苦しみの極みをぬけ、妖しいまでに美しい世界、母と妻娘、優しいケースワーカーの女性に囲まれた理想郷へ再生をはたすのである。

彼の作品の初出は主として『青銅時代』だった。ほかに『浄光寺の春』『魂と舞踊ーロレンス・ダレル頌』『私のモーツアルト』等がある。

文藝賞受賞2作家ー小沢冬雄と渥美饒兒

小沢冬雄は「鬼のいる杜で」(三五三枚)で昭和四十九年度文藝賞を受賞している。昭和七年掛川市に生まれ、掛川西高から東京大学仏文科をへて都内の中学と高校で教鞭をとった後、常葉学園大学教授となるが平成七年に没している。

小沢は自身の自伝的体験をもとに時代を見つめなおし、書くべき世界を構築していった作家である。「鬼のいる杜で」も、この受賞の翌年『文藝』に発表した「黒い風を見た…」も、〈過去〉がたくみに切り取られ作品という枠に収められている。

「鬼のいる杜で」の主人公圭三は掛川市に生まれ、K一西高をへて今は東京の旧制高校時代からの寮である大学の旧い学生寮に入っている。時代は講和条約締結の頃で、この頃の若者の政治と性がひとつの〈風俗〉として描かれている。K一西高時代、圭三は政治運動に加わっていたが、指揮をとった先生はレッドパージになり、隣の教員宿舎にいた英語教師〈エンマ〉は進駐軍の通訳になって学校をやめていった。大学生になった圭三はアルバイトで友人と進駐軍の横流し物資の伝票の偽造に行くようになり、そこにいる二人のオンリーとそうとは知らずつきあうようになる。〈エンマ〉がその一味に加わっていた。

「黒い風を見た…」「営巣記」の二作は芥川賞候補作となっている。

渥美饒兒は「ミッドナイト・ホモサピエンス」（二二〇枚）で昭和五十九年度文藝賞を受賞している。小沢が〈過去〉からテーマをくみとる作家とすれば、渥美は今を生きる人間の問題を直視する作家ということになるだろう。

「受賞のことば」に彼は〈虚構を通して真実を訴えることは余りにも難しく、又余りにも虚しい作業です。そのためにも私は己の痛みの中から生まれ出たものだけをゆっくりと時間をかけて描いていきたいと思います〉と書いている。昭和二十八年浜松市に生まれ、日本大学文理学部をへて特殊法人職員に。

「ミッドナイト・ホモサピエンス」は、動物園の類人猿舎の飼育係根岸明が、檻に入れられ飼育される動物とのかかわりから、人間を万物の霊長とする人間のおごり人間至上主義に疑念をいだいて、堕落した人間の生きざまと無駄のない動物の生き方、肉欲のままに異性を求める人間の性と受胎のためだけに行われる動物の性、などから人間より動物の方がはるかに純粋で崇高であることを究明していく作品である。

飼育係の明には猿舎に風邪をこじらせたチンパンジーの赤子仙太がいて、家にははしかにかかった生後四ヶ月の潤一がいる。渥美は人間と動物をたくみに対比させながら読者を説得力のある結末へ引っ張っていく。

『十七歳、悪の履歴書』は女子高校生コンクリート詰め殺人事件の書き下ろしドキュメントで、ここにも渥美の一貫した姿勢を見ることができる。

9　県出身作家

以降は、この外の当県出身作家である。年譜等にもとづき簡略に紹介しておく。

木下杢太郎（本名・太田正雄）。明治十八年伊東市に生まれ、昭和二十年六十歳で死去。詩人、劇作家、小説家、評論家で医学者。東京帝大医科に入学した年長編小説「夕日の宮」を発表。後、北原白秋らと長崎、平戸、島原、天草にのこる南蛮遺跡を探訪して「南蛮詩」（キリシタン詩）を発表。そこから南蛮文学（キリシタン文学）へのひろがりによって、明治末年以降の耽美主義文学の基礎を作った。

小説集『唐草表紙』、戯曲「和泉屋染物店」「南蛮寺門前」、『木下杢太郎詩集』『木下杢太郎画集』等がある。皮膚科専攻でハンセン病の世界的権威だった。

芹澤光治良。明治三十年沼津市に生まれ、平成五年九十七歳で死去。五歳のとき父常晴が天理教に入信、無所有の伝道生活にはいったため一家離散、貧しい祖父母のもとで育つが、彼の性格と才能を見込んで学資をだす人が次々に現れ、旧制一高、東京帝大へ進み、農商務省にはいる。大正十四年、ソルボンヌ大学に留学、貨幣論を研究。ケッセル、ベルグソン等と交流、ジッド、ヴァレリー等と会う。

昭和五年「ブルジョワ」が改造社の懸賞小説一等に入賞。正宗白鳥、三木清らが激賞。同年「我入道」を『改造』に発表。中央大学講師として貨幣論を講義。三十七年、六十六歳から『人間の運命』全六巻を、六十一年、九十歳から九十六歳まで『神の微笑』『神の慈愛』『神の計画』『人間の幸福』『人間の意志』『人間の生命』『大自然の夢』『天の調べ』を書き、新潮社より刊行。

小糸のぶ。明治三十八年富士市吉原町に生まれ、平成七年九十歳で死去。静岡女子師範卒業後小学校教師となり、東京市内の小学校に勤めていた昭和十六年、文部省が募集した国民映画脚本に「母子草」を応募し当選。二十四年、雑誌『サロン』に発表した「おもかげ」が第二十二回直木賞候補となり、創作に専念。『平凡』『明星』等の若年女子対象の娯楽雑誌に長編小説を連載した。『愛を誓いし君なれば』『花の真実』『純愛の砂』(春陽文庫)等があり、「乙女の性典」「愛の山河」等、十七作品が映画化されている。

井上靖。明治四十年北海道旭川に軍医隼雄の長男として生まれ、平成三年八十四歳で死去。二歳のとき母の郷里、伊豆市湯ヶ島へもどり、六歳からは両親と離れ湯ヶ島で戸籍上の祖母かのに育てられる。京都大学卒業後毎日新聞社に入社。昭和二十五年、「闘牛」で第二十二回芥川賞を受賞、毎日新聞社を退社して作家活動にはいる。

作風は三様に分けられ、現代ものに『氷壁』『あした来る人』等が、歴史ものに『敦煌』『風林火山』『おろしや国酔夢譚』等が、自伝三部作に、湯ヶ島で過ごした幼少年時代を書いた『しろばんば』、旧制沼津中学時代を書いた『夏草冬涛』、柔道に明け暮れた旧制第四高等学校時代を書いた『北の海』等がある。

中村真一郎。大正七年周智郡森町に生まれ、平成九年七十九歳で死去。幼くして母を失い、母方の祖父母のもとで育った。東京開成中学時代、終生の文学の友福永武彦と出会う。この中学時代に父を亡くす。篤志家の援助もあって旧制第一高等学校に進学、ここで加藤周一と知り合う。東京大学仏文科在学中に同人雑誌『山の樹』に参加、昭和十七年には加藤、福永、窪田啓作等と新しい詩運動のためのグループ「マチネ・ポエティク」を組織。戦後、文学的信念の共通な友人たちと『方舟』『文学51』等の雑誌を発刊する。

小説家としての出発は戦時中に書いていた作品の発表から始まった、といわれるが、戦時下を生きたひとりの知識人の生涯をたどったその長編五部作、『死の影の下に』『シオンの娘等』『愛神と死神』『魂の夜の中を』『長い旅の終り』は、彼を戦後文学の旗手のひとりとして認知させることになった。加藤周一、福永武彦との共著『一九四六・文学的考察』、評伝『蛎崎波響の生涯』『中村真一郎詩集』他がある。真善美社が出版した新進作家の作品集に〈アプレゲール叢書〉と名づけたのも彼で、これが〈アプレ〉の流行語となった。

川村晃。昭和二年台湾嘉義市に生まれるが、二歳のときに一家は日本に引き揚げ沼津市に落ち着く。両親とも教師だった。旧制沼津中学二年のとき短篇「海辺の姉妹」を書き校内に回覧、風紀紊乱の過度で無期停学となる。父はこのとき同校の音楽講師だった。十九年、十七歳で陸軍航空通信学校に入校、後、高松飛行場に配属され基地間の交信に従事する。二十三年、日本共産党に入党、地下活動に従事し専従者となるが、たびたびの酒の失敗から離党。三十四年、尾崎士郎が支援する同人雑誌『文学四季』に「狐と小づか」を発表。三十七年、「美談の出発」を『文学街』に発表。この作品で第四十七回芥川賞を受賞する。四十六年、『維新の兵学校』を人物往来社より刊行。この後記に彼は、沼津に恩返ししたくて〈沼津兵学校を書いた〉と記している。

森瑤子（本名・伊藤雅代）。昭和十五年伊東市に生まれるが、父の仕事の関係で中国へわたり、終戦直前まで張家口で育つ。東京藝術大学でヴァイオリンを学ぶが、卒業後は広告代理店に勤める。三十七歳のとき池田満寿夫の芥川賞受賞をニュースで知り、刺激され憑かれたように「情事」を書く。この作品で第二回すばる文学賞を受賞。洒脱な文体で女の性愛や男女の機微を描いた多くの作品を発表するが、平成五年、五十二歳で急逝した。

志茂田景樹（本名・下田忠男）。昭和十五年伊東市に生まれる。中央大学法学部政治学科を卒業後、週刊誌記者等の職業を転々としながら習作をかさね、五十一年、「やっとこ探偵」で第二十七回小説現代新人賞を、五十五年には『黄色い牙』で第八十三回直木賞を受賞している。

嵐山光三郎（本名・祐乗坊英昭）。昭和十七年浜松市に生まれ、八歳のときに東京国立市に転居。國學院大學で中世文学を専攻。教授に丸谷才一がいた。平凡社で『別冊太陽』と『太陽』の編集長をつとめる。編集者として檀一雄、渋澤龍彦、深沢七郎らと交際。五十六年、独立し青人社を設立『Ｄｏｌｉｖｅ　月刊ドリブ』を創刊。六十三年、『素人庖丁記』で第四回講談社エッセイ賞を、平成十二年、『芭蕉の誘惑』で第九回ＪＴＢ紀行文学大賞を、十八年、『悪党芭蕉』で第三十四回泉鏡花文学賞と、第五十八回読売文学賞評論・伝記賞を受賞。

『桃仙人　小説深沢七郎』は深沢の死の直後に書かれた担当編集者としての思い入れのつよい作品だが、深沢の個性と響きあい独特の追悼世界を作りだしている。〈オヤカタ（深沢）の家へ行ってから十五年がたった。そしてぼくはオヤカタの葬式演習に参列したのだった。オヤカタと一緒にテレビ番組に出てからというもの、ぼくにテレビ出演の依頼が来るようになった。（略）スタジオのライトが極楽の後光のように思えたのだった〉。そして〈ぼくがオヤカタに切り捨てられる日〉がついに来てしまう。

また、深沢がムスコ（ミスター・ヤギ）と二人の友人（編集者）、祐乗坊（嵐山）と水代（石和鷹）をひきつれて博多へ旅し、そこで〈世にも奇怪な博多人形を見る〉「秘蔵」という作品もある。

諸田玲子。昭和二十九年静岡市生まれ。父政一と母きね子は共に『文芸静岡』の同人で、詩と短歌をやる政一には歌論歌人論があり、きね子は俳人という文学一家である。玲子は上智大学から外資系企業を経て、向田邦子、橋田壽賀子、山田洋次らの台本の小説化や翻訳等を手がけたあと作家活動に入り、平成八年『眩惑』で世に出た。歴史・時代小説へ向かうのは大学で東洋史を専攻した父の影響があってのことだろう。平成十四年、北町奉行所の難事件を次々に解決する博打うち瓢六を主人公にした『あくじゃれ瓢六』が第一二六回直木賞候補作品となり、十五年、直弼を救おうとかつての女が命がけになる「其の一日」を収録した同名の短編集で第二十四回吉川英治文学新人賞を受賞。

鈴木光司。昭和三十二年浜松市生まれ。慶應大学で仏文を専攻。平成二年、一万年という時空をこえて交わされる男女の愛を描いた作品『楽園』で日本ファンタジーノベル大賞優秀賞を受賞。続くホラー作品『リング』が横溝正史賞最終候補となり、この作品はホラーブームの点火役となった。平成七年、『らせん』で第十七回吉川英治文学新人賞を受賞。『リング』『らせん』『仄暗い水の底から』は映画化され、このうち『リング』『仄暗い水の底から』はアメリカで再映画化された。

鈴木は『鋼鉄の叫び』を平成十三年九月から翌年八月まで、諸田は『化生怨堕羅』（後、『末世炎上』と改題）を十五年一月から翌年二月まで、嵐山は『よろしく』を十六年七月から翌年四月まで『静岡新聞』に連載している。

10　県出身詩人

石原吉郎。大正四年、伊豆市土肥町に生まれ、昭和五十二年、六十二歳で死去。昭和十三年、東京外国語学校卒業。同年洗礼を受ける。十四年、応召、十六年、関東軍情報部に配属、十七年、応召解除となるが、ひき続き同軍特殊通信情報隊に徴用される。二十年、ソ連の対日宣戦布告、敗戦。密告によりソ連に拘留され、重労働二十五年の判決。森林伐採等に従事、スターリン死去にともなう恩赦により帰還。三十年、粕谷栄市らと詩誌『ロシナンテ』を創刊。三十八年、第一詩集『サンチョ・パンサの帰郷』でH氏賞を、四十八年『望郷と海』で歴程賞を受賞。『石原吉郎詩集』『石原吉郎全集・全三巻』（花神社）他がある。

大岡信。昭和六年、三島市に生まれる。父は歌人の大岡博、長男は芥川賞作家の大岡玲。父と窪田空穂の影響で旧制沼津中学時代から作歌、詩作を行う。旧制第一高等学校文科、東京大学国文科卒業。東大在学中『現代文学』に、卒業後『櫂』に参加、『シュルレアリスム研究会』『鰐』を結成。〈評論『抒情の批判』『芸術と伝統』『超現実と抒情』などにおいて日本の美意識を分析し、また近代詩、現代詩の歴史的批判に鋭い認識を示した〉（清岡卓行）。四十四年『蕩児の家系』で歴程賞を、四十七年『紀貫之』で読売文学賞を、五十四年『春少女に』で無限賞を、五十五年『折々のうた』で菊池寛賞を受賞したほか、仏芸術文化勲章、文化勲章等を受章。毎年、静岡市グランシップで〈しずおか連詩の会〉を主宰している。

小長谷清美。昭和十一年、静岡市に生まれ、上智大学英文科を卒業。小長谷静夫の弟。小学校から静岡高等学校まで、三木卓、伊藤聚と同級でともに文芸部で活躍。この辺りのことは三木が『わが青春の詩人たち』に書いている。四十五年、第一詩集『希望の始まり』を限定三百部非売品として思潮社より刊行。五十一年『小航海26』で第二十七回H氏賞を、平成三年『脱けがら狩り』で第二十一回高見順賞を、十九年『わが友、泥ん人』で第二十五回現代詩人賞を受賞。日常の虚点を鋭いブラックユーモアで暴きだす詩人。

伊藤聚。昭和十年、東京阿佐ヶ谷に生まれ、戦時中浜松に疎開、後、静岡市へ。平成十一年、六十四歳で急逝。早稲田大学独文科卒。詩集『世界の終わりのまえに』『気球乗りの庭』『目盛りある日』『羽根の上を歩く』『ZZZ…世界の終わりのあとで』『公会堂の階段に坐って』等がある。

江代充。昭和二十七年、藤枝市に生まれ、藤枝東高等学校、広島大学教育学部ろう科を卒業、聴覚障害児教育に携わる。平成十二年『梢にて』で第八回萩原朔太郎賞を受賞。詩集『公孫樹』『黒球』『昇天　貝殻敷』他がある。

菊池敏子。昭和十一年、旧満州大連に生まれ、下田南高等学校卒業。五十八年『紙の刃』で第八回現代詩女流賞を受賞。『展』主宰。詩集『六月の詩』『水の剝製』他がある。

市民運動から生まれた二文学館

小川国夫が少年時代の七年間をすごした藤枝市駅北の家は、その後旅館大観荘として使われてきたが、昭和五十六年区画整理で解体がきまると、小川文学ファンの市民を中心に復元保存運動がわき起こった。市は復元を採択する。しかし市町合併問題等もからみ、なかなか実現の方向へは向かわなかった。

平成三年、いらだちをつのらせた有志らは〈藤枝文学舎を育てる会〉を発足させ、会長に櫻井琴風、副会長に時田鉦平、西郷芳明、事務局長に澤本行央を選出。市内外を問わず、全国から復元基金をつのることを決議。募金活動を展開。同年十二月、集まった一千万円に二千余名の署名をそえ、改めて市に復元と用地提供を請願した。市はこれに応えて文学館建設予定地を蓮華寺池ほとりにすると発表。開館に先立ち飽波神社と蓮華寺池ほとりで、藤枝市出身の演出家仲田恭子による小川国夫作品「逸民」「遠つ海の物語」等の舞台公演を開催。十九年九月〈藤枝市文学館〉は完成したのである。

運動の初めからでは実に二十六年という歳月が経過していた。この間〈育てる会〉は地道な活動をつづけ、臼井太衛、小宮山遠、江崎武男、青木鐵夫、佐貫慶之、嶋田みね子、鈴木貞子、武士俣勝司、池上安子、北川圭子らの熱意は求心力となって会を活性化させ続けた。

だが、どういうボタンの掛け違いか、小川国夫の少年時代の家を復元保存するという初期目標は置き去りにされてしまったのである。当時、募金や署名に喜んで応じた人たちは会が掲げたこの目標に賛同しつどったのだった。彼らは文学館の完成を喜びながらも、複雑な思いで、この積み残された初期目標が達成されることを信じているに違いない。

沼津市若山牧水記念館が、千本松原に開館したのは昭和六十二年である。この記念館づくりの端緒は沼津牧水祭の碑前祭、芝酒盛での会話からだった。同祭は『東海短歌』が発起人となって毎年牧水命日の九月十七日近辺に開催されてきたが、ある年の芝酒盛で記念館をつくろうという話になり、建設基金の募金活動が始まるのである。

この活動の主柱になったのは歌人上田治史と田中旭だった。特に上田は事務局長をひきうけ、経営していた会社を子息にゆだねて身も心も記念館づくりに打ちこみ、募金や展示資料の収集に奔走した。会は六千万円の基金を集めた。市はこれに応えて記念館を完成させるのである。しかしこれが完成すると、上田は市が要請する理事長や館長の職を固辞して、副館長として館が軌道にのるまでの数年を実務に専念したあと、その職からも退いてしまうのである。

そんな上田の人物を彷彿とさせる一首を歌集『東野』から引いておきたい。〈らんらんと乱世を生きて理髪店の椅子に束の間深く眠りき〉。『文芸静岡』の創刊同人でもあり、小川国夫との深交は小川の無名時代から上田の終のときまで続いた。

『文芸静岡』表紙・カット画家

昭和三十八年創刊の『文芸静岡』は、平成十九年十月、七十七号を発行するにいたってい る。この雑誌の表紙とカットを担当したのは、県内在住の二十九名の美術家と書家だった。

まず、表紙は、創刊号・二号を版画家で国画会会員の伊藤勉（後、勉黄）、三号を油彩画家で槐樹社会員の鈴木雁、四号を油彩画家で新槐樹社会員の吉野不二太郎、五号を染織工芸家で日本美術家連盟会員の鈴木健司、六号を画家で東海大学短大教授の伏見重雄、七・八号を美術家の丹羽勝次、九・十号を県文学連盟会員の宮原阿木良（筆名、加仁）、十一・十二号を版画家・水彩画家で一陽会会員の月見里シゲル、十三号を油彩画家で国画会会員の青木達弥、十四号から五十二号までを書家で独立書人団会員の太田京子（内、四十号から四十五号までは太田の題字の周囲を油彩画家で春陽会会員の狩野幹夫が彩色）、五十三号から六十二号までを日本画家の鈴木ゆき子、六十三号から六十六号までを油彩画家の栗田敏也、六十七号を狩野幹夫、六十八号から七十二号までを水彩画家で水彩連盟会員の柴田俊、七十三号から七十五号までを版画家で国画会会員の青木鐵夫、七十六・七十七号は、小川国夫の題字と青木鐵夫の版画が表紙を飾っている。

そしてカットは、伊藤勉、日本画家で創銅社会員の杉山有、鈴木雁、水彩画家の池田正司、鈴木健司、伏見重雄、彫刻家で二紀会同人の井出芳志、油彩画家で県油彩画美術家協会会員の望月礼三、版画家で春陽会会員の加田裕子、長谷川庄宇造、遠藤公子、狩野幹夫、夏目穂寿、油彩画家の村田道子、山脇静穂、朝原紀江、生物学者で県文学連盟会員の杉山恵一、関友香、志水祥子、青木鐵夫、等が描いている。

創刊号の表紙を担当した伊藤勉は線と色彩が響きあう豊潤な作品を描き、鈴木健司は伝統的ろうけつ染を現代美術に昇華した作品を制作、伏見重雄は美術教育に関する著作を刊行。丹羽勝次はグループ「幻触」に参加、時代を意識した先鋭な作品を発表、月見里シゲルは富士を描いた版画が郵政省の切手に採用されている。

青木達弥は内面的な美しさに満ちた重厚な作品で中央画壇でも高い評価をうけ、良寛を敬愛する太田京子は自詠短歌を書にする歌書で評価をうけた。狩野幹夫は繊細緻密なタッチの集積による特異な世界を描き出し、鈴木ゆき子は果実や野菜などをリズム感のあるみずみずしい色彩と筆致で描いた。栗田敏也は二十二歳で渡仏、デ・ボザールに学び、サロン・ドオートンヌ等に出品、帰国後は山下充に師事しビビッドな美しい作品を発表するが、平成十一年四十二歳の若さで急逝。柴田俊はアフガンの砂漠と遊牧民の連作で人と動物の凝縮された生を鮮烈に描き、青木鐵夫は現代人の日常をモチーフに〈人〉を追求しつづけている。青木には藤枝静男の「路」以降をまとめた『藤枝静男年譜』もある。

あとがき

経験からの感想ですが、同人雑誌作家が同人雑誌に小説を発表しても、よほど抜きんでた作品でないかぎり、読者はせいぜい文学仲間か身近な友人知人ぐらいで、書き上げた瞬間の満足感や活字なった喜びはあるにしても、その先はたちまち忘れられてしまうのがおちです。精魂込めた作品もいちど埋もれてしまえば、ほとんどの場合二度と日の目を見ることはありません。それでも書くことで充足感を味わったことのあるものは、のどの渇きを水で潤すように、精神の渇きを書くことで癒そうとします。書くという行為には、説明しがたい充足をもたらす何かがあるようです。その充足への渇仰に有名無名の区別はないはずです。

無名作家には、世に迎えられる作家のように、やがて来る時代の予兆を感受して、未知の世界へ読者をいざなうような作品は書けないかもしれません。しかし、書くことで癒されるということの裏には、書くことでしか癒せないやっかいな現実がはりついているのです。自宅十畳の居間兼応接間に同人雑誌を山にして読んでいくと、そうした現実を生きる多くの同人雑誌作家たちもまた、存在への違和感を書こうとしていることがわかります。

また、わずかに一作書いただけで再読に値する作品を残した作家もいれば、期待されつつ現在も同人雑誌作家として書き続けている人もいます。こうした多様な作家の作品を読み通して感じるのは、同時代を生きる偶然のなかで響きあう感受性の交響の面白さでした。そしてそれが、当地における確かな一時代の文化として感じられたことは発見でした。

最後に、筆者自身のことを少し書いておきます。奥伊豆下田に生まれ、その年、東京本郷森川町に転居、終戦直前までいて追分国民学校に通っていましたが、空襲の火災から東京大学を守るために、周辺の民家を取り壊し防火帯を作ることになったという下達で、家が東京市に強制買い上げされ伊豆へ疎開しました。森川町の家は裏が徳田秋声の家で、啄木や嘉村礒多がいたところも近く、静かなところでした。その空襲まえの森川町が、疎開以降の私の精神のよりどころで、今もささえになっています。

昭和四十三年、小川国夫氏と初めてお会いし、以降年譜制作をはじめ、評伝を執筆。主な著書に評伝小川国夫三部作『東海のほとり』『海の声』『若き小川国夫』、作家と年譜制作者の関係を〈想像と理性の相克〉をテーマに書いた『年譜制作者』、小川文学の描写について論じた「解纜の精神」等があります。小説作品は発表誌を扱った章にその都度題名のみ記載しました。

『静岡の作家群像』という見出しを示して『静岡新聞』土曜夕刊〈教養〉欄に連載の紙面を用意して下さったのは、文化部長の志賀雄二氏でした。出版に際しては出版部長の袴田昭彦氏にお世話になりました。篤く御礼申し上げます。

平成二十年五月三十一日

著者

『六月の詩』 264
「ロシアの森で」 62
『ロシナンテ』 263
「路上」 122
「暑季(ロダウプラン)」 228,230
『ロレンスの世界』 183
「論語」 109

わ

ワーズワース(B) 214
「わが秋雨物語」 244
「吾妹子哀し」 63
「わが歌の原点」 89
「若き日の渡辺一夫」 146
『わが小説作法』 42
「わが住む町は…」 74
『わが青春の詩人たち』 264
『わが友、泥ん人』 264
若林朝子 109
「わが歩行のジグザグ」 216
和久田雅之 104
『早稲田文学』 114
「私小説から脱けだすために」 66
「わたしが何をしたのですか」 214
「私だけの『ひ夏』と『い夏』」 150
「私と児童文学」 171
「私にとっての二つの『くらげの唄』」 82
「私の青春を支えたもの」 114
『私のモーツアルト』 253
「私は夏の空と水を抱いた」 42
「わたしらの愛」 19,21,33,103
渡辺妙子 104
渡辺哲彦 191,193
濱辺昇 107
渡会一平 40,91
『鰐』 263

「指輪」 109
「夢」(詩) 161
「夢」(小説) 211
『夢事典』 182
「夢のありか」 212
「夢の淵」 152
「夢のまた夢」 147,151
「夢の路」 107
「夢のように」 109
「ゆらぎ」 97
『揺らぐ木の影』 90

よ
「夜明け前のさよなら」 183
楊貴妃(719〜56) 177
楊国忠(？〜756) 177
「幼年時代」 131
「横須賀にて」 223
「ヨコハマ・ヨコスカ・イエスタディ」 95
横山幸於 168,206
吉岡一枝 172
吉田一穂(1898〜1973) 243
吉田仙太郎 78,252
吉田知子 4,16,24,69,70,79,113,115,139,145,183,239
吉永愛司 66
吉永正 248
吉野不二太郎 267
「吉野山のレンちゃん」 233
吉本隆明 97,246
『よろしく』(新聞連載小説) 262
「よろしく」(小説) 225
「夜の果ての修学旅行」 227
「夜の逢いびき」 145
「夜の水泳」 115
「夜の旅」 176

ら
「ライオンの傍で」 135
『楽園』 262
「ラジエター・グリルの蝶」 211
『らせん』 262
『乱世忍びの流れ唄』 244
ランボー(1854〜91) 157
『ランボー全集』 160

り
六田敏雄 176
「『理想の男性』の持つべき要素」 146
「理知の砂漠」 161
『律子の肖像』 233
李白(701〜62) 177
「流速」 59
「龍になった少女」 131
「流氷」 62
「流木」 211
『流木を詩う』 221
良寛(1758〜1831) 96,268
龍胆寺雄(1901〜92) 94
「リラの庭」 206,207
李林甫(？〜752) 177
「リルケと村野四郎」 49
凛瞭雄 168
『リング』 262

れ
「霊安室へ」 114
レイン(C) 62
「レインコート」 228
『歴史の旅』 98
「歴史のなかの作家 — イリヤ・エレンブルグと広津和郎」 21
「列車正面衝突と関口隆吉」 190
『列島』 81
「烈風吟」 184

ろ
『狼』 53,81
『老人と海』 231
ローレンス(D・H)(1885〜1930) 188
「六月のはじめ」 102

索　引

『未遂』(1977〜2000)　119,181,184
水城孝　62
ミスター・ヤギ　261
「水のいそぎ」　194
「水の上」　116
「水の上の映像」　252
水野常男　168
『水の剝製』　264
水野浩道　223
水野憂　240
『水の歓び』　59
溝口章　245
「路」　77,268
『道草』　176
みついまさこ　155,159,161
「三日目の筏」　116
「ミッドナイト・ホモサピエンス」　254
三叉門太郎　70
美童春彦　181
「緑の饗宴」　211
「港の詩」　194
『南アルプス探検隊』　203
南信一(1906〜83)　117,119
南沼博　155,163
峯千鶴子　105
美濃和哥　203,216
「ミモザの下に」　180,203
宮川二郎　179
宮城島海史　180,203
宮城島洸介　203
宮木広由　228,231
宮木豊月　190
三宅美代子　170
宮崎淳悟　232
宮司孝男　240
宮下拓三　223
宮林光三　190
宮原阿木良(加仁阿木良)(1929〜2003)　267
宮本敦　200
「ミュンヘンの女」　69
『明星』　258
三好文明　70
『未来群』　114
『民族詩人』　128

む
向田邦子(1929〜81)　261
『麦』　182
「無明長夜」　16,25,139
村章子　102
村井資雄　190
村岡素一郎(1850〜1932)　189
村甚六(伊作)　143,181,225
村田道子　268
『村の地下茎』　128
村松梢風(1889〜1961)　185
村松友視　94,185,208

め
銘康雄　185
『目盛りある日』　264
「メリークリスマス」　129
メリメ(1803〜70)　166

も
「もうひとつの夏」　212
『盲目の詩人エロシェンコ』　141
「燃える道」　168,169
「モービルフィッシュ」　109
『木曜手帖』　243
「もぐらぶつくさ」　182
望月庄次郎　167
望月光　249
望月誼三　66
望月利八　86
望月礼三　268
「本居宣長」　139
「元米兵キャンベラさんのこと」　190
本宮夏嶺男(鼎三)(1928〜98)　62,135,173
「物語少女」　147

索　引

「乾草の車」 165
「母性」 214
細江澪 69
「穂高・乗鞍・八ヶ岳」 220
「蛍宿」 234
「北海道ところどころ」 62
「ホテル・ザンビア」 194
『ホトトギス』 136
「骨の行方」 48
『仄暗い水の底から』 262
『ほの昏きわが港』 34
「ポップコーンは生きていくための香辛料」 163
ホフマンスタール(1874～1929) 60
帆室和己 211
堀池郁男 62,147,248
堀内康史 207
『本郷』 241
『本郷追分物語』 241
本郷純子(窪田純子) 94,190
本多秋五(1908～2001) 30,76

ま

『毎日新聞』 184
前川抱一郎 70
前田重人 206
前山隆 38,111,214,238
真壁仁 128
真木勁 155,157,159,209
牧田治子 170
槇悠子 220
政一(諸田) 261
「マザコン仕掛けの目覚まし時計」 211
『正宗白鳥』 121
正宗白鳥(1879～1962) 257
増井冬木 185
増田一郎(樽林守) 239
増田仁美 180,203
増田良一郎 102
「まだ無彩色でありたい」 165
「町からきた少女」 171
町田志津子(1911～90) 56,113
『マチネ・ポエティク』 259
『町の文章教室』 174
松井太朗 184
松井正之 238
「真継伸彦小論」 146
松下博 180
松島邦男 107
松田宏 104,172,211
松永伍一(1930～2008) 128
松木近司 155,161
松本礼治 107
「祭りの町」 206
「待つわ」 227
「間というもの」 62
間遠洋子 104
「真昼蛾」 212
「まぼろし君、あなたは」 159
「幻の塩浜顚末記」 168,169
「幻の富士油田」 212
マルチェロ高田 243
丸茂正治 42
丸谷才一 260
丸山薫(1899～1974) 117
丸山君子 190
『満州国崩壊の日』 188
「マンション日記」 241
『万葉集』 117

み

「木乃伊の女」 114
三浦哲郎 91
三重野留美子 70
「未確認飛行物体」 165
三笠ゆう子 190
三木清(1897～1945) 257
三木卓 45,97,199,205,264
「岬」 216
「短い秋」 135
『三島文学散歩』 120
三島由紀夫(1925～70) 139

「ぶつライス」 143
「蒲団」 159
「布団」 102
『不法行為論』 160
冬木寛 18,28,37,39,62,66,68,88
「冬そこに」 62
「冬の海」 96
「冬の旅」 159
「冬の虹」 220
「冬の日」 241
『プラタナスは風に揺れて』 129
「浮立点」 155
「震える手」 204
「ふるさとの屋号」 190
「ブルジョワ」 257
古山高麗雄(1920〜2002) 25
『文学界』 3,67,71,88,126,152,193
『文学51』 259
『文学四季』 260
『文学静岡』(1974〜76) 90,104
『文学街』 260
『文学草紙』 113
『文学地帯』 231
「文学と風土性」 117
「文学における現代性について」 49,117
「文学の地方性に関して」 31
『文化と教育』 27,66
『文藝』 15,28,141,188,193,253
『文芸開放』 119
『文芸静岡』(1963〜) 3,15,17,18,20,22,24,27,30,32,37,38,40,47,49,52,53,55,57,60,61,63,66,67,69,72,74,76,79,85,87,88,92,104,109,111,113,117,119,121,123,129,134,135,139,141,145,153,155,168,171,173,175,177,179,181,183,191,201,203,209,217,227,231,233,245,247,250,261,266,267
『文芸首都』(1933〜69) 39,41
『文藝春秋』 77
文芸創作鑑賞講座 174
『文芸展望』 140
「文庫活動について」 172
『文士たちの伊豆漂泊』 120
『文章倶楽部』 247
文章の書き方講座 174

へ

『平凡』 258
「Halo」 141
『碧』 47
『別冊太陽』 260
「ペットの背景」 232
「ペドロと鶏鳴」 93
「べにうなぎ」 214
『蛇捕り宇一譚』 189
ヘミングウエイ(1899〜1961) 231
ベルグソン(1859〜1941) 257
「変化」 96
ヘンリー・ミラー(1891〜1980) 183

ほ

芳賀丈 168
芳賀剛 176
『萌芽』 40,49,50,53,54,91
『望郷と海』 263
『方丈記』 165
「鳳仙花」 97
茫 博(1925〜86) 18,35,56,62,79,81,88,124
「茫博とその時代」 81
「ぼうふら」 225
「訪問者」 97
『亡羊』(1980〜98) 109,168,239
「豊漁・死の船」 252
「ホームステイのジャッキー」 153
「牧水の旅と酒」 190
「ボクと文学」 183
「僕の紫春紀」 223
「ぼくらの城」 102
「ぼくらは大勢で歩いて行った」 251
「母型」 62
「星」 62

日鳥章一　106
「火の夢」　158
『日々の跡地』　52
『批評運動』　246
「火祭」　144
百閒(1889～1971)　25
「ヒューマニズムの奥行き」　141
「病気」　62
「漂失」　92
『病状記 ― 母への頌』　246
『評伝小川国夫』　23,54
「評伝芹澤光治良」　121
「病棟十三号室」　129
兵藤毬子　190
「漂泊の人」　182
『氷壁』　258
平井寛志　49,62
平野謙(1907～78)　77
平野進　66
平野ますみ　172
平松激人　70,241
平山喜好　109,168
「ビルディング」　71
「拾う神」　104,226
広瀬木乃男(朝比奈勝)(1930～2000)　63,72,74,142
広瀬ます江　70
広津和郎(1891～1968)　21
広中闇　103
「鶸」　46
「びわのなる家」　102

ふ

「ファンタスチック・ライフ」　143
「不意に曇りの下で」　84
「封印」　97,102
「風岸」　153
『風信』(1990～2001)　237
「風説」(詩)　21
『風説』(詩集)　59
『風林火山』　258
フォークナー(1897～1962)　31
「深尾須磨子ノート」　97
深尾須磨子(1888～1974)　113
深沢七郎(1914～87)　260
「深沢七郎の問題」　146
深沢恵　228,229
福井淳一　146
福田清人(1904～95)　117
福武書店　194
福田陸太郎(1916～2006)　141
福永武彦(1918～79)　259
「腐刻」　153
房治(桑高)　89
藤井照次　225
藤枝静男(1907～93)　47,76,96,110,115,167,238,251,268
『藤枝静男年譜』　268
藤枝市文学館　265
藤枝文学舎を育てる会　265
『藤枝物語』　203
藤岡与志子(伊吹知佐子)(1934～2005)　47,62
「不思議な友」　97
「富士公害と私」　104
藤田三郎　62
藤田圭雄　243
藤奈緒子　94
藤波銀影　62
藤浪隆司　211
藤間生大　66
武士俣勝司　176,265
「伏見柿」　90,99
伏見重雄　267
『婦人公論』　92
『婦人生活』　90
婦人文学教室　168
『婦人文化新聞』　92
布施常彦　18,21,62,88
『豚鷲の止まり木』　203
「淵」　153
「降ってきた姫」　194

「裸祭り」 208
『八月の群れ』 100,231
『ハチの博物誌』 203
服部仁 66,185
「パッパ」 185
初谷行雄 237
「波涛の彼方に」 225
『服織の中勘助』 26
花井千穂 62
花井俊子 194
『花がたみ』 57
『鼻毛を伸ばした赤ん坊』 215
「華の宴」 48
『花の真実』 258
花平良一 170
英不二子 97
埴谷雄高(1909〜97) 178
「埴輪」 88
『羽根の上を歩く』 264
「母子草」 258
「母と一葉」 150
『浜工文学』(1955〜78) 168
『浜工文芸』 170
「浜茄子」 179
「浜ひるがおの歌」 244
『浜松百撰』 119,183,208
早川進 155,159
「林の隧道を」 214
林寛子 135
林富士馬(1914〜2001) 88
林芙美子(1903〜51) 232
林みつ子 179
林亮一 70
「バヤット・ホテル」 240
原奎一郎(1902〜83) 113
原月舟(1889〜1920) 136
原田己智夫 226
原利代子 246
「春が叫く」 164
『春　少女に』 263
「はるちゃん」 220
「春の坂」 233
「春を待つ」 143
『燔』(1996〜) 215,217
『麵麭(パン)』 113
「晩夏」 228,231
『挽歌と記録』 197
「反抗を超えて」 49
「反対夫婦」 223
「番茶のあと」 135
「半島」 149

ひ

『ＰＦ』 246
『ビオトープの形態学』 203
東出権七 211
『東野』 266
「光と風と夢」 149
「光と闇の証し」 245
「光の騒ぎ」 157
「光の夏」 240
『彼岸のほとり』 252
「彼岸花」 137
「火喰いばあ」 172
樋口一葉(1872〜96) 58,150
「蜩の森」 107
『悲劇のように』 185
「日差の際」 165
久庭行人 129,131,133
「扉翔」 190
「秘蔵」 261
「日高川の清姫」 98
「陽溜り」 107
「美談の出発」 260
「棺の音」 220
『畢竟』(1975〜80) 155,157,159,161,163,165,209
「羊」 214
筆者(山本恵一郎) 51,53,108,125,134,152,153,194,197,202,213,227,241
秀吉(1537〜98) 180
「ひとりあそび」 182

『南北』　67,75

に
新出八郎　107
西岡まさ子　70,143
西尾幸　220
西垣勤　176
西方英右　223
西田正敏　62,69
西田勝　223
西勉　175
「にしても」　234
西原千博　223
「日没に向かって叫ぶ」　184
「似而非近代の近代 ― 日本現代文学の近代性についての小論」　57
「二年を五年で」　104
『日本近代文学紀行』　117
『日本詩壇』　119
「日本の絵本・英国の絵本」　172
「日本の文学史」　139
『女房学校』　109
『女経』　186
「にょしんらいはい」　32
韮澤謙　215
丹羽勝次　267
丹羽正(中西太郎)(1929〜2000)　78,214,237,251
『人間』　15
『人間の意志』　258
『人間の運命』　258
『人間の幸福』　258
『人間の条件』　162
『人間の生命』　258
『人間の悲劇』　82

ぬ
『脱けがら狩り』　264
沼津市若山牧水記念館　266
『沼津の文芸』　121

ね
「猫師」　95
「ネックレスをかけた犬」　168
「ネパール」　218
「根府川の思い出」　158
「ねんころろ」　226
『粘土』　81
「年譜のかわりに」　141

の
「農の歌」　62
野ト周　203
野川百合子　104
「ノクターン」　62,247
野沢喜八　18,38,40,50,54,62,91
野田宇太郎(1909〜84)　117
野田茂司　219
野原公子　62
「野村英夫論」　62
野呂春眠(1903〜92)　36,112,113,142

は
「ハイキング」　215
「俳句における現代性について」　49
「賠償」　62
『ハイヌーン以後』　53
「墓穴」　135
「破壊」　97
萩原由男　211
「白昼堂々…」　250
「白髪」　62
『方舟』　259
「パシィ」　69
橋田壽賀子　261
「橋の眺め」　152
「芭蕉の前途感」　37
『芭蕉の誘惑』　261
長谷川庄宇造　268
長谷川伸夫　80
長谷川紘子　232
「裸の十九歳」　131

戸塚康二　225
「突堤」　35
「突堤のある風景」　88
「届かない手紙」　79
渡仲良也　238
「トピシャン共和国」　184
「扉の前」　47
戸美あき(1910〜97)　39,40,61,191
富島健夫　91
富田てる　97
富田三樹(三木卓)　45
苫米地康文　66
『灯』　46
「友へ」　103,133
豊田春江　112
「トライアングル」　220
「囚われの春」　100
鳥居憲　207
「鳥との出会い」　209
『ドリトル先生航海記』　173
「酉の刻」　19,21,23
『Dolive　月刊ドリブ』　261
「登呂埋没」　168
『敦煌』　258

な
内藤雅博　207
ナイプール(V・S)　214
永井荷風(1879〜1959)　186
『長い旅の終り』　259
中尾勇　119
中上健次(1946〜92)　208
中川尚　226
中勘助(1885〜1965)　26
長沢雅春　203
中島敦(1909〜42)　149
『中島敦研究』　150
中島歌子(1841〜1903)　150
中島光太郎(加藤太郎)　216,217,246
長島澄子　232
仲田恭子　265
中田島漢　167,168
中西太郎(丹羽正)(1929〜2000)　252
中西美沙子　167,169
中野重治(1902〜79)　183
中野新一郎　225
中原中也(1907〜37)　164,242
『中原中也論』　242
中久喜輝夫　246
仲麻呂(698〜770)　177
中道操　238
中村且之助　206,207
中村真一郎(1918〜97)　259
『中村真一郎詩集』　259
中村慎吾　243
中村伸樹(高石)　232
なかむらみちこ　246
中山幸子　70,143,169,241
中山高明　120
「ながれない、河」　165
名鹿祥史　232
那須田浩　102
「なぜ書くか・同人雑誌の現状」　191
「夏」　142
『夏草冬涛』　258
「夏の終り」　102
「夏の影」　152
「夏の日」　143
夏堀寿緒　178
夏堀正元　178
夏村順二(金子博)　252
「棗の実」　220
夏目穂寿　268
「七回忌」　113
「菜の花」　215,216
『波』　180
「涙」　97
「涙壷」　241
「泪橋」　185
成塚正一　170
南条喜美子　186
「南蛮寺門前」　257

塚山勇三　62
「疲れ果てたる人々」　46
月見里シゲル　267
辻未知　220
土屋智宏　207
土屋弘光　171
土屋幸代　102
「ツッケルマン少佐」　142
「礫となってとび去ると」　246
『花蕾(つぼみ)』　240
「罪の許し」　248
津村節子　91
「通夜の二人」　194
「釣宿」　139

て
「手」　182
「停滞と訣別」　119
「手紙」　216
「哲学的な蟻」　157
「鉄帽だけは持っていけ」　200
寺田博　193
寺田正人　211
寺田行健　191
『展』　264
「転形期の文学 — 昭和初年革命的プロレタリア文学の一側面」　185
『田紳有楽』　78
『天の調べ』　258
『天の月船 — 小説阿倍仲麻呂伝』　176
「天平の夕映え」　226
「天秤」　106
「電話」　102

と
『土肥の風土と文学』　121
『塔』　46,199
『東海作家』　184
『東海詩人』　65
『東海人』　41
『東海新文学』　184
『東海短歌』　266
『東海文学』　184
『東海文学探歩』　117
「闘牛」　258
「東京オリンピック」　62
「峠の茶屋」　190
道元(1200〜53)　50
『道元禅　無常の中を行く』　50
「道元 — 中世芸術の根柢」　50
「冬至」　225
『蕩児の家系』　263
「同棲日記」　161
「燈台にて」　252
「東堂のこと」　24
「遠い声」　240
『遠い存在』　59
「遠い晴れた日々」　94
「遠い人」　142
「遠い放課後」　223
「遠つ海の物語」　265
「遠花火」　220
『朱鷺　ジェームス・カーカップ詩集』　248
時田鉦平　265
「『時』の居場所」　246
「時は流れるのか」　185
『ドキュメント明治の清水次郎長』　189
「読書日録」　185
「独白記　戦後回想ノート」　169
『独立文学』(1981〜86)　119,184
「独立文学誕生の灯を」　185
「『独立文学』発刊趣意書」　184
「閉ざされた美学 — 現代詩の難解性をめぐって」　21
「『屠殺者』ホワン」　152
「屠殺の村」　143
『土砂降り』(1986〜)　231
「渡渉」　246
「渡世」　182
戸田昭子(1938〜97)　55,90,92,98
「『途中』考序説」　50

竹腰幸夫　223
「武田泰淳の文学」　49
田子洋吉　207
太宰治(1909〜48)　120,232
「太宰治の伊豆」　120
「太宰治の墓」　214
多々良順　172
多々良英秋　102,106,125
多々良正男　143
立原正秋(1926〜80)　28,30,97,163
「田所太郎さん」　150
田中旭　266
田中和子(辻未知)　220
田中敬一　176
田中貢太郎　186
田中嶋仁　176
田中波月(1904〜66)　219
田中英光(1913〜49)　241
「田中英光没後五十年を読む」　241
田中牧人　177
田中正敏　63
田中芳子　100
田邉秀穂(1909〜90)　28,58,147,149,152,154,213
田辺安子　207
谷以余子　70
谷川雁(1923〜95)　128
谷川昇　21,28,37,111,116,124,125,129,131,133,141,148,153,174,213,246
谷口芳子　62
「谷の音」　39
谷本誠剛(1939〜2005)　108,141,154,171,173,176,191,195,214,216
谷ゆき子　63
谷ゆりか　143
「『卵の家』からの手紙」　206
『魂と舞踊 — ロレンス・ダレル頌』　253
『魂の夜の中を』　259
「魂鎮め」　176
田山花袋(1872〜1930)　159
「堕落論」　147
「だらっぺし」　226
『誰も書かなかった清水次郎長』　189
『短歌個性』　48
檀一雄(1912〜76)　133,260
「短歌における現代性について」　49
「単独者の世界」　146
『暖流』　38,65,88,109

ち

千秋純夫　66
『地域の文学』　194
チェホフ(1860-1904)　42
「〈近くて遠い仲〉の人」　141
『地下水』　128
「『地下生活者の手記』論」　72
「地下道」　214
「父と子」　65
「父の最期」　105
「父の『病牀六尺』」　97
「地中海の漁港」　67
『地中海を見に行こうよ』　53
千葉はじめ　80
茶山佳　155,163,165
「茶を喫む」　163
「チャンバラ修業まえがき」　190
『中央公論』　186
『中国新聞』　90,99
『中世の文学』　50
『超現実と抒情』　263
朝鮮使(朝鮮通信使)　180
「朝鮮使と清見寺」　180
『地を這う者』　237
『沈黙』　194

つ

「栂池から」　107
司修　246
津金充　146
津金容造　170
塚本雄作　183
塚本良子　220

索　引

関伊佐雄　146
関岡龍郎(神戸)　232
関口隆吉　190
関友香　268
セザンヌ(1839〜1906)　133
「セミ・ファイナル」　185
「蟬丸遺文」　94,190
『蟬丸異聞』　94
「芹」　226
芹澤加寿子　250
芹澤光治良(1897〜1993)　257
先駆文学館　237
「閃光の海」　76
「戦後出版事始」　150
『戦史・亡父軍隊手牒考』　246
「先生とぼく」　142
「専六の春」　214

そ
『奏』　121
『層』　178
『造形文学』　81
「葬式屋」　102
「早春嘱目」　183
漱石(1867〜1916)　176,241
「装置としての詩空間」　246
『蒼茫』　57
「挿話」　216
曽根一章(勝章)(1940〜2000)　108,125,147,152,213,215
曽野綾子　92
『其の一日』　262
「その命のそばで」　97
「その河の歌」　91
「その血は我に」　140
そのべよしお　228,231
染谷十蒙　62
『ゾルゲ事件』　189

た
『大自然の夢』　258
『大衆文学研究会しずおか』(1984〜)　190
大衆文学研究会・しずおか支部　189
『大衆文学の歴史』　189
『大衆文学論』　189
『大丈夫だよ』　215
「大西洋の波」　80
「堆積」　102
『太平洋詩人』　247
『太陽』　260
多伊良一公　226
「タイラント」　102
「大連旅順」　217
「鷹」　204
高石貴　243,246
高嶋健一(1929〜2003)　18,49,62
高杉一郎(小川五郎)(1908〜2008)　3,15,17,20,21,22,24,27,28,30,38,41,47,58,62,64,65,76,85,111,141,145,167,171,199,227
「高杉一郎氏をかこんで」　141
高田俊治　131,133
高野弘　207
高橋エツ子　135
高橋喜久晴(1926〜2008)　32,56,58,62,131,249
高橋清隆　223
高橋健一　168,169
高橋たか子　232
高橋寿也　223
高橋政光　201,203
高橋るい子　97,98,102
高村和江　66
高柳克也(1941〜2004)　237
「Takayanagi - Station」　238
「滝」　250
瀧千賀子　226
「滝にて」　102
「竹」　212
竹内オリエ　243
竹内春江　170
竹内凱子　220,221

「侵食」 250
新生社 151
『真説清水次郎長』 189
「心臓病棟日記」 97
『新潮』 25,69,114,139,141,193,210
『新日本文学』 141
新日本文学会 81,184
「ジン肺」 185
榛葉英治(1912～99) 187,205
『新風』 86
真間信一 182

す
水郷三輪子 97
「水晶の頭蓋骨」 62
「彗星」 60
「酔徒有情」 34
『ＺＺＺ…世界の終わりのあとで』 264
菅沼浅代 70
「スカルプ河の小さな流れ」 251
菅原五十一(1911～95) 119,182,184
杉井省一 109
杉浦富士夫 170
杉浦靖彦 104
杉村孝 36
杉本弘子 220
杉山市五郎(1906～78) 56,62,247
杉山恵一 201,203,268
杉山静生 168
杉山治郎 143
杉山次郎 168
杉山学 223
杉山有 267
「スクランブル地下街」 250
勝呂奏 121,214,223,238
勝呂弘 62,119,121
鈴川薫 190
鈴木雁 267
鈴木邦彦 119,196,223
鈴木健司 267
鈴木光司 262
鈴木琴音 207
鈴木貞子 265
鈴木さつき 232
鈴木重作 211
鈴木智之 181
鈴木のりえ 220
鈴木藤子 96
鈴木文孝 212
鈴木実 171
鈴木元義 135
鈴木ゆき子 267
鈴木由美子 143
鈴木洋子 207
「雀のいる病舎」 128
スターリン(1879～1953) 21,263
「『スティブンソン』のいない島 ― 中島敦との一ヶ月」 147,149
須永秀生 171
「砂の墓地」(詩) 73
『砂の墓地』(詩集) 59
「砂の夢」 167,169
「砂を歩む」 117
『すばる』 22,60,98,153
須磨一子 102
壽山一夫 200

せ
「聖家族」 81
「成熟への道 ― 小林秀雄ノート」 41,55
「青春の架橋」 154
「青春の光と影」 107
「青春の闇」 180
「清掃」 109
『正伝清水の次郎長』 186
『青銅時代』(小説) 180
『青銅時代』(同人雑誌)(1957～) 18,30,78,85,214,215,251
『生のさ中に』 67
『生物学講話』 53
『生物学的人生観』 53
『世界の終わりのまえに』 264

索　引

島村民蔵(1888〜1970)　47
志水祥子　268
清水達也　21,62,172
清水勉　88,91,104
清水文学会　146
清水真砂子　172
志茂田景樹(下田忠男)　260
「下田の女」　149
『しもん』　53,249
「ジャカランダ」　249
「ジャカルタ抄」　170
杓子庵　26
「石神譜」　98
「射禱」　92
「軍鶏」　206
「銃」　135
『習作・十六の小さな歌』　52,53
「十三番街のラグ」　168
『修証義』　50
『集団静岡』　111
『十七歳、悪の履歴書』　255
「十七歳の抵抗」　90
「十六歳の門出」　200
「樹姿」　185
『主潮』(1973〜)　146,191
「出航」　223
「出発」(谷川昇)　28
「出発」(泉草路)　97
シュペルヴィエル(1884〜1960)　80
『主流』　219
『樹林』　50
『シュルレアリスム研究会』　263
『純愛の砂』　258
「春秋」　109
『純粋詩』　81
『春燈』　136
「春雷」　62,69
「情炎破牢囚」　190
『小航海　26』264
『浄光寺の春』　250
「情事」　260
『少女画報』　94
『小説ジュニア』　91
『小説　村松梢風』　186
祥蔵　208
『昇天　貝殻敷』　264
『湘南伊豆文学散歩』　117
『城壁』　188
『正法眼蔵』　50
「翔洋丸」　22,61
「ショート五編」　234
「職業作家」　62
「職人と芸術家のはざまで — 木と対峙した高村光雲」　241
「食物文章」　62
「抒情についてのモノローグ」　119
『抒情の批判』　263
「除虫菊の島」　91
白井小月　233
「しがらみ」　220
「自立する文学 — その現代的課題は何か」　183
「資料紹介『死體解剖室』」　146
『司令の休暇』　195
『城』　72,131
「白いいちはつ」　203
「白い罌粟」　32
「白い蛾」　131
『白い巨塔』　187
「白いページ」　220
「白い崩壊」　71
「白い道」　102
「白い森」　71
『素人包丁記』　261
「城のある町にて」　122
「白萩の頃」　97
『しろばんば』　258
「師走」　97
「新御伽草紙」　59
『進化論講話』　53
「新今昔物語」　151
「寝室」　21

沢龍二　183
『残響』　246
「山月記」　149
三光長治　78
『三四郎』　241
「酸性土壌」　239
『サンチョ・パンサの帰郷』　263
「三人の少年」　105
『散文芸術』　114

し
『死の棘』　176
「地雨」　204
「ジエリコオの筏にて」　46
『塩』　113
汐見春行　170
『シオンの娘等』　259
『鹿』　53,245
『詩火』　57,119
志賀幸一　212
志賀直哉(1883〜1971)　78
志賀宥次　155,163
『時間』　81,113,119
『しきざき』　231
『史疑・徳川家康』　189
『史疑・徳川家康事蹟』　189
「詩三篇」　183
『史実山田長政』　189
「死者のいる風景」　134
四条敦郎　143
『詩神』　65
「詩人との交遊録」　62
「詩人の誕生」　62
『静岡県アララギ月刊』　89
静岡県教育委員会(県教育委員会)　16,141
『静岡近代文学』(1986〜)　223
静岡県高等学校国語科研修会　196
静岡県詩人会　56
静岡県詩をつくる会　56,58
『静岡県の作家たち』　223
『静岡県の重要昆虫』　203
『静岡県の文学散歩 ― 作家と名作の里めぐり』　118
『静岡県文学地理』　117
静岡県文学連盟(県文学連盟)　15,17,67,85,125,173
静岡文芸家協会　247
「『静岡・子ども本の家』顚末記」　172
『静岡作家』(1969〜73)　75,123,125,127,129,131,133,148,152,153,156,214
『静岡詩抄』　57
「静岡時代の田中栄光」　185
『静岡新聞』(1873〜)　県内統合(1941〜)　115,120,262
『静岡の文化』　53
静岡文学学校　168
『静岡文芸』(1953〜61)　16,38,47,57,167,199
『閑ケ丘物語』　203
『自然環境復元の展望』　203
「時代屋の女房」　185
「〈実体〉への潜眼」　175
ジッド(1869〜1951)　257
「自転車」　195
「児童図書館奉仕とは」　172
『児童文学とは何か』　174
「児童文学と私」　172
「児童文学の表現について」　172
『児童文学キーワード』　175
『死の影の下に』　259
篠崎純一　173
「忍びかげろうの唄」　245
芝仁太郎　146
柴田俊　66,267
渋澤龍彦(1928〜87)　260
『詩文学研究』　119
島岡明子　25,32,39,41,47,63,69,79,91,92,94,97,100,102,103,112,116,191
島尾敏雄(1917〜86)　176
島田好逸　62
嶋田みね子　265

小巻庄郎　103
駒田信二(1914〜94)　126
小松伸六(1914〜2006)　88
小松忠　143,170,207,246
小宮山遠　19,62,265
『ゴム』(1963〜82)　4,69,70,79,109,133,191
小森新　121,214
『木洩れ陽の向こう』　181
「五郎サン」　142
「五郎の風景」　143
『昏』　56
『昆虫の野外観察』　203
近藤昭蔵　80
近藤多門　104
今野奈津　143

さ

『サークル村』　128
『采』(1996〜)　102
「再会」　201
西鶴(1642〜93)　109
「西鶴とモリエールの比較文学の研究」　109
『再現』　231
西郷芳明　265
「最初の旅」　147
「最初の夏」　165
斉藤金司　146
斉藤敏康　223
斉藤璃々子　70
『催眠術入門』　183
佐伯千秋　91
三枝法子　104
三枝康高　41,66
「坂」(小説)　100
『坂』(同人雑誌)(1972〜89)　106,126,214
『坂の日』　53
坂部酒店　120
坂部武郎　120
「鷺のいる村」　92
作品社　191,193
『作品』(同人雑誌)(1973〜77)　176
『作品』(文芸雑誌)　193,195
佐久間章孔　234
桜井昭夫　147,151,213
桜井薫　70
桜井喜和子　97,103
「ざくろの歌」　244
「酒」　219
「酒と僕と」　217
佐湖文世　182
佐々井斜　223
佐々木幸治　238
佐々木正勝　170,212
『砂塵』　178
佐多稲子(1904〜98)　194
佐田計　170
「幸子覚書」　84
「作家(小出正吾)を囲む児童文学の会」　172
佐津川美代　92
佐藤健治　62,247
佐藤卓　211
サトウハチロー(1903〜73)　243
佐藤春夫(1892〜1964)　42
佐貫慶之　265
佐野明　197
佐野旭(1924〜89)　243,249
『佐野旭遺稿・追悼特集号』　249
佐野蒼魚　62
佐野嶽夫　184
「錆色の冬に」　156
「五月雨や」　113
寒川雪夫　170
『侍たちの茶摘み唄』　189
「士刀匠大村加卜の生涯」　190
『さよなら冥王星』　231
「さらば紫上」　147
『サロン』　258
沢村京　182
澤本行央　238,265

「幻触」(グループ)　268
玄宗皇帝(685〜762)　177
『現代文学』　263
『県民文芸』(1962〜)　3,16,25,102,105,141,143,167,199,211,227
『原野』(1981〜2000)　90,104,212
『眩惑』　261

こ
「恋絵巻」　97
小池鈴江　170,185
小池尹子　233
小出正吾(1897〜1990)　47
小糸のぶ(1905〜95)　258
『公会堂の階段に坐って』　264
「業苦」　241
孔子(前551〜479)　109
『好色一代男』　109
『行人』　176
幸田政子　207
河内清　16
『航程』　81
『鋼鉄の叫び』　262
鴻野元希　206,207
河野多恵子　145
「幸福」　139
神戸文学賞　232
高力士(684〜762)　177
『紅炉』(1963〜93)　24,32,38,40,48,54,61,69,79,90,92,94,96,98,100,103,125,133,147,191
「『紅炉』私記」　39,92
『紅炉草子』　25,39
ゴーゴリ(1809〜52)　42
「凍った夏の日」　185
「木枯らしのある風景」　109
御器屋巖(岩崎芳生)　83
「故郷喪失」　55
「故郷へ」　158
『哭』　38
「心の中の東京」　104
小桜みずほ　181
「護持院ヶ原の敵討」　49
「乞食譚」　116
小島政二郎(1894〜1994)　186
小島信夫(1915〜2006)　194
「五周年を迎えて」　113
五所平之助(1902〜81)　135
小城誠彦　70
『梢からの声』　113
小杉康雄　228,229
「コスモスの街」　131
『谺』(1976〜)　219,221
児玉朝子　220
『梢にて』　264
小塚よしみ　135
『黒球』　264
「湖底の譜」　107
後藤悦良　207
後藤一夫(1912〜99)　185,243,246
『後藤一夫全詩集』　244
『後藤一夫全詩謡集』　243
後藤杜夫　203
「ことづけ」　133
「ことばぢから」　135
「琴姫物語」　186
「子供の墓」　195
小長谷清美　264
小長谷静夫(1933〜90)　40,50,53,56,62,246,249,264
「この露路の暗き涯を」　46,199
「小話」　157
小花田文　220
小林一哉　155,163,165
小林淳子　99
小林崇利　146,191
小林秀雄(1902〜83)　139
小林房枝　207
小林芳枝　220
小林鹿郎　18,62
「湖畔の芦」　182
「駒形」　102,106

索　引

『響』 119
鏡花(1873～1939) 25
「驚愕」 69
『郷土のデモクラシー文学管見』 182
清岡卓行(1922～2006) 263
「虚構の迷羊」 157
「巨象の通る道で」 177
『極光のかげに』 15,28,66
『虚無の海』 242
吉良任市 69,70,79,116,239
「キリスト教の神話と自然の神話」 175
桐生暗 231
「『金閣寺』の文章」 146
『近代文学』(1946～64) 18,30,76,78,97,141
『銀の匙』 26
金原伸子 219
金原宏行 241

く

「寓話」 24,69,71
「九月」 94
「草の実が熟す時」 167,168
草原恵子 103,104
草部和子 96
「孔雀」 21,27,30
「樟」 60,62,64
「葛布」 97
「口固めの盃」 62
工藤靖晴 233
椚木泰 70
久保田絹子 172
窪田啓作 259
窪田純子(本郷純子) 94
窪田空穂(1877～1967) 263
久保田正文(1912～2001) 76,145,152,167
久保田万太郎(1889～1963) 136
熊谷静石(1920～2000)・愛子 29
「熊野」 107
粂田和夫(1939～2004) 175,238
『雲の檻』 203
「暗い波涛」 139
「暗い道」 102
苦楽社 151
「くらげの唄」 82
倉野庄三 70,102,109
「倉橋由美子論」 146
栗和実 243
栗田敏也 267
「くれなゐの筆」 233
榑林守 239
「黒い雨」 206
「黒い風を見た…」 253
『クローンの恋』 209
黒沢秀(1933～98) 62,65,67
黒田喜夫(1926～84) 128
「黒目のワルツ」 201
桑高文彦(1935～2000) 88,104,111
桑原敬治 146,191
『群』 176
『群像』 30,67,193,197

け

『芸術と伝統』 263
『形成』 118
「K病院にて」 105
「啓蒙家としての蘇峰」 97
「劇場」 98
「けし」 62
『化生怨堕羅』(後『末世炎上』と改題) 262
ケッセル(1898～1979) 257
「血族の証」 228
「欠落した時代について一道元覚書」 50
「ケニヤ独立」 62
「幻影」 211
「幻覚、浜辺の町が干からびる」 35
「県下の児童文学」 171
「喩喁(けんぎょう)」 113,123
『源氏物語』 147

『神の計画』　258
『神の慈愛』　258
『紙の刃』　264
『神の微笑』　258
「髪は長く」　139
カミングズ(1894～1962)　29
嘉村礒多(1897～1933)　241
鴨長明(1155～1216)　165
香山龍二　206
「殻」　63
唐木順三(1904～80)　50
『唐草表紙』　257
「鴉」　175
「カラス」　181
「ガラス玉のにごり」　168
「硝子の広場」　97
『躰が軟便になってゆく』　128
唐松岩夫　211
「カリフラワー」　170
『カルメン』　166
「枯葉の微笑」　91
「河」　21
「乾いた日々」　69,71
「川岸」　214
川崎正敏　73,74,104,125,134
川端康成(1899～1972)　139
河原治夫　209
川村晃(1927～96)　259
『函』　99
『雁』　241
「韓国映画史」　205
「看護婦日記」　63,104
『岩礁』(1969～)　241
顔真卿(709～85)　177
「神田川」　156
「巌頭の松」　141
「観覧車は止まる」　105

き

「黄色い季節」　107
『黄色い牙』　260
「消えていく」　143
「記憶と記録について」　185
木々卓代　185
『気球乗りの庭』　264
「帰郷」　116
菊川武二　201
菊池寛(1888～1948)　58,151
菊池敏子　264
菊池秀樹　211
「危険な遺産」　109
『城飼』(1988～92)　207
「樵夫よ」　57
「岸辺の家族」　153
「擬人法」　248
「傷痕」　206
「傷、他一篇」　62
『季節』　56
「季節の迷い」　84
北川圭子　203,220,265
北川冬彦(1900～90)　113
『北の海』　259
北原白秋(1885～1942)　257
北原潦　182
『キタ村より』　53
「狐と小づか」　260
『狐の森』　59
きね子(諸田)　261
木下順二(1914～2006)　194,241
木下七生子　210
木下富砂子　190
木下杢太郎(太田正雄)(1885～1945)　257
『木下杢太郎画集』　257
『木下杢太郎詩集』　257
『紀貫之』　263
『希望の始まり』　264
木俣修(1906～83)　118
「奇妙な伴走者」　168
木村徳三　15
木村義昭　219
キャスリーン・レイン　247

索　引

『櫂』　263
『海燕』　194
「回帰の日」　180
開高健(1930〜89)　232
「開高健の世界」　146
「回港」　159
『改造』　258
改造社　15,257
「街灯」　63
「街道の裔」　63,72
『海鳴』(1993〜2001)　207
「蛙たちの終わりなき跳躍」　223
「顔」　97
「かおよ草」　223
「鏡」　114
垣内民平　168,169
『蛎崎波響の生涯』　259
「蛾群の美俗」　129
「影絵の季節」　73
「掛川座」　208
『賭ける男』　68
「かげろう」　176
「河口」　114
「苛酷な夏」　19,20,31,60
「風花」　240
梶井基次郎(1901〜32)　122,179,241
「カジキマグロの眼」　228,231
「『かしの木』のこと」　172
梶野満　70
柏木薫　168
粕谷栄市　263
「風立ちて」　170
「風と太陽と熱のバラッド」　211
「風の柱」　96
「風の盆」　158
形岡瑛　176
「片翳り」　63
片桐安吾(岩崎芳生)　80,83,109,116,125
「かたぐるま」　158
『交野ケ原』　246
片山静枝　18,62
片山進　107
片山ユキオ　211
加田裕子　268
「勝造の神さま」　126
勝又己嘉　212
勝亦孝　102,104
加藤周一　259
加藤聡文　228
加藤忠雄　85
加藤太郎(中島光太郎)　62,80,217
加藤博之　104
加藤レイ子　207
「可奈子」　90
金指安行　246
「悲しいまでの空」　121
「悲しみの港」　17
加仁阿木良(1929〜2003)　18,19,21,22,28,30,37,51,61,62,64,66,73,74,88,116,219
『ガニメデ』　246
「我入道」　257
兼岩と志子　207
金子匡志　184
金子博　78,214,251
金子光晴(1895〜1975)　81
狩野幹夫(1925〜2006)　103,133,267
『彼の故郷』　22,60
「黴(かび)」　103,105
「かひなに髪の」　114
荷風(1879〜1959)　49
カフカ(1883〜1924)　72,178
「カフカとの対話」　251
「花片」　135
「かぼちゃ畑を掘ってごらん」　201
鎌倉静枝　184
『鎌倉のおばさん』　187
「カマスの棲家」　211
「髪」　143
「神々の国へ — ギリシア美術紀行」　107
「紙きれを食べる預言者は一頭の山羊だったとして」　211
「カミソリ、鉈、錆びたナイフ」　225

86,131
「大浜公園プール」 42
大林美沙緒 62
大原耕 168
大原興三郎 168
大村利彦 223
丘浅次郎(1868～1944) 53
「丘浅次郎小伝」 53
岡崎照代志 190
小笠原淳(1912～86) 80,109,237
岡田和与 70
緒方直子 155,163,165
岡田英雄(1913～96) 28,49,74,117,119,141
緒方寛子 155,161
岡野徳右衛門 167
岡文子 225
岡本美紀子 146
小川アンナ 19,21,32,63,103,131,141,246
小川国夫(1927～2008) 4,17,19,20,22,30,35,38,60,62,63,67,75,78,80,85,87,109,115,124,125,133,139,141,153,173,180,183,197,209,214,215,237,251,265,267
『小川国夫書誌』 237
「小川国夫私論」 109
「小川国夫との出逢い」 32
『小川国夫の世界』 176
『小川国夫の出発「アポロンの島」』 121
『小川国夫の手紙』 251
小川孝太郎 226
小川五郎(高杉一郎)(1908～2008) 15
小川龍彦 85
興津喜四郎 109
興津征雄 176
「沖縄」 216,217
沖六鵬 96
オクタビオ・パス(1914～98) 160
小椋桂 161
小倉弘子 231
尾崎朝子 203
尾崎邦二郎 62,80
尾崎士郎(1898～1964) 260
尾崎千和子 70
尾崎秀樹(1928～99) 189
尾崎秀実(1901～44) 189
大仏次郎(1897～1973) 58,151
小沢瑛子 207
小沢幸吉 107
小沢房子 232
小沢冬雄(1932～95) 253
尾関忠雄 70
小田切秀雄(1916～2000) 185
織田作之助(1913～47) 73,232
「落ちていく日々に」 185
「落ちない柿」 103
「お椿」 190
「弟」 115
「乙女の性典」 258
「お夏が浜」 134
「鬼のいる杜で」 253
小野田修 223
小野寺和久里 187
小野美恵子 207
「おばあさん」 126,127
「お福と関が原の戦い」 226
「お迎え」 244
「思い出の流れのなかで」 107
「おもかげ」 258
尾焼津弁次(1924～97) 190
折井左知子 170
『折々のうた』 263
折金紀男 70,72,191
「折にふれて」 185
「オルフェウス―或いは地獄の必要」 252
「愚かな日常」 185
『おろしや国酔夢譚』 258
尾張とし子 92
「おんなの渦と淵と流れ」 188

か

「蛾」 168

『埋田昇二詩集』　246
浦島太郎　59
「浦島太郎」　197
うらの・としあき　171
海野はる子　70
海野光弘　126
「運を棄てる話」　168

え
「映画と私」　220
「営巣記」　254
江頭彦造(1913～95)　28,49,56,62,112,141
『EX－VOTO』(1964～68)　79,81,83,109,124,237
江崎惇(1915～95)　189
江崎武男　265
江崎千萬人(1928～2005)　45
江代充　264
「Sの肖像」　200,201
枝村三郎　143,184
越前谷周一　153
江端芳枝　220
『YPSILON』(1996～)　154,203
江間和夫　21
江馬知夫　66
「遠州灘の文学を歩く」　117
「遠州の農民文学運動」　185
『遠州文学散歩』　119,182
『遠州豆本の会』　239
遠津多喜雄　175
「炎帝の序曲」　74,104
遠藤公子　268
遠藤周作(1923～96)　194
遠藤恒吉　170
「煙突のある風景」　201
「煙突の見える場所」　135

お
「老いたる船の記憶の底に」　21
王維　177
鷗外(1862～1922)　49
「嘔吐」　143,169
『王道』　162
大石国行　70
大石徳代　146
「巨いなる歩み」　62
「大いなる日」　195
『大いなる夜明け』　189
『大いなる落日』　189
大井ひろし　211
大井康暢　241
『大井康暢詩集』　242
大岡昇平(1909～88)　92
大岡博(1907～81)　120,263
大岡信　120,263
大岡玲　263
大賀溪生　40,49,50,55,173,180
「狼森とざる森、盗森－ファンタジーとしての賢治の童話」　216
「大崩海岸」　211
大阪文学学校　231
大里恭三郎　147,223
大島仁　223
大関武　200
『太田河原慶一郎氏の一日』　203
太田京子(1921～2006)　96,267
太田千鶴子　104
大谷正義　182
太田正雄(木下杢太郎)(1885～1945)　257
太田正純　66
太田昌孝　223
太田洋子　70
大塚和子　104
大塚克美　207
大塚清司　206,211
大塚俊子　207
大野敬三　40
大野貞男(奈良)　232
大野晴久　70
大畑専(1917～82)　21,28,32,56,58,62,73,

伊藤聚　264
伊藤昭一　109,170
伊東四朗　208
伊藤整(1905〜69)　92
伊藤勉(後、勉黄)　80,267
伊藤夏　58
稲上説雄　214
稲葉真弓　194
稲森道三郎　21,26,30,86,141
「犬」　48,62
「犬の血」　77
井上和子　243
井上俊夫　128
井上尚美　220
井上靖(1907〜91)　258
「井上靖の出発」　147
「いのちをわけ合う」　220
伊吹知佐子(藤岡与志子)　48
井伏鱒二(1898〜1993)　139
「イペリット眼」　77
今井泰子　223
今川靖彦　104
井村たづ子　207,223
「いらだちの日々」　88,104
入江昇平　172
イリヤ・エレンブルグ(1891〜?)　21
「慰霊通信」　211
岩崎豊市　21,34,68,79,81,86,214,216,238,246
岩崎直子　206
岩崎裕美子　104
岩崎芳生　34,79,83,108,124,125,129,134,148,152,154,191,194,213,216,233,238
「磐余落日(いわれらくじつ)」　94
『隕石』(1977〜87)　58,126,147,149,151,153,191,203,213

う
ヴァルモール(M・D)(1786〜1859)　251
ヴァレリー(1871〜1945)　257
ヴィクトル・ユーゴ(1802〜85)　186
ウィリアム・エムプソン　247
『ウィリアム・ブレイクと伝承神話』　248
上杉省和　223
上田治史(1924〜96)　62,266
上野重光　153,203,213
上野智司　249
上松憲之　107
ウオロンコーワ(1906〜?)　171
「羽化登仙」　165
「浮き沈みの島」　96
「うぐいす」　48
「失われた、もの」　165
「渦」　188
臼井太衛　102,125,127,214,265
「歌」　183
宇田川本子　227
内山悦子　70
内山つねを　62
「宇宙創成への旅」　176
「美しい手」　103
宇都宮万里　104
宇野梗　97
宇野千代　139
『馬』　245
「馬の骨」　116
「生まれることのなかった子への悲歌」　21,245
「海へ行く」　134
「海から海へ」　75,126
「海からの光」　67
「海の絵」　168
『海の変化』　78,251
「海の見える窓」　212
「海へ行く道」　210
「海辺の姉妹」　259
「海辺の生活」　96
「海ほうずき」　200
「梅崎春生の世界」　126
埋田昇二　21,245

索　引

「抗う季節」 105
嵐山光三郎(祐乗坊英昭) 260
『荒土』(1999〜2002) 239
荒正人(1913〜79) 188
『アララギ』 89
有村英治(1927〜69) 113,123,125
「有村英治氏追悼」 126
「ある覚書」 168
「或る過程」 18,23,67
「ある心のかたすみに」 99
「ある心の譜」 99
「『アルジャーノンに花束を』を読んで」 214
「或る受洗 ― 吉瀬海岸」 234
「或る夏に」 183
「ある夏の朝」 95,147
「ある夏の記」 97
「ある日曜日のこと」 211
「ある話」 146
「アレキサンドロフスキー」 91
「合わせ鏡」 32
「暗闘」 128
安藤勝志 146,176
アンドレ・マルロー(1901〜76) 162
アン・ヘリング 172
安禄山(705〜57) 177

い
飯島耕一 78,194,251
いいださちこ 246
井浦直美 203,220
『生きているユダ』 189
イギリス児童文学会 172
生田春月(1890〜1930) 104
「いくつかの空」 134
池上安子 265
池上雄三 223
池田正司 267
池田満寿夫(1934〜97) 260
池沼裕介 155,159,161
池端眞 227
池谷敦子 246
「石階」 62
石川恕 155,159,161
石川秀樹 155,161
石木幸子 70
石黒重 69
石坂洋次郎(1900〜86) 91
石津広美 70
石野茂子 207
石橋義彦 172
石原吉郎(1915〜77) 121,263
『石原吉郎詩集』 263
『石原吉郎全集・全三巻』 263
伊城曉 81
石和鷹(1933〜97) 261
石割忠夫 246
『維新の兵学校』 260
『椅子』(1992〜2000) 213,215,218
「伊豆の踊子」 135
『伊豆文学探歩』 117
泉草路 97
泉渓子 243
「和泉式部ノート」 97
「和泉屋染物店」 257
『異説・徳川家康』 189
「傷んだみかん」 171
『一九四六・文学的考察』 259
「一一六号室」 181
「一時の在処」 164
「一樹の陰」 232
市原正恵 185
『公孫樹』 264
「銀杏の花」 170
「一句の周辺」 205
「一致」 248
「一匹狼」 183
「一遍聖考」 246
「逸民」 210,265
井出孝 68
井出芳志 267
『伊藤静雄 ― 詠唱の詩碑』 246

索　引（人名、作品名「 」、誌・書名『 』）

＊物故者には調査可能なかぎり生没年を記した。
＊主な創作同人雑誌名には発行期間を記した。

あ

「アーリー・グリーン」 250
『愛神と死神』 259
「愛車ヴェスパでの行程をたどって」 238
「愛の山河」 258
『愛を誓いし君なれば』 258
「青い馬」 62
「青い儀式」 62,67
「『青い金魚』のこと」 172
『青い花』 246
「青ガラスのダニエル」 171
青木一一九 107
青木達弥 267
青木鐵夫 238,265,267
青島玲子 207
青山光二 61
『青林檎』 247
「赤い靴」 115
「赤い魚」 161
『赤い処女地』 247
「赤い椿」 94
『赤い雪』 187
縣美也 212
「暁の寺」 139
赤堀静子 207
赤堀清太郎 185
「灯り」 179
阿川弘之 139
「空地には堆く」 126
「秋に」 52,62
「秋のこな雪」 181
『秋葉の里』 181
『安芸文学』 90
秋元陽子 223
秋山兼夫 29-2
秋山末雄 234
『あくじゃれ瓢六』 262
『悪党芭蕉』 261
浅丘ルリ子 90
「朝顔記」 62
「朝の厨」 62
「麻の葉」 103,107
朝原一治 147
朝原紀江 268
『朝日新聞』 17,193
薊六郎 62
葦苅利恵 70
芦川照江（小川アンナ） 102,107
芦川龍之介 104,226
「悪しき星空の下で」 212
芦沢伊曽枝 94,147
『あした来る人』 258
「葦の間」 39,40,61
「葦原」 62
渥美饒兒 253
「アドバルーンと僕と」 21,29
「穴——人芝居」 240
「あの橋の袂まで」 206
「アヒル達の行進」 134
アプレゲール叢書 259
阿部昭（1934〜89） 194,195
『阿部昭全短篇・上下』 196
阿部千絵 240
『アポロンの島』 17,30,67,78,237,251
「アポロンの島と八つの短篇」 30,215,252
「『アポロンの島』の十年」 153
天坂皓一 201
「雨男」 209
「雨の爬虫類」 210
「あやなし草」 165
新井啓子 206
荒尾守 107,214

山本恵一郎（やまもと・けいいちろう）
1937年（昭和12年）、静岡県下田市生まれ。「椅子」「文芸静岡」同人。会社勤めの傍ら、創作活動を始める。68年（昭和43年）小川国夫と初めて会い、以降年譜制作をはじめ、評伝を執筆。著書に『東海のほとり（評伝小川国夫第一部）』（麥書房）、『海の声（評伝小川国夫第二部）』（青銅会）、『若き小川国夫』（小沢書店）、『年譜制作者』（小沢書店）、作品に「お夏ヶ浜」「あひる達の行進」「港の詩」ほか。

静岡の作家群像

静新新書　026

2008年7月22日初版発行

著　者／山本　恵一郎
発行者／松井　純
発行所／静岡新聞社
〒422-8033　静岡市駿河区登呂3-1-1
電話　054-284-1666

印刷・製本　図書印刷

ISBN978-4-7838-0349-2 C1290

静新新書

好評既刊

静岡県の雑学「知泉」的しずおか	012	1000円
しずおか 天気の不思議	013	945円
東海地震、生き残るために	014	900円
宇津ノ谷峠の地蔵伝説	015	840円
静岡県 名字の雑学	016	1100円
家康と茶屋四郎次郎	017	980円
ストレスとGABA	018	860円
快「話力」	019	900円
イタリア野あそび街あるき	020	900円
伊豆水軍	021	1000円
時を駆けた橋	022	830円
静岡県の民俗歌謡	023	1000円
病気にならない一問一答	024	950円
静岡の政治 日本の政治	025	840円

（価格は税込）